樱桃之远

张悦然 著

人民文学出版社

图书在版编目（CIP）数据

樱桃之远/张悦然著. —北京：人民文学出版社，2016
ISBN 978-7-02-011842-7

Ⅰ.①樱… Ⅱ.①张… Ⅲ.①长篇小说—中国—当代 Ⅳ.①I247.5

中国版本图书馆CIP数据核字(2016)第153218号

责任编辑　樊晓哲
责任印制　徐　冉

出版发行　人民文学出版社
社　　址　北京市朝内大街166号
邮政编码　100705
网　　址　http://www.rw-cn.com

印　　刷　三河市宏盛印务有限公司
经　　销　全国新华书店等

字　　数　219千字
开　　本　880毫米×1230毫米　1/32
印　　张　10
印　　数　1—20000
版　　次　2018年9月北京第1版
印　　次　2018年9月第1次印刷

书　　号　978-7-02-011842-7
定　　价　48.00元

如有印装质量问题，请与本社图书销售中心调换。电话:010-65233595

目录

001	1. 两生花
011	2. 魔鬼亲临的童年
021	3. 我的爸爸是卓别林
027	4. 李婆婆和西更道街的小教堂
035	5. 跳舞小人的秋千年华
041	6. 段小沐和我的三色冰淇淋
050	7. 秋千上的谋杀事件
058	8. 瘸腿姑娘段小沐
067	9. 以右手开端的爱情
074	10. 大头针媳妇
081	11. 李婆婆的葬礼
087	12. 唐晓和我的落城生活
095	13. 兔子一样的男孩
104	14. 从恶的绘画
109	15. 教堂抑或鬼城堡
118	16. 逃
124	17. 不速之客
135	18. 自己长大了的项链

145	19. 忍冬花
153	20. 相聚的屋檐
161	21. 教堂的暮色时光
168	22. 管道工和他的爱情
174	23. 爱的探望
183	24. 病榻以及不能触及的身体
190	25. 神的府邸
201	26. 被拔掉了牙齿的狗
212	27. 宛宛的归来
223	28. 教堂深处的姑娘
233	29. 致命的打击
240	30. 甜蜜的安抚
247	31. 一场交易
253	32. 隐情
266	33. 劫不复的伤
277	34. 绝念,新希望
285	35. 杀
292	36. 说再见,我的亲爱
302	37. 她的声音
311	38. 虚空,捕风

1. 两生花

我的梦里总是有一片茂密的樱桃林。

初夏时节,樱桃树上已经结满了一串一串殷红的樱桃。风吹起来的时候,像风铃一般地摇摆,波浪般的阵阵香气被推到更远的地方去。

梦中,樱桃林就在我的正前方,而我还是个小小的女孩。圆睁着眼睛看着眼前的奇景:樱桃林远看去就像一个飘浮着朵朵绯色祥云的世外桃源。我想天堂大抵也不过如此吧。樱桃树下坐着一排会吹奏的天使。他们拿着长笛或者小号,个个涨红了小脸,翅膀在身后扑棱扑棱地振动,不时地飞起来,悬浮在天空间演奏。时而他们又围成圈子,中间的平地上升起一片波光粼粼的湖水。有个穿着白裙子的小女孩赤脚站在湖面跳舞,她像天鹅一般优雅娴静,雪白的颈子是刚刚沐水而出的马蹄莲。她在湖面旋转,旋转三十六圈,洁白的裙子里鼓满了风,越飞越高,哀艳如一只失去牵线的风筝。天使们的吹奏也越来越激烈,像是不断上升的旋转楼梯,一圈一圈,直入云霄。

我沉迷于他们的演奏,我也想和那个女孩一起舞蹈。于是我向着前面的樱桃林跑去。急速地奔跑,跨过山涧和峡谷,穿越草坪和梯田。向着前方的樱桃林,一直地跑过去。那是一种莫可名状的喜悦,我的脸也涨红了,有歌声在舌间缭绕,就要高唱起来。我像小鹿一般欢快,向着前方的樱桃林奔跑过去……

那天为什么我会自己跑去如意剧院看电影,或者我究竟有没有去过如意剧院看电影,我一点也记不起来了。我得的病是这样的,常常让我忘掉一些事,或者说我在毫不察觉的意识中慢慢改变了事情的原貌,可我觉得这并非出自我自己的意愿,如果说是冥冥中神的指引也不为过。

这个时节正是非常美好的春末,乳白色的小蔷薇花爬满了我家院落的门口。我爸爸新栽了一些像婴孩头发那般柔软的嫩绿色葡萄藤,据说葡萄长出来会是特别翠绿的那一种,不过这些要等到秋天才能知道。花园墙角的石榴树生得也好,叶子是小鳞片模样,油亮亮的像涂满了头油的绅士,而花朵就像他的情人,那么红,是记怨的眼睛流淌出血液。我喜欢在清晨撩开沾满薄薄一层露水的窗帘,透过蒙蒙的轻雾看着小花园的大门。我用手托住腮,面前放着一本破旧的《圣经》翻读。我常常看着看着就停顿下来,停顿,一个字也不能再看进去。我坐在那里,眼睛一眨不眨地盯着一处,逼迫地回忆起从前的事。但是完全没有头绪,我在过去那些年都做过些什么呢?没有人肯告诉我任何事情,我每天能见到的人只有爸爸,妈妈。完全无从查找,就比如面前的这本《圣经》,它不是我的,扉页有清晰的工整小字:给宛宛。可是我却无从知道这是谁给我的礼物,铅笔的字迹已经模糊,淡淡的旧纸气味扑面袭来。一滴冰凉的露水啪的打下来,落在我翻开的《利未记》那一节。

生活非常简单,我读一些喜欢的书,努力地回想从前的事情。想得很辛苦,可是还是一无所获。

每天傍晚的时候爸爸会带着我出去散步。他从外面回来,他打着手语,因为害怕我看不清,他的动作幅度大得有些夸张。——从去年秋天到现在,爸爸一直在陪着我学习手语,起先他进步得比我快许多,经常做出一些我不知道什么意思的手势,我就只好不停不停地摇头。他就把动作放慢,一遍一遍地教我。我们买了些录影带一边看一边学。这种不懈的学习一直持续到今年四月。四月的一天,爸爸带着我去了郦城的聋哑人协会和那里失聪的人沟通,我们才确定我和一个听觉缺失多年的人运用手语的能力已经相差无几。

我看到爸爸站在门口,于是就迅速套上一件玫色开身网织毛衫,踩上没有后跟的麻编的碎花布面鞋子跑出大门去。我和爸爸一直沿着我家门口的马路走到路口,有时候我们直行,去那家女服务员一律穿深紫背心裙的冷饮店吃三色冰淇淋——这里一直是开冷饮店的,尽管易主多次,花色品种也大不相同,但是三色冰淇淋始终是这里的招牌甜品,爸爸说在我很小的时候,他就总是带我来吃冰淇淋。我那么多年一直都只喜欢吃这一种,而我也只是见到这种冰淇淋由衷地感到亲切而已,有关从前的事,还是一点也无法记起。冰淇淋用椭圆形的粉红色碟子装着,是小圆球形状,每个小圆球上面顶着一颗孤芳自赏的樱桃。那么红,内心膨胀满激情的果实。冰淇淋的口味是香草、巧克力,还有一个是草莓——这在现在看来似乎已经是有些落伍的口味,比起摩卡加榛子、覆盆子加杏仁。可是我却一直钟爱。不知道为什么,我格外喜欢那三颗红得有点过头的樱桃。甚至是一种迷恋。我喜欢把它们含在嘴里,用牙齿去触碰它们已经失去弹性的果皮,然后渐渐用力,慢慢进入樱桃的身体。我仿佛能听到它们那绯色的血液混入我的口腔的声音,那是我唯一能感知的声音,清脆而深情。我含着樱桃,含含糊糊地对爸爸说:

"我真喜欢樱桃。它们看着是那么一种要涌出来的红,让我想到幸福。"

爸爸点点头。

可是幸福,幸福是生生不息,却难以触及的远。当我把樱桃的残红消灭在齿间的时候,这样想到。

也许我们在那个十字路口转弯,去小时候的幼儿园。蓝色秋千和跷跷板已经太旧了,甚至不能保证小朋友的安全,这里眼看就要拆掉了,据说新建的幼儿园有两排花花绿绿的大秋千,都飞起来的时候幼儿园会像个热闹的小宇宙。这里的蓝色旧秋千是简单的铁锁链外加一块粗糙不平的木头板。铁链子看来断过好多次,重新焊接后粗细不一,所以秋千的两根荡绳并不是完全对称的,秋千的两头是一上一下倾斜着的。爸爸不许我坐,他用手语对我说,你站着看看就好,这个秋千已经不结实了,会有危险的。可是看见它,说不清为什么,我的心底总是涌出一股狂野的热烈的感情,还会升起一阵花香以及甜腻的血液味道。它也许不只是一架秋千这么简单,也许它是架飞去别的时空的飞船,也许是灰姑娘的南瓜车,总之会去意想不到的地方,看到意想不到的事情,有关这一点,我几乎是笃定的。所以等到那一天爸爸没有跟随我来,我一定要坐上那秋千试试看。

这就是我小时候待过的幼儿园。这附近是我从小到大一直走来走去熟悉得不能再熟悉的地方。不过现在我一点也记不起来了。

爸爸带我去了好多地方,小时候的幼儿园,西更道街的小教堂,去落城的火车站。郦城通飞机的那一天,我们都跑去看新的飞机场,隔着一扇高高的玻璃窗我们看到从郦城起飞的第一架飞机升空。爸爸说,这样以后可以直接去好多地方,不用先搭火车去落城。

真的,我再也没有去过落城。

如果是只有自己一个人的时候,我就会陷入深深的恐慌和绝望中。我恳请所有的人原谅我的脆弱,因为我毕竟是个新近失聪、丢失了记忆的姑娘。有关童年和少年的那部分记忆就像一个从我身体里拿出去的器官一样,完完全全不再和我关联。不过我的身体缺失了这件器官之后,就像有个巨大的空腔装满了来来往往迂回的风。有时候我会觉得风里面漾满了旧人的影子,影子轻曼而通体透明,使我想到蝴蝶那微微震颤的翅羽。我把手一点一点地放在身体前面的风口,然后轻轻地用小手指去碰碰那影子的边棱,它有微微的潮湿,冰冷,像一只淋了大雨的昆虫的清凉脊背。会有心疼的感觉,不能触碰的阴影在我的眼角,在我冰冷的体腔,按下去会觉得就要溃陷,像个漾满疼痛的湖泊终于携着它那殷红的水漫了过来。水会从我的双耳漫上来,我知道,或者说,一直都在漫上来,我猜测这或许是我无端地失去听力的原因。

我不想把这些恐惧说给爸爸妈妈听,我知道他们太希望我好起来,可是终于我还是对他们说,你们要把从前发生的事说给我,我才能好起来。爸爸把我揽在怀里,用手轻轻覆盖上我已经损毁的耳朵。

对于我而言，没有了记忆也许比失去听力更加让我难过。因为失去了记忆就忘记了曾经的二十一年里，所有的人给予过我的爱。那些接纳过的爱都被冲刷掉了，于是我常常陷于无爱的恐慌里。我担心自己的脑子由于过分空白而变得麻木，因为麻木而变得不能去爱。

我看动画片的时候，看到了《绿野仙踪》的故事。里面的方壳子铁皮人没有心。所以他不会爱。他和朋友上路寻找他的心。我抱着腿，坐在沙发上，手指抚摩过自己的皮肤，我感到它们就是铁皮，冰冷的，没有心脏温暖安慰的冷铁。我终于对着无声的电视屏幕上那个滑稽的铁壳子娃娃哭了。我不知道我还能不能找到我的心。我的爱。我现在是这样一个令人担心的女孩，我只是在一味地接纳着你们的爱，却不能给予。

我最慈祥的爸爸看到他二十岁的女儿坐在电视前面看六岁的时候曾看过的动画片《绿野仙踪》，哭得这样伤心。他恍恍地站在门边，觉得又回到了很久很久的从前，他的小女儿还只有六岁，咬着一枚清凉的糖果目不转睛地看动画片，因为主人公的生死别离不时地掉下伤心的眼泪。他看着哭得那么可怜的她，想很快地走过去抱住她。可是此刻他们已经是这样的遥远。

假如说那天我是一个人跑去看了电影的，那不是一个呈现于我梦中的场景，那么我应该是去了如意剧院，在下午。不过按照常理来说，如意剧院是从来不放艺术电影的，基耶斯洛夫斯基的电影他们不会考虑。

那个下午我在如意剧院看的是《薇若妮卡的双重生命》。

这是小间的放映厅,我坐在最后一排,脚下面踩着厚厚的瓜子壳和半截的劣质烟。没有一盏灯,甚至没有通向安全出口的指示灯。闪烁的大屏幕上是个眼神像藤蔓一样捆绑住我的女孩,或者说两个。昏黄的、满天落叶飞舞的场景把我提前带到了秋季。女孩穿着厚厚长长的大风衣,微卷的短发,瞳仁格外分明。

秋天的骤然出现让我有些应接不暇。我紧紧地抱住双臂,冷。通常我很害怕电影院的,因为没有了听觉之后,视觉就是我保证自己安全的唯一凭借,而在电影院,在比夜色更加虚伪更加浑浊的漆黑中,我总是感到自己身处于巨大的危险之中。

没有几个人坐在这里观看,屏幕多是暖红色,下面闪烁着白色的中文字幕。电影里那个波兰的名叫薇若妮卡的女孩一直在唱歌,不过我听不见。她的嘴唇像盛放的牵牛花一般有着千姿百态的美好形状,我不禁伸出手,手指在虚空的前方划过圆圈,仿佛我可以触碰到那张嘴唇,仿佛我触碰到了那张嘴唇,就可以听到那些歌声。

……两个薇若妮卡,一个生活在波兰,一个生活在法国。谁也不知道彼此的存在,但是谁又都感到生命中有另外一个自己存在别处。她们在各自的生活轨道上行进着,冥冥之中却息息相连,她们触觉相通,一个被火灼伤了,另外一个也会痛。波兰的薇若妮卡在她心爱的舞台上倒了下去,死在自己极致的歌声里,同一时刻,在激烈地做爱的法国的薇若妮卡在情人的怀抱里流下了眼泪,她忽然感到丢失了最重要的,在远方,未可知可是最重要的一部分,于是忽然对眼前的一切很厌弃。她因一种前所未有的孤独感到恐慌。

法国的薇若妮卡继续着作为一名音乐老师的生活,她在一场歌剧表演中认识了木偶艺人,同时也是一个儿童小说作家。木偶艺人用各种奇妙的小手段把她引领到他的面前,此时,薇若妮卡已经爱上了木偶艺人。

"说吧,说吧,把你的一切讲给我。"木偶艺人面含微笑,充满爱意地对薇若妮卡说。

她的一切是什么呢?正当她不知从何说起的时候,木偶艺人在她的旧物里发现了一张她在波兰时随意拍下的风景照片——照片上有一个女孩,穿着厚重的大外套,一双充满期待的眼睛看向镜头,仿佛看到了未来。可是那照片上的女孩,却并不是法国的薇若妮卡。法国的薇若妮卡惊讶地看着照片上这个和自己一模一样的女子,终于失声痛哭,她知道那个和她一样的女孩曾在她的生命里存在过,并且永远地消失了。

薇若妮卡看着木偶艺人新制的和她一个模样的木偶,她惊奇地发现,他制作了两个完全一样的木偶。为什么是两个?她问。我在表演的时候总是很轻易就把它弄坏了——一个坏了,另一个可以替换。

木偶艺人要写一部关于两个女孩的书,他耐心地念给她听:

"两岁时,一个女孩的手指被火灼伤,另一个则见火自动缩手。……"

……我一直在发抖,坐在初夏的电影院里可是还是这样的寒冷。波兰的薇若妮卡死去的时候,我感到一阵剜心的疼痛,是一种恍然大悟的疼痛。唔,她不在了。

唔,她已经不在了。

耳朵里竟然渐渐地溢满了声音,开始我不能辨别那是什么声音,因为它像厚厚的云层一般,一浪一浪地覆盖过去。似乎是推移过来的潮声,一直漫过来盖住了我的身体。后来潮声终于平息,水一下从中央分开,分向两边,我可以听到细微的说话声音。是电影中的法国女孩在说话吗?

她说,你感到我了吗?

不,不是电影里的薇若妮卡,完全不是。她是一个跛脚的中国女孩,她站在法国薇若妮卡的名字和影子下面,伸出怯弱的手指,问我:你感到我了吗?

女孩,跛着脚的女孩从海底从潮声里走出来。她在我身前身后的影子里,在我炽白明亮的眼底,在我不能尽述的所有情节碎片里。女孩赤脚,蜷曲着身体,像半含苞的蕾,细细的一小枝,被歪歪斜斜地插在一件飘飘荡荡的堇色连身裙里面,幽幽地跳过来。她是跳着过来的,脚在地板上发出砰砰的声音,仿佛身体里的骨头都冲撞了出来。头发从背后掉到前面,像节日的废败的焰火一样上上下下做着缺乏节奏的惯性运动。

女孩,跛着脚的女孩像断了挂线的玩偶,失去了明确的方向,摇摆不定,可是仍是要前行。她有一张缀满水的脸,脖子特别白,而脸是淡淡的苹果色。衣服是那样的陈旧,只有脸像是新长出来的果实一样馥郁芬芳。她的嘴边含着一个非常易碎的微笑,在那上下起伏的跳跃中,我害怕极了,我害怕她的微笑一下就从嘴边掉了下去,像夭折的蝴蝶一样,化作一阵粉屑摔碎在地上。

女孩还在以半圆形的弧形跳跃前行。电影院的光滑的地面上她像一只将死的天鹅一样的妩媚。这是我那个生活在别处的替换玩偶,这是我那个优雅的镜中女孩。亲爱,我的亲爱,我终于完完全全想起了你和从前的种种,此时此刻,我像电影中生活在法国的薇若妮卡一样失声痛哭。我知道亲爱的女孩已经不在了,身体里缺失的器官是真真切切的不在了。

我的耳朵终于被修好了,被她修好了。她叫我不要害怕,她说她在天上,在遥远的地方,可是不管在哪里,她可以来当我的耳朵,她把所有发生的事、所有来去过的声音都告诉给我。所以她又在这里,在我的周遭。

我坐在初夏的电影院里,在忽明忽暗的电影屏幕前和我亲爱的女孩遇见。我知道我们本来是一起的,通在一起的,我的耳膜的另一端和她相连,我听不到是因为她不在了。她现在坐在我的右边,坐在我的左边,坐在我的无处不在。她抚我的脸,抚我的耳朵,一遍一遍地叫着我的名字,宛宛,宛宛。这时我分明听到了。我终于感到,一切都回来了……

2. 魔鬼亲临的童年

有些小时候的事情它们总是在。它们在,它们追着我跑。这个时候我的耳朵里就会响起一些风的声音,有时候有人的言语,女孩的喘息,叹气。还有头发断裂的声音。多年,这些声音一直和我一起,我已经确信,它们对我并无恶意,然而我仍旧无法对它们释怀。就像善良的鬼们仍旧得不到人的喜爱。

我已经不能准确地说出幻听这种病是什么时候缠上我的了,而我的耳朵又在什么时候被乱七八糟的声音缠绕住,仿佛是从小就有。很小很小的时候,我在傍晚的时候能听见风和潮汐的声音。此起彼伏的海仿佛就在我的脚下,然而我妈妈却说我们的城市离海很远,她说等我再长大一点就领我去看海。有的时候,我在吃饭,便能听见我之外的另一个咀嚼的声音。那细碎的咀嚼声伴着我咽下口中的鱼和蔬菜,还有的时候甚至有喝汤以及汤匙碰在碗上的声音。我妈妈常常看见我拿着汤匙发呆,她看见我紧锁眉头,一言不发地低着头。可怜的女人,她一直都认为是她做的食物我不喜欢。

夜晚也许有哭泣的声音,甚至在我已经入睡之后,那声音像一扇缓缓打开的门一样一点点开启。我坐起来,坐在黑暗的不见光的房间里。门仍旧是关的,可是哭泣声已经溢满了我的耳朵。女孩子的压抑声音像忽然坍塌下来的一朵云彩一样压住了我。雨滴淋湿了我。我盖着厚厚的被子却感到滚滚而来的寒冷,我在山洞吗?我被围困或者捕捉了吗?这些对年幼的我来说都像空白而光滑的墙壁一样无从攀缘,我无从知道这些声音后面隐藏着什么。

还有唱歌,有的时候无端地唱了起来,仍旧是哭泣的那女孩,我猜测,她唱起歌来。我记得我第一次听见歌声的时候我跑进浴室把自己关起来,我在这小小的空间里努力地听那声音。我揪着自己去听清那首歌。可是我仍旧不知道那是什么歌。零碎地哼唱反复而毫无秩序,有时候还夹杂了咳嗽。我把浴缸里灌满水,然后不停地把水撩起来,企图用水声掩盖这声音。可是那歌声似乎是在我的身上,水声在外面,根本无法打败它。我恐慌极了,是什么样的魔法施于我身上?我脱下所有的衣服,希望能找到那个无法再隐藏、落荒而逃的鬼。我一件一件地抖落我的衣服,然后把他们狠狠地摔在地上。可是歌声还是继续。最后,我赤裸地仔细地审视着镜子里的自己,恶狠狠地说,看你往哪里躲。小小的我,把自己深深地埋在浴盆深处,不断地用水淹没自己,清洁自己,我害怕极了,我觉得我再也洗不干净自己了。那个下午,我不停地洗澡,仍旧没有洗去那不成曲不成调的歌声。

还不仅仅是声音。我总是感到心慌,我无法分辨是那些奇怪的声音使我心慌起来,还是心慌和那些声音根本是两回事。有的时候我感到喘不过气来,这种情形并不是发生在我奔跑,上楼梯或者其他剧烈活动的时候,而是发生在一些我安静的时刻,甚至是我端坐在桌前看一本连环画的时候。我蓦地感到无法呼吸。一种连根拔起的力量，从我的内心深处像个气旋一样地散开，一圈一圈向上顶起来，简直要把我整个人攫起来了。我那时候还太小，几乎不知道哪里是心脏的位置，我只是感到里面疼，整个里面，疼得绞作了一团。我捂着胸口蹲在地上不能站起来。

在一次心绞痛中，我忽然从滑梯上跌下来，我的膝盖破了，血水渗出来，裙子也脏了。小朋友把我送去了医务室。我躺在铺着白色床单的治疗床上，心绞痛就像一只暗自充气的气球一样慢慢胀起来，还有一种零星的呻吟声伴随而生。那呻吟声不是我的，我的嘴已经被我紧闭得不留一丝缝隙，可是身体中还是有一种呻吟声游走出来，我不知道这是谁的声音，我不知道是谁在代替我哀伤。医务室的阿姨给我包扎了伤口，叫我以后要小心。我看着她，她三十多岁，搽一点白白的粉，绾一个温柔的髻在头上。她俯身向我的时候，她身前的听诊器在我的眼前一晃一晃的。我的眼睛花了，我终于忍不住对她说：

"阿姨，你用你的听诊器给我听听这里好吗？"我用手胡乱指了一下身体，因为我根本无法确切说出这个疼痛的位置，"你帮我听听，看看我身体里面是什么东西在动？"

她诧异地看着我，问："小朋友，你是不是哪里不舒服啊？告诉阿姨。"

"你帮我听听罢。"我执意说。阿姨就戴上听诊器，在我的身上听了一会儿。她笑眯眯地说：

"是你的心脏在里面动呀。"

"那它还是好好的吗？它没有生病吧？"我焦虑地问。

"它好好的呀，你也好好的。"阿姨拍拍我，肯定地告诉我。

在幼儿园期间，医务室每个月都给小朋友们检查身体，尽管每次检查之前我都有些忐忑，然而我得到的答案终归只有一个：我健康极了。

那时候我曾企图把这些告诉我的妈妈。我想就算我是糟糕的背负着鬼的女孩，我的妈妈也总能救我的。她那么善良，也许她用嘴巴亲亲我就好了。或者是我的爸爸，他的眼珠总是能照亮所有暗晦的，他把目光探测到我的心里一定就能把那鬼揪出来。可是就在我要说出来的时候，我却听了一个故事。故事是幼儿园的梅姐姐讲的。她是照顾我们的阿姨，她在所有阿姨里面年龄最小，圆脸，喜欢穿粉红色条绒裙子，绑两条麻花辫子在胸前，像个娃娃。我最喜欢听她讲故事，她讲着美丽的故事的时候总是会自己陶醉地笑起来。不过那个午后她讲的故事让我一直不得平安。她说每一个小孩，都有一个守护天使，她在天空中远远地看顾着小孩，小孩就会平安长大，长得像天使一样好看。天使教给小孩该怎样去爱，去给予。如果小孩被大麻烦缠住，天使就会飞过来，俯下身去把小孩衔起来，带他离开。

"呃，如果，如果看着小孩的不是天使呢？还会是什么呢？"我忽然打断没有讲完的故事，插嘴问道。当时所有的小孩都围坐成一个圈子，在午后的院子里安静地听故事晒太阳。谁都没有注意到，忽然突兀地站起来提问的我，带着六神无主仓皇无助的表情。那还只是初春,可是我不停地出汗,我的毛衣都湿透了。梅姐姐看着我,她很久都不说话就看着我。这个时候我又听见了那些来自其他地方的声音。我听见有跑步的声音,女孩大口大口地喘气。我觉得我就要断掉了,然后倒下,我身上的鬼就会走出来,踩住我,这里所有的人从今天起都会知道我身上有个鬼。

"如果没有天使,那和小孩在一起的就是魔鬼!"梅姐姐加大了说话的声音和力度,"那么,小孩将长成一个丑陋邪恶的人,和魔鬼一样。"她的神情像个惩恶锄奸的女英雄,她仿佛说着说着就要站起来,把身上带着魔鬼的小孩捉出来。

一切终于都得到了证实,原来,原来我是魔鬼一直照看的小孩,所以我耳朵里有奇怪的声音,所以我身体里有波浪腾涌的疼痛。在梅姐姐把我看穿之前,我赶忙掩饰好自己,缓缓地重新坐下,身子缩成一团,双手抱住膝盖——我担心鬼会从我的胸腔里走出来,所以我这样就可以压住她,不让她跳出来。

"如果你们遇到魔鬼照看的邪恶小孩,你们要躲他远些,他会把你们带坏的。"梅姐姐补充说。她这次说话是从来没有的凶狠。她要所有的小朋友都记住这些话。

我是其中一个,我坐在他们之中,我环视四周,看不出自己和他们有任何区别。然后我斩钉截铁地告诉自己,永远永远不要让他们知道鬼的这件事情。永远,我都要看起来和他们一样。没有人发现,那天听故事的小孩们都散掉了,我才离去,没有人发现,我浑身是潮湿的,身体是冰冷冰冷的,可是却仍旧在不停地出汗。

从此我放弃了向别人倾诉的念头。就这样坚持下来,谁也不说,我要把那所有的所有的声音都吞下去。哪怕所有的声音都膨胀,把我变成无可救药的胖子,哪怕所有的声音都变作可怕的虫子,把我吃空,把我变成壳子,我也决然不把那些声音放出来。时间和忍耐总会让我在慢慢长大之后有足够的力量来赶走那些声音。

后来,我的幻听骤然变得格外严重。那个声音像是蓦地加大了马力,变得格外强大。这一切开始于段小沐出现的那个夏天。那时我六岁,我的头发第一次留长,第一次站在有很多观众的舞台上唱了一支歌。

我至今记得从我家的老房子走去那间小幼儿园的路。我记得我双肩背着一只白色的侧面有两个大口袋的硬塑料书包,踩着一双滑滑亮亮的小皮鞋穿过马路走进幼儿园。我家是五楼,有个半圆形的阳台。我喜欢一面拿着一只蘑菇形状的花洒给我的几棵嫩绿色的小植物浇水,一面从阳台铁栏的缝隙里看着我的幼儿园。幼儿园的长圆形大门就在斜对面,幼儿园的大门上画满了动物,第二排有一只脖子轻轻探向前方的优雅的长颈鹿,涂着柔和的橘色,我最是喜欢。除此之外,还有憨态可掬的红脸蛋刺猬、杏核状眼瞳的小鹿。从我家的窗台望出去,还能清楚地看到里面的阿姨和小朋友在院子里游戏。我喜欢他们,就连长病的日子我也会趴在我房间的窗台上看着他们。我觉得让他们喜欢我对我非常重要。我必须把自己打扮好,让自己做什么事情都漂亮,这样,他们就不会察觉我和魔鬼一起的那些事情。

所以我努力做一个漂亮又热心的小人儿。那一季我喜欢穿艳桃色的小裙子,很短很短的,配上白色一尘不染的小皮鞋,头发要扎成两个辫子,所有发卡皮筋也要是桃红色。然后我让妈妈在我的桃色小裙子的口袋里塞满糖果,我带去幼儿园,把它们分给幼儿园的小朋友。我总是甜甜地说,你张开嘴,我给你放进嘴里。我还最先学会了用玻璃糖纸叠大蓬裙子的跳舞小人儿。我积攒很多像蝴蝶翅膀一样斑斓的糖纸,分给幼儿园的小朋友,然后我教给他们怎么叠。他们站着围成一圈,我坐在圈子中间。他们安静地听我讲话,按照我教给的步骤耐心地学习着。我们叠了好多好多,把它们一字排开放在窗台上,让它们在阳光下一对一对地跳舞。我看着我的小朋友们,我知道他们都喜欢我。

幼儿园不大的院落里有几架秋千。在我的记忆里它们是锈红色带着生铁气息的。但是我显然是错的,那秋千总是被油漆翻新,变成了天蓝色、明黄色、雪青色。可是这些总是被我忽略。它们在我这里,永远是把我裙子弄脏的锈迹斑斑的铁链,颤巍巍的磨光的木板摩。然而我仍旧喜欢它们。我一直喜欢所有的悬空的、摇荡的玩意儿。就像我长大之后特别喜欢船一样。小的时候我最喜欢的是秋千。秋千在六岁的视野里足以是一只船。裙子里鼓满风,像鸟一样腾空起来。我还记得幼儿园里的秋千紧紧挨着葡萄架子和无花果树。我飞起来的时候有可能轻轻碰到那棵树上的叶片。如果是盛夏就有葡萄的酸甜香气,还能看见青色的心脏形状的小无花果。并且飞起来的时候,劲猛的风可以遮掩一些耳朵里的声音,我能感到我干净的身体和风和天空在一起。

"你坐秋千的时候,为什么总是张大嘴巴叫呢?"同班的男生纪言问我。他是个毛茸茸的小男孩儿,睫毛和头发都软软的,像卡通片里的维尼小熊。

"多快活,你也和我一起叫吧。"我坐在秋千上继续叫。

没有人,永远都没有人会明白我六岁的单纯愿望:飞起来也许就能把体内的鬼甩出去。叫得声音大一些,就不会再受到耳朵里面声音的打搅。

然而就是在一次坐完秋千,我就要跳下来离开的时候,耳朵里的声音忽然不期而至。这一次,很不同。这一次是一种未曾有过的絮絮不止的小声诵读。低沉的,几乎泣不成声的,声音没有丝毫起伏,平静得像死去的人的心电图。这是我无法分辨的奇特的声音,它缓缓地伸进我的心里,像冰冷的听诊器一样照亮了看见了我内部的一切。可是,此时此刻,我的内心还有什么呢?除了没有边沿的悬浮状大块恐惧梗在那里。我把身子一点一点探下去,我想如果可以,我就躺下去,贴着冰冷的地面让水泥牢固地撑住我。可是我不能,我要看起来像个正常的孩子。我甚至不能让其他人看见我脸色苍白,坐立不安。我的桃红色裙摆我的桃红色发卡还在风里飞舞,我看起来还是个明艳的女孩,一切都不能出差错,我必须让自己看起来好极了。

我只好重新把秋千荡起来,荡得飞快,把所有的风都召唤来,让它们和这可怕的声音来战斗。那一次我一直荡,荡到头晕目眩,我开始呕吐。声音已经结束,早已是夜晚,幼儿园里没有一个孩子了,甚至灯光。我把身子伏下呕吐。是不是我胜利了那声音离去了呢?我从秋千上滚下来,倒在坚硬的水泥地上,双手还紧紧地捂住耳朵。很久很久之后有手电筒的光照在我的身上,我差一点发出尖叫。然后我慢慢看清楚走来的人是梅姐姐,她说:"宛宛你怎么躺在地上?这么晚还不回家?你身体不舒服么?呀!你吐了啊,是病了吧,怎么不吭声呢?快,姐姐带你回家去。"

我把手交到梅姐姐的手里的那一刻,心都要揪起来了。我担心她发现我和别的小孩不同,我担心她忽然转脸用悚然而仇恨的声音对我说:"啊,原来你就是那个魔鬼附身的孩子!"

我犹豫的时候她已经扯起了我,她牵着我的手把我带回家。我觉得她的手特别热,有温热的气流灌进我的身体里。那安适的触感很快把我平复,我沉溺于这种紧紧的保护,甚至急于在路上就这样安详地睡去。她走在前面,我跟在后面,好几次,我几乎叫喊出来:"梅姐姐,你救救我吧,我身上有个鬼!可我不是个坏孩子,你救救我吧,你救救我啊!"

然而我终于还是没有开启我的嘴,我没有做这个危险的尝试,因为我总能够特别清晰地记起梅姐姐说起魔鬼时那种恶狠狠的表情,她不会原谅,我知道。

那是初夏的夜晚,妈妈整整齐齐给我绑好的辫子都已经松开了,美丽的桃红裙子上沾满呕吐秽物,我就这样被梅姐姐送回了家。

夜里我在梦里大声对着梅姐姐说:"梅姐姐,梅姐姐,那鬼它总是欺负我,你知道吗?"

之后诵经的声音每周都有。神经质而周而复始喋喋不休。每周都有一次会持续很久的时间。我会在这声音来的时候悄无声息地推门出去,我一个人走去对面的幼儿园。诵经时间多是周日的早晨,幼儿园没有人。我开始坐下来荡秋千,飞起来就好了飞起来就好了,我对自己这么说。我想,我妈妈如果从阳台的窗户上探头出来,她将能看到她的小女儿无数次做着把自己抛向天空的尝试。

3．我的爸爸是卓别林

小沐是六岁的时候来到郦城的。她爸爸领着她的手带她走进了这个和他们家祖宗八代也不沾边的城市。郦城位于中国北方，可也算是个难得精致的城市，自古时便以扬天的棉柳和茶楼里吟词作赋的诗人词人而闻名。而小沐那从未曾去过的家乡原本是在南方一个长江流经的城市，以向他省输出民工而出名，小沐的爸爸正是其中一员。作为一名建筑工人，他通常一年只有两个假：春节和劳动节。其他时候他都在很卖力地工作，辗转各个工地之间。小沐三岁的时候，她爸爸已经升为所在的包工队的队长。

这一年的冬天小沐的妈妈死于意外。当年那场意外在整座城市非常出名：一块硕大的水泥石板从还未竣工的大楼上飞下来，砸在了小沐的妈妈和另外一个纺织女工的身上。那天小沐的妈妈和另外的那个纺织女工去买毛线。后来下起了大雨，她们就在这幢还在施工的大楼下面躲雨。当时小沐的妈妈还掏出刚买的草绿色纯羊毛的毛线和那个纺织女工一起欣赏。她说她要给小沐织一件新的毛衣。水泥板砸下来的时候，小沐的妈妈正在充满热情地向同伴描述她将要织的这件毛衣的样式。将草绿色和白色拧在一起织，娃娃领，要在左领下面用细细的毛线绣上小沐的名字。女人一脸陶醉地说着，然后一块大水泥板从天而降,盖上了女人幸福的脸。那个建筑队的队长就是小沐的爸爸。一些记者寻访需要对水泥板事件负责的人员时,找到了一言不发的小沐爸爸。之后他们在采访受难人家属的时候,找到的人竟然又是小沐爸爸。他端坐在他家的客厅的饭桌前,对着剩下的,小沐妈妈前一天做的饭发愣,镜头里的他嘴唇动了动,又动了动,可是最终还是一言不发。

那天小沐的爸爸同时作为这场悲剧的罪魁祸首和刚刚在这场悲剧中丧妻的鳏夫,两次出现在电视上。之后的一个镜头是小沐的爸爸戴着亮铮铮的手铐用双手紧紧地抱住小沐。小沐圆睁着一双极其大而充满着泪的眼睛,仔细地盯着她一夜之间老去很多的父亲。小沐从小就长着一张令人怜惜的脸,据说那个电视镜头使无数收看的主妇眼泪夺眶而出。令人更加怜惜的是小沐有先天性二尖瓣心脏疾病。后来那个电视台还专门做了一期关于救助小沐的节目,号召大家捐钱给被孤儿院收留的小沐。四岁的小沐又一次出现在电视屏幕上,在孤儿院的阿姨的引导下,睁着空旷的大眼睛,对着黑色亮晶晶的镜头说:谢谢,谢谢叔叔阿姨。

孤儿院的生活并没有给小沐留下什么深刻的印象,她后来觉得,也许那两年她只是一只被搁置的玩具,不再有人给予重视的目光。主妇们哭泣完了便忘记了,又各自去照顾自己的孩子了。

两年之后一个彩霞满天的傍晚,终于走出了大铁门的爸爸来到孤儿院领走了小沐。那天孤儿院阿姨给小沐穿了一件新的小袄,也把她的脸蛋擦得特别光亮。小沐挽着她爸爸的手,从一排没有父母的小孤儿身边经过。这是她生来第一次感到了一种优越感。她感到他们羡慕的目光送了她一程又一程。在那以后的很多年当小沐感到绝望的时候,她总是能想起这一刻,这是具有标志性意义的一刻,她是和她爸爸一起的,她牵着爸爸的手走进云霞里,后面是孩子们啧啧的艳羡之声。

小沐和爸爸坐上了北上的火车。她爸爸在车站给她买了一只紫色的长颈细腰的水壶,然后装上橘子味的苏打汽水。小沐非常喜欢,她紧紧地依偎在她爸爸的身边,隔几分钟就打开水壶的盖子,把水壶放到鼻子下面闻一闻,那窜鼻的凉辣辣的气味直打通了心肺。然后小沐轻轻地啜上一口,再小心翼翼地把瓶盖拧上。她告诉自己说,不能喝得太快,橘子的芬芳淡淡地回味在口腔里的感觉是多么美妙啊。她的爸爸一直目光呆滞地对着她发愣,身子随着火车的节奏一前一后地摇动。后来不知道为什么,他们就在郦城下了车。似乎是小沐的爸爸问了一句小沐:"你喜欢这里吗?"小沐从结满冰凌的车窗望出去,她第一次看到了雪。大片的白花花使她感到有点茫然。可是她觉得她非常喜欢,她就点头说:"喜欢。"然后她爸爸就带着她下了火车。

小沐被她爸爸送去了一家临街的幼儿园。幼儿园很小,临街只有一扇大门,上面画着各种动物。橙色的背景,前面站着一群花花绿绿的动物。最前面的是一只站立的刺猬。它全身是鲜艳的紫褐色,脸蛋上还涂着胭脂,小手小脚,一副很优雅的样子。它的旁边是一只精神萎靡的大熊猫,背后插着一棵葱郁的竹子,看起来像是一个风尘仆仆的侠客。它们身后还有长颈鹿、花狐狸和含情脉脉的小鹿。小沐从来没有见过这样斑斓的画,孤儿院的大门是铁栏杆隔开的,上面爬满了蛇一样狡猾的植物,密密麻麻,让人窒息。小沐走过这个幼儿园的时候,她不由自主地伸出小手,轻轻地拂过幼儿园大门上画的动物。她的爸爸察觉到了她的这一细微举动,问她:"你喜欢这里吗?"小沐从半虚掩的大门里看到了幼儿园里面玩耍的小孩子们。她看到一个漂亮的小女孩儿,被一群小孩子围在中间,她唱了一首歌,大家都着迷地看着她,大声欢呼。小沐真喜欢她的样子,她的嗓子也好,小沐从小也喜欢唱歌,可是从来都是唱不完整,声音也沙哑,哪有这小姑娘唱得好听。小沐一直盯着那个小女孩看,她觉得自己看到她就像跟着她动起来,跟着她唱跟着她跳,她觉得自己的手脚都是和她连在一起的,她的一举一动都牵动了她的行动。这是多么奇妙的事情,小沐想过去把小女孩看清楚,她也想抱抱她,和她做一对小姐妹。于是小沐答道:"我喜欢这里。"她的爸爸就领着她进去了。她爸爸牵着她的手走过那个漂亮的小女孩。小沐回过头去认真地看着那女孩,这女孩沐着一种幸福的和光,让她无比羡慕。

小沐那最后的有关父亲的影像,是一个滑稽的卓别林。那个黑色西装、船形鞋子的可笑的人儿总是踏着有节奏的步伐来到小沐的梦里。她觉得那是一个多么令人委屈的形象啊。

小沐进入这间幼儿园的时候,幼儿园恰好在准备迎新年联欢会。幼儿园要求每个小朋友的家长都要为这次节目出一点力。有的家长是做酒店老板的,捐了很多钱;有的家长在印染厂工作,扯了艳丽的花布把整个小礼堂装扮了一番;有的家长扛着最好的相机来了,说是要给大家拍照。只有小沐的爸爸,什么贡献都不能做。他还是一副建筑工人的潦倒模样,在所有家长讨论筹备联欢会的时候,缩在一个角落里,局促不安。最后,那个负责筹备联欢会的家长对他说:"你什么都不能拿出来,那么代表我们家长去表演节目吧。你,去演那个卓别林吧。"于是小沐的爸爸就作为家长代表,上台表演了节目。

小沐将永远记得那场联欢会。她爸爸穿着一身临时借来的大一号的黑色西装,船形的黑色皮鞋,脸上涂了厚厚一层像面粉一样粗糙的劣质的粉。他的整个脸都被糊住了,只有眼睛描成浓黑色,像是濒临灭绝的熊猫一样的忧伤。他们还找来一撮像松针一样坚硬的东西粘贴起来作为胡子。那盏礼帽对于小沐爸爸的头似乎是太大了一些,它从他的额头上一直向下滑,几乎遮住了他的眼睛,还把他粘得好好的眉毛揩下来一大半。他表演的是《摩登时代》,拄着一根细细的小木棒走起来像企鹅一样,而且还要故意站不稳,故意跌倒。他一直走得那么危险,小沐分不清他是真的要跌倒了,还是在表演。不过在大家眼里,他出色极了,尽管音乐不合拍,伴舞的小孩子们自己在台上笑起来,穿了帮,可是这个节目还是因为小沐爸爸的精彩表演而获得了最热烈的欢迎。小沐记得她坐在第三排最中间的位置,她身旁的一个胖男孩看着卓别林,一边大笑,一边冲着小沐大声说:"喂,你爸爸可真逗!"小沐张大茫然的眼睛,定定地看着这个胖男孩。

多少年之后,小沐总是能想起这句话,当她想起了父亲的时候。她的身旁一个令她厌恶的胖男孩用赞许的语气说:"你的爸爸可真逗!"这话似乎从来没有间断地从他肥厚的嘴唇间涌出来,简直把小沐的眼泪逼了出来。

那次演出之后,她的爸爸就离开了郦城。这间幼儿园是寄宿的,小沐就被安置在这里。她记得就是那天的演出结束之后,她爸爸摘了礼帽、胡子,洗了一把脸,就要匆匆离开。他领着小沐的手一直走到幼儿园的大门口。小沐就倚着幼儿园的大门上那只美丽的刺猬,看着她的爸爸走远。小沐敏锐地感觉到,周围还有很多人在注视着她爸爸,他还穿着那双西瓜皮形状的大鞋子,脸上还挂着没有揩干净的面粉。我的爸爸是卓别林。这是爸爸给小沐留下的最后的记忆。

从那天之后,小沐就没有再见过爸爸。他没有再回到郦城。小沐不知道为什么她要相信对她来说如此陌生的一个男人,可是她还是坚信她爸爸肯定遇到了什么意外,而绝不是因为她是个带着心脏疾病的累赘。她还是会意犹未尽地回忆起她爸爸给她买了紫色的细颈水壶,她爸爸为了她在舞台上扮演一个滑稽小丑。小沐仔细回想,父亲在她生命里的意义是,首先把她的母亲带走了,然后把她带出了孤儿院,然后把她带到了这个陌生的城市,郦城。这已经将她的一生都迁徙了。

4．李婆婆和西更道街的小教堂

在李婆婆出现之前,小沐在幼儿园度过了最艰难的一段时光。她时常感到心慌,不停地咳嗽,而且她的耳边常常有此起彼伏的耳语。一个声音悦耳的小女孩的零碎话语。还有她的歌声。仿佛有个女孩陪伴在她左右生活。小沐对这一切很不解,可是她想这一切应该都来自于她的心脏病。这可怕的病已经监禁了她最为自由的童年生活:她不能像其他小孩一样,坐滑梯,荡秋千。当其他小孩快乐地从滑梯上冲下来,从秋千上飞起来的时候,她只能在一旁痴痴地看着。幼儿园的阿姨不让她参加户外活动,她常常被老师留下来,当小朋友们都去外面做游戏的时候她就在睡房里帮阿姨们叠小孩子们的衣服或者帮助阿姨们把散落一地的识字卡片归类放好。这些都做好之后,她就倚在门边,远远地看着孩子们嬉戏,偶尔有皮球滚过来,她就鼓足勇气踢一脚。

最糟糕的是,她有时还咯血。开始的一次是在吃饭的时候。所有的小朋友都坐在幼儿园餐室的淡绿色长排餐桌旁吃饺子,小沐感到一阵眩晕。她放下手里的汤匙,坐直身子。可是心跳得更加厉害了,她咳嗽了几下。渐渐地,心就要跳出来了,她想最好还是站起来离开餐桌。她举手,对一旁照顾小朋友们吃饭的小梅姐姐说不舒服,要回睡房休息一下。小梅姐姐看了一下她的碟子,饺子几乎没有吃下几个。于是小梅姐姐沉下脸对小沐说,吃完饺子再回去,浪费粮食可不是好孩子。小沐望着小梅姐姐生气的脸,只好重新坐下,面对一碟在她的面前越来越摇晃不定的饺子。她终于感到一阵浓浓的腥气,她又咳嗽了一阵,一团红色的唾液被她吐在了盘子里。对面坐的小女孩大叫了一声,周围的小孩也都叫起来。一个剃着光头的小男孩大声说:

"这个我在电视里看到过,段小沐一定是要死掉啦!"

"啊,段小沐要死了!"几个小孩也跟着嚷道。

听到死,胆小的女孩子们都哭了起来。

小梅姐姐也吓坏了,抱起小沐就往医务室跑。后来转去了医院。医生说,小沐的二尖瓣心脏病会导致心慌、咳嗽和咯血,待她再长大些的时候才能动手术。

那次之后,大家就都知道小沐是个危险的小孩。折纸课的时候,小沐咳嗽了几下,旁边的小女孩立刻跳起来,惊悚地问:"你又要死了吗?"

医务室给小朋友们查体的时候,一个小男孩惧怕打针,把站在后面的小沐扯到前面,对医生说:"先给她打针吧,她就要死了。"

在李婆婆走进小沐的生活并给了小沐那份恒久的平安之后,在小沐刚刚走进教堂,开始她的基督教徒的生活的时候,有一段时间里她感到十分迷惘,解救她的到底是她仅仅在画片上看到过的神,还是眼前这个慈祥美好的李婆婆?她觉得李婆婆带着神的使命,几乎回答了她生活中的所有疑问。她对此愿意拭去她之前所有的梦魇,愿意不停地赞美生活的丰盛。

李婆婆是幼儿园茹茹阿姨的奶奶。她这样的老,却总是颠着小脚摇摇摆摆地给茹茹阿姨送来好喝的红豆汤。每次她都用最大个保温壶盛了满满的一壶,分给整个幼儿园的小孩。小孩们都喜欢这个不同于他们的祖母的婆婆:她穿一尘不染的黑色衣服,黑色小方口鞋子,银白色的头发工工整整地绾着个簪,胸前还有一个特别耀眼的银色十字架。小沐觉得这是她见过的最美丽的老人。

那天午饭前的时候,小朋友们在外面做游戏,小沐在餐室里帮阿姨们摆小碟子和汤匙。李婆婆来了,和茹茹阿姨在餐室的一角说话。李婆婆注意到了这个孤独的小女孩,她长着一双特别大的眼睛,瞳仁里有些晃来晃去的影子,使她看起来有道不清的委屈,仿佛就要有泪,涌出来,掉下来。她的头很大,可是身子却很小很瘦,穿着一件皱皱巴巴的非常短的连身裙子,这些让李婆婆联想到了革命电影里面的小萝卜头。李婆婆就问起茹茹有关这小女孩的事。茹茹说这女孩是被她爸爸送来的,可是她爸爸只付了两个月的钱,却再也没有回来过。而这个孩子又有先天性心脏病,幼儿园真不知道拿这个孩子怎么办呢,打算报告给政府,送去孤儿院了。茹茹阿姨又感叹了一番小沐爸爸的冷血:

"自己的孩子,怎么说不要就不要了呢!"

当时小沐正在一旁放碟子,哐啷,她突然失神,碟子重重地掉在了地上。其实她是想告诉茹茹阿姨,一定不是这样的,她爸爸肯定遇上了别的事情,而绝对不是不要小沐了。李婆婆知道小沐显然在听

她们讲话,她小心翼翼地走过来,抓着小沐的小手,用一个漾满皱纹的微笑说:

"小沐的爸爸很快会来接小沐的。"

"是呀。"小沐也不抬头,挪了一下位置,继续摆下一个碟子。

那之后,——也是一个彩霞满天的黄昏,李婆婆再次来到幼儿园。小沐正在敛起摊在地上的连环画,身后的李婆婆叫她,小沐。

李婆婆展开一件粉红色的蓬蓬裙。上面绣着的无非是一些细碎颗粒状的小珠子,可是小沐觉得李婆婆可真神气,仿佛满天的星星都给她摘下来了。

"给我的吗?"当李婆婆把软软的裙子贴在小沐的身上比长比短的时候,小沐怯怯地问,小手已经紧紧地抓住这件裙子,手指陷进软绵绵的丝缎里。李婆婆把裙子递到小沐的手里,示意她进睡房换上。

裙子是非常宽松的样式,小沐把它从头上套上之后它就自己顺畅地滑下去,像用细腻的丝缎洗了澡。她把自己想象成天使一样地从小睡床上跳下来。这是她难得进行的"剧烈运动"。

这个时候小沐的头发已经很长,松松散散地披在肩上,遮住了她失神的眼睛。她穿着那天使羽翼一般的裙子走出来之后,李婆婆就掏出两条滑亮亮的粉色缎带给小沐绑头发。小沐的头发被绑成两只松松的麻花辫,粉色缎带绑在辫梢,蝴蝶形状。

李婆婆转头对茹茹阿姨说:"这个孩子在幼儿园的费用教会会帮她出的,也会筹钱给她动手术。你给园长说,不要送她去孤儿院吧。"茹茹阿姨走过来,帮小沐整整新裙子,点了点头。

"还有,以后有什么需要家长参加的活动,你就叫我来代替小沐的家长,如果过春节或者其他节日幼儿园放假,你就把小沐领回我们家,知道了吗?"李婆婆又对茹茹阿姨说。

茹茹阿姨又点了点头,问小沐:

"小沐喜欢新裙子吗?"

"我喜欢。"小沐回答,她所经历的人生中,唯一几个快乐的时刻就是当有人问她:"你喜欢××吗?"时,她无比满足地回答"我喜欢"的时刻,从前是爸爸,现在是茹茹阿姨。那都是小沐难得的被给予礼物的时刻。

李婆婆知道了那整个下午都是户外游戏的安排之后,就决定把小沐带到幼儿园外面去。李婆婆牵着小沐的手,一路走去了一个小沐觉得仿佛是古堡的地方。

那是一座旧淡红色砖墙的教堂,顶子是尖尖的针形,中间的比较高,两边稍微矮些,仿佛是三个肩并肩紧紧依偎的人。教堂中间是一扇旧木头的大门,经年累月形成的暗红颜色,圆弧形状,一棱一棱的木头花纹。教堂的两边还种着素白色的蔷薇,在这五月的好天气里,散发着温香。小沐跨进大门,里面是一排一排的座椅和小桌。最前面是高高的塑像和鲜艳的拼色玻璃花窗。在教堂的两边侧壁上,有两个环形的宛若壁灯一样的绿色水磨石的凹槽。小沐好奇地看着这一切,她刚刚走来的时候,因为步行速度稍稍快了些,她再次感到了心慌,她原本以为又一场心绞痛的袭击来到了,可是当她跨进这间教堂,把这里面的东西一件一件看进眼睛里,她慢慢地不再感到心慌了。她感到了一种前所未有的平安。

李婆婆站在面对正中塑像的位置,轻声做着祈祷:

"主啊,求你让善良圣洁的灵住进这孩子的心中,求你在以后的日子里看顾这孩子的健康和成长,让她能在你的国度里获得最丰盛的生命。阿门!"

这些话对于小沐来说,是多么陌生和奇怪。的确,小沐从来都没有听到过这样奇特的言语,虽然那时候她也无法完全明白这些话的含意,可是她知道这是一些充满祝福的话语,她也仿佛是,在这话语中感到了深深的力量。不知道怎么的,她竟然这么坚信自己会好起来,所有的都会过去。她的心脏病,耳边不断的耳语,丢失的父亲,一切都会渐渐好起来。她也学着李婆婆的样子,缓缓地闭上眼睛,祈求幸福。

那天小沐还知道了很多,比如那凝重的塑像是耶稣,他的父亲叫作上帝。他是他父亲派下来拯救世界上的人的。因为世人都有罪。两旁的凹槽里盛放的是在太阳和雨露下经历了数天的圣水,还有,李婆婆那些有魔力的话语,叫作祷告。

李婆婆带小沐回去的时候,小沐拽一拽李婆婆的手,说:

"婆婆,我喜欢这里,你以后能常带我来吗?"——她第一次不想被动地等着别人来问她是不是喜欢这里了,她要主动地说,她喜欢这里。

小沐最喜欢周日的早上。这一天李婆婆很早就会来接走小沐,去教堂做礼拜。小小的教堂里塞得满满的人,每个人都表情安宁内心澎湃地握着一张写满歌词的纸,随着前面领唱的老人唱诗。多数来做礼拜的都是老人,可是本应颤巍巍的身子都站得笔挺挺。唱诗之后前面那个被称作牧师的中年男子说话,所有的人都目不转睛地看着他,仿佛他有着点石成金的魔力。小沐记得那个男子的话里面包括好多有趣的故事,就连还不能完全听懂的小沐也感到非常有趣。等到讲经结束之后,整个教堂忽然安静下来——所有人一起做祈祷。这一次,小沐也学着他们的样子,闭上眼睛,轻轻地和天上那个未知的老人说话。

教堂里的老人们都喜欢这唯一的小孩,小沐。他们买糖、文具,还有衣服给她,给她讲《圣经》里的故事,告诉她怎么样去做去接纳耶稣的爱,怎么去把自己的爱分撒给别人。

李婆婆也常常和小沐坐在教堂后几排靠近大门,能照射到午后和煦的阳光的位置,聊些小沐感兴趣的话题。

"婆婆,你说,我的心脏病是因为我有罪,上帝惩罚我吗?"

"婆婆,我的耳边总有一个女孩絮絮不止的说话声音,那是上帝安排的天使在和我说话吗?"

"婆婆,我爸爸还会回到这里吧?他是不是迷路了?天使会领着他再找到这里吗?"

李婆婆通常都不直接回答小沐的这些问题,而是讲一些故事给她,或者念《圣经》给她。这些起先还是使小沐感到迷惘不堪,可是渐渐地,小沐觉得这些问题都不在她的脑海中萦绕。婆婆说,这就是上帝解除了你心上的那些负累。

小沐也见过老人参加洗礼。牧师用水轻轻地点在老人的额上,老人紧紧闭着眼睛,一字一句地随着牧师念誓言,待到那老人再睁开眼睛的时候,他的整个额角都是亮堂堂的光,这便是那所说的得到了永生。

在小沐看过一场又一场洗礼之后,她终于对李婆婆说:"我也能洗礼吗?"

六岁的小沐参加了洗礼的仪式,成为一名基督教徒。那天她告诉自己,病魔去吧,天使会来看守着我,天使也会帮我爸爸找到来找我的路。

小沐自六岁就一直去那个在西更道街尽头的小教堂。西更道街也许叫作一个弄堂更加合适,狭窄得不能通机动车辆,骑自行车的人也须多加小心,有时多几个嬉戏的孩子便不能平稳通过。后来小沐离开了幼儿园,搬去了很远的地方,再后来,到李婆婆死去,从前固定来这间教堂的老人越来越少,小沐还是每周都去这间教堂。后来西更道街的长棉柳全部被砍掉了,再后来离家多年的男孩带着长镜头回来拍这条郦城最有味道的小弄堂,失望而怅然地面对着空荡荡的小街。但那些,都是后来的事了。

5. 跳舞小人的秋千年华

小沐在幼儿园的时光里,目光总是久久地被那个叫作杜宛宛的小女孩牵引。杜宛宛,就是她第一次来到幼儿园门口,看见的那个光芒四射的女孩。正是因为小沐看到了她,才决定在这里停留下来。

起先,小沐觉得杜宛宛吸引她仅仅是因为杜宛宛是个令人着迷的可人儿。杜宛宛穿着桃红色荷叶滚边的连衣纱裙,被一大群小孩子围在中间。她的裙子口袋里永远塞着满满的彩色糖果。她用染着浅粉色指甲油的小手指抓着亮晶晶的糖果一枚一枚地分发给小朋友们。她把糖纸在小桌子上摊平,有时候还把透亮的玻璃糖纸拿起来,蒙在眼睛上对着太阳光看一看,然后,她就把那块小花纸叠成一个美丽的跳舞小人儿。她的手非常巧,叠的时候用拇指和食指捏住,小手指头翘在半空中,一转眼的工夫,一个精致的小人儿就从她手间活脱脱地跳出来了。她把叠纸的动作慢下来,折一下、停一下地教会所有的小朋友。他们折了好多的小人儿,放在窗台上和那些绿蓬蓬的植物在一起,宛然是开成一片的花朵。杜宛宛会折的东西还不只跳舞小人儿,她还会折各种动物,青蛙,企鹅,大象。每次折纸课,那个阿姨都格外宠爱杜宛宛,她让杜宛宛坐在她前面的位子上,代替她教大家。

杜宛宛还有好听的嗓音，会唱各种流行的儿童歌曲，而且她还会各种语言的，英语的，日语的，唱起来都别有味道。这让小沐多么羡慕，小沐天生是一副无法改变的沙哑嗓子，唱歌的时候她总是无法坚持唱完整，确切地说，她是完全不自信的，尤其是她听过了杜宛宛那好听的歌声之后，她就更加无法好好地唱完一首歌了。唯有在教堂唱诗的时候，她才悄悄地在心里唱一支完整的歌，也会忐忑地想着，自己难听的歌声会不会触怒了上帝。

杜宛宛跳起舞来也很好看。小沐觉得谁也不如杜宛宛叠出来的跳舞小人儿有舞者的韵味，这个归根结底是因为杜宛宛本身就是个跳舞的小人儿。杜宛宛的身体软软的，小手小脚，脖子很纤细。小沐说不上来究竟是哪一种，可是她觉得杜宛宛像是一种优雅的鸟。杜宛宛会跳扇子舞、孔雀舞，还有一些混杂的少数民族舞蹈。不过小沐觉得，杜宛宛的即兴舞蹈最动人。很多时候，小沐站在门边看着小朋友们围成圈子在外面做丢手绢的游戏。杜宛宛输掉了，受罚，她绝不会扭捏害羞，而是大大方方地站起来，走到中间，给大家跳一段舞。都是她即兴的动作，像电视上教的现代舞，有时又忽然跳出个维吾尔族舞蹈的动作，可是却被她衔接得非常自然，仿佛原本就是紧紧相连的两个动作。大家都喜欢她的即兴舞蹈，因为永远都不知道下一个动作会是什么，杜宛宛像个播种秘密的小松鼠一样在中间跳来跳去，谁都无法抗拒这灵动的小东西。

除了能歌善舞以外，杜宛宛最出众的才华其实是她的画。早在杜宛宛折第一个跳舞小人儿的时候，小沐就观察到杜宛宛的手格外美丽。手指纤细，而手指肚圆圆的十分饱满，手指甲也是琥珀一样的光鲜动人。杜宛宛有自己的画簿,是一个硬壳子的精致的大本子。里面有杜宛宛千奇百怪、奇思妙想的画。有蜡笔的、彩色铅笔的、水粉的,还有布贴的、木头刻章印出来的。画面也都是鲜活可爱的,有动物、植物、穿着花裙子的小女孩和戴着礼帽的小绅士。几乎每天都有小朋友跑去跟杜宛宛借画本来看。他们大声嚷着:

"杜宛宛,你画一画我吧!"

幼儿园有一大面空白的墙,上面变化多端的彩画多是杜宛宛画的。杜宛宛每个月都会去更新那墙壁上的画。那个时候她就会穿上一条厚实的牛仔布的工装裤,戴上一块小花布的头巾。她搬来幼儿园的长梯子,爬上去画高处的墙壁。这本身就是一幅好看的画——杜宛宛右手拿着1号的排笔,左手托着一只斑斓的调色板。她一边哼唱着歌曲一边轻松随意地一笔一笔画上去。这总是会引起小朋友们的围观。他们猜测杜宛宛在画的是什么,荧光的热带鱼还是刚刚绽放的花朵。有的时候杜宛宛刚刚勾出一只小鹿的轮廓,仰脸观看的小朋友们就会禁不住叫出来:

"杜宛宛,把它涂成蓝色!"

"不,应该是黄色!"

这时候杜宛宛总是微微一笑,她是有她自己的主见的,她通常是不会更改她的主意的。段小沐来到这个幼儿园不久就发现了大家对杜宛宛才华的钦佩,杜宛宛五岁的时候参加少儿简笔画大赛就获得一等奖了。她的画被贴在市少年宫的橱窗里,电视台还做过一期杜宛宛一分钟简笔画的节目。毫无疑问,杜宛宛是这座幼儿园里最受关注的小女孩。

可是小沐后来惊讶地发现,杜宛宛深深地牵引着她的,却并不是她的这些美妙的才华。而是一种奥妙无穷的相通。

最初的发现,是当小沐走近杜宛宛的时候,她身边的耳语会格外清楚。有一次,吃午餐的时候,杜宛宛就坐在小沐的旁边。身边的小男孩讨好地给杜宛宛说了个笑话,杜宛宛咯咯地大笑起来。小沐愣住了,她发现她耳边的那种来自别的地方的声音特别清晰,和她实际听到的杜宛宛的声音合在了一起。她惊呆了。而每每杜宛宛登台唱歌的时候,她的耳畔那个遥远的声音也隐隐能辨出,正是杜宛宛的歌声。是的,她渐渐能分辨,她耳朵里那来自遥远地方的莫名其妙的女孩声音,正是杜宛宛的。杜宛宛在遥远的地方笑了,她的耳朵里的那个声音便是笑的;如果杜宛宛哭泣,小沐的耳边必然是抽泣的声音。

在一次天旋地转的心绞痛的时候,小沐忍着疼痛,抬起头看了一眼杜宛宛,正如她隐约猜到的,杜宛宛脸色苍白,蹲在地上说不出话来。她的疼痛也能直抵杜宛宛的内心。没错,她和她是相通的。小沐为了证实这一发现,她甚至故意把自己的手指用一块碎玻璃划破了。与此同时,她果然看见不远处的杜宛宛忽然尖叫了一声——杜宛宛的手指显然没有任何划伤,可是她仍旧感到了相同的疼。

小沐终于证实了这一发现,她耳边自小就有的声音——虽然这声音一直很遥远,根本无法听清其具体说了什么——可是小沐可以确定,那声音是来自女孩杜宛宛的,杜宛宛和她有着某种难以置信的默契,她们的声音相连,触感相通。

一时间,小沐不知道自己应该感到喜悦还是伤痛。从某种意义上说,杜宛宛简直是她的孪生姐妹,这使小沐感到了一种前所未有的温暖的亲情,她是有一个小姐妹的,她绝不孤单。可是另外一方面,她也为杜宛宛感到难过,杜宛宛总是要随着她一起痛的,她自己的心脏病带给了杜宛宛极其深重的痛苦。她连累了杜宛宛。

当小沐发现这个秘密之后,她内心很久都无法平静下来。她觉得自己对不起杜宛宛,在她的心里,杜宛宛是个完美的小人儿,绝对不应该受这样难熬的疼痛的。她总想着能够和杜宛宛说说这些,然后她要向她道歉。为了这件事情,小沐一次又一次地在上帝面前祈祷,祈求上帝减轻杜宛宛的痛苦,然而,同时她也无比满足地感谢上帝赐给了她这个美丽的小姐妹,要知道,她是多么喜欢杜宛宛啊。

小沐对于幼儿园和杜宛宛的最后回忆都和一架秋千有关。那架秋千就在幼儿园的西墙边,是斑斑锈迹的铁链外加一块木质疏松的厚木板。小沐知道杜宛宛一直都喜欢这架秋千,她闲暇的时候总是来荡。她荡得特别高,从来不害怕,还喜欢喊出声来。小沐就在一旁,当杜宛宛荡起来的时候,小沐也能感到有一缕一缕的风灌进心室,所有的内脏,都像在充气的气球,小沐有了飞起来的预兆,这对于她本是一件多么不可能的事情啊。可是当杜宛宛把秋千高高荡起来的时候,她给了小沐足足的力量,小沐微微地合上眼睛,她竟然觉得自己已经在飞了。

所以后来小沐有了一个有趣而不知不觉的行为,当她看见杜宛宛坐上秋千飞起来的时候,她就不由自主地走过去,站在秋千不远处的一旁,缓缓地合上眼睛,她仿佛是和杜宛宛一起飞翔。

　　小沐闭着眼睛吸了一口五月美好的蔷薇花香。她那能歌善舞的小姐妹就在不远处荡秋千。小沐觉得她是上帝赐给自己的天使,上帝是要不能飞翔的小沐抓住天使的翅膀飞起来。

6. 段小沐和我的三色冰淇淋

段小沐长着一双鹿一样警醒的眼睛,眼瞳里有些摇摇晃晃的影子。她的脸颊瘦削,是淡淡的苍紫色,嘴唇发白而干燥。这女孩的头较之她瘦小而干瘪的身子,显得格外大。她稀疏的头发零零散散地披在后面,整个狭细的身子都套在一条旧灰色的大裙子里面。从五月到九月,她都穿着一条裙子,无数次的洗涤已经使得所有的衣服纤维都变得疲惫不堪,散发出一股奇怪的味道。段小沐是个哑嗓子的女孩,她说话的时候,仿佛每一个吐出的字符都与空气发生着激烈的摩擦,要在半空中响好久才消失。

当我带着那几乎与生俱来的对魔鬼和幻听的恐惧站在一个简直荒唐的谜底面前的时候,我无法不迁怒于被我认为是这所有事端的罪魁祸首的段小沐身上。我仿佛就是在知道谜底的时候骤然强大了起来,而那份转化而来的怨恨深刻得令我自己也感到惊讶。可是这是多么无可奈何的一件事情,我注定要自己亲手树立起段小沐这个敌人,我才能紧紧地围裹起自己,我从此,才感到安全。

这所谓的谜底,用六岁的我的话来说,就是,段小沐便是一直压制着我的魔鬼。

幼儿园里什么时候多了个叫作段小沐的女孩我也记不清楚了。

可是我渐渐地感到了这个女孩对我的非同一般的意义。第一次听见她笑的时候,我惊呆了。忘记了什么原因,那次她就站在我旁边,笑得特别开心。她一边笑还一边咳嗽。这声音我多么熟悉,这便是几乎每天都要在我耳边响起的我以为是幻听的声音。此时此刻,段小沐的声音奇妙地和我耳畔的幻听合在了一起,这个清楚而嘶哑的声音重重地砸在我的耳骨上,化成一阵找不到源头的疼。我久久地注视着身旁这个眼睛里有大片阴翳的女孩,一阵一阵地发冷。后来,我注意到,每当段小沐在离我很近的地方讲话的时候,我耳朵里的幻觉声音就会和她的声音合在一起,这仿佛,我的耳朵是一面对着她的墙,而她的声音通过这面墙,把回音散播在我的耳朵里。所以当她靠得很近的时候,回音便和原声合为一个。还不仅仅如此,段小沐有的时候还会有奇怪的动作,比如她忽然用手抵住心脏的位置,狠狠地压下去,而我同时就感到了剧烈的疼痛。是的,正是如此,每次她脸色铁青,把手用力地压在心脏上的时候,我就心绞痛,只能软弱无力地蹲下去,藏住我几乎掉下眼泪来的眼睛。

这狠毒的女孩!她将何种魔法施与我?她用咒语般的声音缠绕在我的耳朵上来迷惑我,她还用极刑一样残酷的心绞痛来折磨我。幼儿园的阿姨们说她是个不知道哪里来的小孩,她没有家,也没有亲人,有关她过去的一切无人知晓。可我想我知道,她正是那个一直住在我心里的魔鬼,她终于长大了,足够大了,她就跳了出来,变本加厉地折磨着我。她借口有心脏病而不参加户外活动,可是却悄悄地站在门边,用暗沉沉的眼睛盯着我。每当我荡秋千的时候,她就在不远处看着我,我便故意把秋千荡得特别高,用风声来淹没她的声音。我在半空中看见她也闭上了眼睛,似乎是在和我激烈地斗法。

段小沐还是个会念咒语的女孩。她时常和幼儿园茹茹阿姨的祖母李婆婆去西更道街的小教堂。我没有走进过那个教堂,我猜测里面一定住满了鬼,因为段小沐的力量就是在那里得到壮大的。每次我确切地知道她去了教堂之后不久,我的耳边就会响起她沙沙的唱歌声音。随之而来的便是她絮絮不止的念经。我是多么讨厌她的声音啊,像粗糙的沙砾一样摩擦着我的皮肤。段小沐的存在使我对教堂有一种抗拒,我想那所有书上说的教堂是神住的殿堂一类的话,都是骗人的鬼话。教堂现在已经被鬼侵犯了,攻陷了。每次我看到一大群老人从教堂里走出来的时候,我就恍恍地觉得他们是给魔鬼附了身的,下一刻他们就会一起念起咒语来。袅袅的魔鬼就会从他们的头顶窜出来。

我原本以为,女鬼段小沐和我在两个世界里,她跳出来,来到我的身边只是为了用暴力来压倒我,损毁我,然而后来我发现还不仅仅如此,她更擅长用最柔软的方式攻陷我周围的一切。

那是一个初夏的黄昏。我和纪言荡了很久的秋千,已经过了晚饭时间。纪言忽然神秘地告诉我,幼儿园隔壁那户人家的院子里埋着很多光彩夺目的"珍珠",他要带我去"挖宝"。所谓"珍珠",其实无非是一些穿珠帘用的小碎彩珠。大约是这户人家的珠帘散了,掉在泥土地上,后来便渐渐被泥土深深埋起来了。可是那时候,那些彩色小珠子真的令我非常欢喜。于是那天我没有告诉妈妈我不回家吃饭,就随纪言去了。

整个挖珠子的过程都很愉快,我和纪言商量好要把珠子串成项链，一人一个戴着。那之后我兴冲冲地重新返回幼儿园，打算沿惯常的路回家。就是这时候我看到了来幼儿园找我的爸爸。我应该叫他，告诉他我在这里，可是我没有。因为他此刻正和段小沐在一起。我是自幼儿园的后门进来的，远远地看见我爸爸和段小沐在幼儿园的前门那边说话，段小沐就倚在我最喜欢的长颈鹿身上。我虽然不能看清楚段小沐的嘴巴是否在动，可是我耳边一阵又一阵响起来的含糊而混浊的声响使我知道，她确实在和我爸爸说话，语调非常温柔。我躲在后门的背面，远远地观察着他们。忽然我爸爸和段小沐一起走出了幼儿园。我犹豫了一下，悄悄地在后面跟上了他们。我爸爸和她缓缓地走到这条街的尽头，那是一个十字路口，然后他们等待绿灯，过马路。这期间他们一直交谈，我爸爸还牵住了她的手，她抬起满心欢喜的眼睛看着我爸爸。最后他们在离路口不远的冷饮店停了下来。我爸爸牵着她的手走了进去。

我感到飞转的世界忽然什么都停下来一样的眩晕。我飞奔过去，把自己藏在彩色的大广告牌后面。我看见他们坐下了，段小沐的面前放着一只粉色的小碟子，里面正是我最心爱的三色冰淇淋，它们此刻正像最明艳的花朵一般开放。段小沐正把三色冰淇淋上面的一个樱桃送进嘴里，——那是我最喜欢的樱桃，我强烈地感到她亵渎了我的樱桃！她还开心地对着我爸爸笑。我爸爸把胳膊放在桌子上，认真地看着她吃，并且，他也笑着。段小沐，段小沐此刻也正像最明艳的花朵一般开放。我目不转睛地看着"花朵"，看这本应属于我的冰淇淋，我知道我被替代了，我被这个从我心里跳出来的魔鬼替代了。她现在伸出手来，她要我爸爸。她要了我的爸爸！

那碟冰淇淋段小沐吃了半个小时还要多,他们不断地说话,笑。

躲在广告牌后面的我终于还是未能把这一切看完。天空说下雨就下雨了,毫不客气,反正没人再来在乎我的感受。黄昏的时候下雨总是格外寒冷,我用双手抱住肩,慢慢地走回幼儿园。路上才发现,脚上那双白底红花的娃娃鞋带子断掉了。连鞋子也在欺负我了。

我从来没有这样难过,即便深受段小沐的折磨,即便耳朵里充满了比工业噪声更加嘈杂的杂音,即便身体里载满了比剜心挖肺更疼痛的心绞痛,我都没有此刻难过。父亲对于我的意义,无法言喻。说我从小有着恋父情结也未尝不可。我的爸爸是个无所不能的超人,小的时候我总是这样想——事实上,即便是现在,我明明知道这显然不是真的,我仍旧特别真诚地认为我的父亲是个超人。我最心爱的夜晚时光,是我的爸爸把我放在他的膝盖上,然后他用双臂环住我,他两只手握住一本连环画,刚好在我的面前,我就自己翻看。这个动作一定使我的爸爸很累,而且他根本无法做别的事情,可是他一点都不厌烦,还总是把下巴轻轻地抵在我的头上,温柔地摩挲。我爸爸是个富有的爸爸,他从不吝惜他的钱,他说那些钱就是为了带给他的小女儿快乐。爸爸每周都带我来冷饮店吃三色冰淇淋,新开的海洋公园爸爸肯定领着我最先去。我的洋娃娃可以摆满两节商店的柜台,衣裳可以开一个小型的童装展览。而且爸爸特别喜欢给我拍照片,他几乎每个月都给我拍照片,然后拣他喜欢的放大,挂得家里到处都是。他还和我一起养小动物。那次我们一共去了五个宠物市场才物色到一只极为罕见的美丽小狗,买回家来。于是我们便在每天晚上看完连环画之后出去遛小狗。后来小狗生病死了,我爸爸抱着小狗,带着我去郊外埋葬,我们还给小狗刻了一块干净光滑的石碑。生日的时候爸爸给我举办生日宴会,之前他出去采购了足足三次。给我买了珠光宝气的王冠还有像仙女手中的魔法棒一样好看的彩棒。蛋糕也是最大的,三层加起来几乎和我一样高,每一层都写着我的名字和他的祝福。祝我越来越美丽,祝我越来越聪慧,祝我幸福……宴会的时候他就坐在一边给我们放音乐,照相。我知道所有人都羡慕我有这样的父亲。我在我极尽奢华的童年里当着一个甜蜜而无忧的公主,而这一切都赖于我的爸爸。

然而现在我亲爱的爸爸他领着段小沐去吃冷饮了。还有什么比我将失去爸爸的宠爱更加糟糕?段小沐这个势不可当的妖精要夺走我全部拥有的。我知道这样一个有关鬼的说法,就是说鬼会做各种努力来取代人的位置,也就是说,段小沐是想要把我毁掉,然后取代我的位置。

那天我迟迟没有回家,在幼儿园的秋千上荡来荡去。雨水让我的裙子越来越沉重,它再也不能飞扬了。我双脚一蹬,把已经破了的鞋子甩掉,我的脚在雨里像一对仓皇的兔子一样怯懦地发抖。我的手里还攥着那把辛辛苦苦挖来的彩色珠子。我对着它们看了一会儿,感到索然无味。在秋千高高荡起来的时候,我轻轻松开手,珠子一颗一颗落下去,刚刚团聚在我手心的它们就这样再次彼此失散了。被大雨冲击的它们,想在天空里走一条直线都不能,多么地委屈啊。

后来我终于看见段小沐和我的爸爸一并走回来。不知道什么时候起,爸爸手里多了一把伞。爸爸一直把她送进来,送到幼儿园的屋檐下面,蹲下身子,抚了抚她的脸,然后才转身离去。段小沐久久地站在原地目送着我爸爸,夜色里她的肥大裙子像一面胜利的旗帜一样飘摇,我终于在她走入一扇门里,再也看不见之后,纵情地哭起来。为什么她要来抢夺属于我的?我恨她。小小的我,从来也没有像现在这样憎恶过一个人。

纪言也是寄宿在幼儿园里的。那天不知怎么,他竟从大雨中走了出来,一直走到我和秋千的跟前。他来到我的身边,看见我在哭,看见我完全淋湿了,也看见满地散落着彩珠。他把打着的伞在一旁支好,然后蹲下身子一颗一颗把那些珠子捡起来,放在他背带裤的大口袋里,最后他掏出一串串好的珠子,给我戴在脖子上:

"杜宛宛你不要哭,我的项链已经穿好了,你先戴着,我把剩下的珠子穿好,那串也给你。"我摇了摇头。

他用他的小手拉住我的小手,大声说:"杜宛宛,谁欺负你啦?我去找他算账!"

我抬起头,疑惑地看着他,心里想着,纪言,你可以吗?你可以战胜魔鬼吗?

"有一个鬼,她总是在我的附近,她抢走了我所有的东西。"我不知道为什么要对纪言说起——这违背了我将对任何人隐瞒这个秘密的誓言。可是在那个时候,神志不清,极度激动的我就忽然对他含混不清地提到了魔鬼。

这下轮到纪言疑惑地看着我。他不明白这所谓的鬼是什么。可是他看到了我痛苦无比的脸,看到这张已经被雨水、泪水浸泡得肿胀的脸。

"是什么鬼?它什么时候来,我来帮你赶跑它!"纪言用洪亮的声音大声说。他慷慨的爱心救助使我非常感动。可是我摇摇头,不再说话。我想我已经说得太多了,这已经违背了我一贯隐藏这个秘密的原则。然后我继续荡秋千,纪言在下面仰脸看着我。脖子上的项链晃啊晃的,我忽然这样感激纪言,仿佛他摘了满天的星辰给我。他使我知道在这个冷冰冰的世界上还有个人在乎着我的心情。

我想就是从那次开始,纪言格外地在意我,也许是他骤然地发现这个身上集满赞美的小姑娘原来是这样的脆弱而苦痛,才生出了许多怜悯。他总是远远地跟着我,看着我画画,看着我荡秋千,目送我走出幼儿园,过马路,走向我的家,就像个一丝不苟的小保镖,他是想帮我驱赶鬼。可是他怎么会了解,折磨我的就是近在咫尺的段小沐呢。

那个目睹爸爸带着段小沐去吃三色冰淇淋的夜晚,我一直停不下来地荡着秋千,非常迟才回到家,身上湿透了,鞋子也丢掉了一只,我是怎么赤脚走回家的,自己也不知道。妈妈自然因为我这么晚才回去而数落了一番,赶快给我准备了热水洗澡。我坐在空旷的客厅的地板上,用一种最哀怨的眼神看着我的爸爸。他在微凉的天气里套着一件开身毛衫,在柔和的灯光下看上去还是那么慈祥。他看到我狼狈的样子,就走过来,抱起我:

"怎么把自己弄得这么湿,为什么不躲雨呢?我去幼儿园接你却找不到你。我和你妈妈都急坏了。"

我微微地抬起头,盯着他的眼睛看,他在担心我吗?他还会担心我吗?

我缓缓地把头埋在他的怀抱里,贪婪地吸取着他那柔软的毛衣和剃须水的味道。等我洗完澡,他就把我抱到我的小床上,照例亲吻我,和我道晚安。我终于把一颗千疮百孔的心放下来,我把它放在爸爸宽厚的臂膀上,放在我对爸爸仍旧不改的一片迷恋之上。

爸爸帮我关掉灯,向门口走去。就在他走到门口的时候,忽然转过身来对我说:

"宛宛啊,你的幼儿园里是不是有个叫作段小沐的小姑娘啊?她没有爸爸妈妈,很可怜,你以后多带她来咱们家玩好了,记住了吗?"我的爸爸说完之后,就走出门去,房间是完全漆黑的,他看不见我的眼睛里再次涌出了眼泪,他看不见那双闪烁在黑暗里的眼睛第一次有了对他的恨。

"杜宛宛讨厌爸爸!"

那天晚上我从床上跳起来,在日记本的扉页歪歪扭扭地写下了这句话。

很多年过去了,我的爸爸一直不知道曾有这样一件事情,他也不知道,他曾给他六岁的女儿一个多么痛苦的夜晚。可从那之后他惊讶地发现,他的小女儿再也不喜欢三色冰淇淋了。

7. 秋千上的谋杀事件

我从未向别人提起我是为什么离开了郦城。我自己也在努力淡忘那个像一块血痂一样凝结在我脑中的根由。

虽然那件事已经过去太久了,我在不断地回忆中也刻意地更改着事情的原本面貌,然而我必须得承认,即便是我一开始不知道最终将发生什么,那也绝对是一场充满预谋的荡秋千。这次荡秋千与往常略有不同,所有其他的孩子都不在,阿姨们也不在,整个幼儿园空荡荡的。那天阿姨们带着小朋友们去参加韵律操比赛。段小沐因为她所谓的心脏病而独自留下。我原本是要参加的,还要站在前面领操。虽然看起来很光彩,可是我觉得这对于我一点都不重要。我知道段小沐会一个人待在幼儿园,我想我需要勇敢地和她面对面。原本我对于魔鬼是无比畏惧的,可是自从爸爸带着段小沐去吃三色冰淇淋之后,我的所有畏惧就都变成了愤怒。我是的确强大起来了,我要反抗。于是就在阿姨们将要带着小朋友们出发的前一刻,我忽然说我很头痛,想留在睡房休息。阿姨们都感到很蹊跷。不管她们怎么说,我都痛得难以忍受,还平白地哭泣起来,无论如何也不要去参加那个韵律操比赛了。她们都非常生气,临时再去找一个领操的小孩不是一件容易的事情。可是她们平日里又都很宠爱我,最后也只得顺从我了。阿姨们叮嘱段小沐好好照顾我,如果我情况更加糟糕,就送我回家去。

我躺在幼儿园的睡房里。听见大家都走了,幼儿园终于安静下来。段小沐就坐在我旁边的床上,面对着我,冲着我微笑。这还是第一次,我们离得这么近。她的脸颊狭长而凹陷,眼睛里面的什么东西不断地流动着,仿佛是那原本就很大的眼睛仍旧在扩张,要霸占了整张脸。我侧着身子,看着这张脸,或者还有她胚芽形状的弯曲而纤细的身子,这正是我一直都害怕的形象。然而这也许还不应该是我最害怕的,作为一个魔鬼,她理应有她的原形。现在是只有我们两个人的时刻,她也许就要现形了,三头六臂,血盆大口吗?我打了一个寒战。

我倏的一下坐起来,跳下床去,径直走到门边,推了门就出去。她在后面叫我:

"杜宛宛!"耳朵重重地响了一下,——我可厌恶她嘶哑的嗓子。

我不回头,不应她,只是向前走,走到秋千跟前。我并不是很清楚为什么我会走到秋千的前面。可是我的直觉就仿佛滚滚的云头一样涌起来,我感到这秋千是我的避难所。她似乎对这架秋千有着某种顾忌,她在我荡秋千的时候就能变得特别安静,那个时候似乎我处于某种主动的地位,而她被秋千牵制着,是被动的。并且我有预感,她会跟我来秋千这里。

我坐上秋千,身子向后退了几下,脚一蹬,就飞了起来。果然,我看见她走了过来。仍旧站在秋千前左方的位置,抬起头看着我。我觉得她的表情有些迷惘,她大概是奇怪我怎么突然有了这么大的力气来荡秋千。

为了让她明白我的强大,我还唱起歌来。我现在已经记不得我唱了什么,也许随便哼了什么。她闭上了眼睛,一动不动的。她受制于我和我的秋千了吗?我已经占据了主动的地位了吗?我已经有了降伏她的能力了吗?

很久,我才停下来。她缓缓地睁开眼睛,说:

"我喜欢你唱歌。"

"那么,你坐上这秋千吧,我在后面一边推你,一边唱歌。"我立刻说。我不知道是什么驱使了我,怂恿了我,使我不假思索地说出这样一句话。我也在茫然地问我自己,我到底要做些什么?可是我自己又马上回答了自己的问题:杜宛宛你不要害怕,你马上就会知道了,到底要做什么。

"我有心脏病,不能荡秋千。"她连忙摇头。

心脏病?我的心脏咚的被狠狠地敲了一下——我感到了她施于我的心绞痛。多可笑,此时此刻你还要提醒我你带给我的痛苦吗?我停顿了一下,调动了很多的笑意来掩盖内心的愤恨。我微笑着说:

"来嘛,我会很轻的。你难道不想像我一样飞起来吗?"我冲她眨眨眼睛,一脸诱惑她的真诚。我也不知道为什么这样说,但我隐隐地觉得"飞起来",这个对她很有诱惑。也许是因为会飞的是天使,而魔鬼都不会飞吧。

"唔。"她犹豫了一下,但是显然已经心动了。她慢慢地走过来,到了秋千的旁边。我停了下来,用期待和鼓励的眼神看着她。她用手握住秋千的铁链,尝试性地轻轻摇了几下。

"来吧,上来。我会给你唱好多好听的歌呢。"我不由分说地跳下来,把她扯过去,摁在秋千上。她的肩动了动,做了几下微弱的挣扎,就坐定了。

"你慢一点荡啊。"她仍旧不放心,回头嘱咐了我一下。这个时候我已经绕到了她的身后,双手握住了秋千的铁链。

我摇得很慢,开始唱《让我们荡起双桨》的歌。不过这个时候我已经有些明白我下面要做什么了。

握住铁链的双手,握得越来越紧。甚至将指甲嵌进了铁索里面,牙齿咬住嘴唇不放,驱鬼的行动蓄势待发。

我用了很小的力缓慢地给秋千加速。秋千渐渐地高起来。我唱歌的声音更加大了,唱得也很卖力,她确实被我的歌声吸引,并没有察觉秋千已经飞得那么高了。

越来越高,越来越高。

我还是唱,唱的是《踏雪寻梅》,我还故意把音符拖长,速度放慢,听起来慵慵懒懒的,让她浑然不知秋千已经飞上了天。然而我的心跳变得非常快,心痛又开始了。所以我猜想她已经察觉了,开始用心绞痛来对付我。

"啊,太快了,慢下来,慢下来吧。"她回头对我说,慌张极了。

我不说话,心痛更加剧烈。我想她在用她的内力和我斗法。她是要我痛得难以忍耐,然后倒下去。我必须先下手。她是魔鬼,她是魔鬼,段小沐是困住我的魔鬼!我不断地这样告诉自己。可是说实话,在那一刻,我想到的具体情节并不是她如何害我的那些,诸如幻听、诅咒般的念经、心绞痛。那个时候我脑子里忽然闪现的是冷饮店的大玻璃,她把红宝石般夺目的樱桃送进嘴里,异常妩媚地对着我的爸爸微笑。

魔鬼!

我终于被心绞痛压得喘不过气来,我张大口吸气,耳边还是她哀求的声音:

"求你了,停下来,停下来,我不行了!"她害怕极了,不停地摇晃,可是这个时候她并不是将双手紧紧地抓住秋千的铁链,正相反,她的两只手已经松开了铁链,只是紧紧地护住胸口。

我的心痛得喘不过气,可是我已经可以不去理会了,我在激烈的驱鬼行动里得到了前所未有的快感。它甚至可以抵住最可怕的心绞痛。

此刻我更加明了自己要做什么了。秋千越荡越高,就在秋千从我身边向前冲去的一刹那,我用尽自己全身的力量推了她,她本能地抵抗了一下,刚好延迟了几秒,恰好在秋千飞到最高的地方的时刻,她掉了下来,或者说,是向前飞了出去。她轻飘飘的身子在空中划了一道弧线之后,就落下去了。

我想我应该感到满足,甜蜜地微笑起来,然而这个时候我的心突然像做自由落体一样没有依托地不停下落。那一刻我以为自己要死了,我终于看到了一个魔鬼的力量,我觉得她用她最后的力量完全控制了我的心,我的心要一直掉向地心了。

我未能看见段小沐落地,因为我已经重重地倒了下去,失去了知觉。

我没有过多久就恢复了知觉。我躺在秋千旁边,头磕在秋千上,额角出血了。我的眼睛的余光感到有一个人在我的旁边——是纪言。天!怎么会是这样,纪言他应该目睹了这一切。我想他应该是在参加韵律操的中途返回,因为惦念着我这个忽然头痛的小朋友,他好心地决定回来看看我。我不知道他找了一个什么样的借口才脱离了队伍,跑回了幼儿园,这些都不重要了,重要的是他看见了一些他不应该看见的事情。他看见这个一贯温柔可人的杜宛宛凶恶起来,她在杀人,充满预谋的谋杀。我看见纪言用惊恐的表情看着我,他站立在我的跟前发抖。我忽然非常憎恶他,他为什么要在这个时候出现呢?他的出现显然已经使我对他的友好情谊在顷刻之间化为乌有。我发现他非常慌张,仿佛肇事的是他自己。他满脸都是汗,用痛苦的眼神看着我。我想他是吓坏了,他并没有那个曾安慰我说帮我驱鬼的纪言那样的勇敢,我忽然为他的胆小感到可悲和鄙夷。

他慢慢地把目光移向躺在秋千前方的段小沐。她躺在距秋千很远的前方,一动不动。我摇晃地站起来,右腿剧痛。我一点一点移动,我的整个身体仿佛不是我自己的了,它似乎完全散架了。我来到了段小沐的面前。她蜷缩着身子,紧紧地闭着眼睛。血已经铺张地流了一地,她看上去就像一只干瘪的虾米。她是魔鬼吗?强大的、邪恶的、加害于我的魔鬼吗?忽然我感到很迷惘。

她是死了吧。我的神经忽然收紧,不能思考了。死了啊?我慌忙退后几步,绕开她,一瘸一拐地跑向幼儿园的大门。

"你为什么要害她?"身后的纪言忽然大声喊住我。他的声音一点也不坚定,虚空而毫无力量。我回过身,看见他已经跪坐在段小沐的身旁,用他自己的格子小手帕盖在段小沐不断涌出鲜血的额头上。我轻蔑地笑笑,好吧,全世界都是偏向她的,我的爸爸和纪言都那么在意她。我更加不后悔我所做的事。我继续一颠一颠地向大门口走。走到大门口的时候,再次回头,我看见纪言望着那么多血害怕地哭了,他慢慢地扶起段小沐,拖着她向幼儿园的睡房走去。我的心又痛又乱,不知道此后还将发生些什么。我只是随着直觉、随着潜意识,很快很快地跑回了家。我把自己藏在被子里,一层又一层的汗不断冒出来。忽然,我掀开被子,审视着自己,因为我疑心那不是汗,那似乎应该是血!它们滚烫滚烫的,从我的额角、右腿不停地涌出来,我想我肯定是要死了,我浑身都在痛。这就是魔鬼的威力,她把这生死的折磨也施与了我。

我病了,被送进医院。很长一段时间我都在发烧,不断地有汗涌出来,可是我觉得似乎是血要流干了。我总是听见纪言在隐隐约约的梦里斥责我,他说:

"你为什么要害她?"

"她是鬼,她是鬼!她弄坏了我的耳朵和心脏!她还要抢走我的爸爸!"我在梦里大喊。

我的病持续了大约一周才好,这是个怪病,因为医生们都检查不出我是哪里出了毛病,我看起来浑身上下都是好好的。段小沐没有死,她长时间昏迷在医院里。我对幼儿园的阿姨们说我那天很早就离开了幼儿园回家休息,所以我并不知道段小沐出了什么事情。阿姨们都对我的话深信不疑,于是她们断定段小沐是自己贪玩荡秋千,跌了下来摔伤的。我不知道纪言出于什么样的原因,他没有向阿姨们说出他看到的一切。我没有再见到纪言,我不知道该用怎么样的表情面对他。我需要感激他么?感激他的袒护?还是我应该表露出万分的惭愧和悔恨?可是这些我都来不及细细想了,我心里害怕极了,因为我知道这件事情不能隐瞒多久,倘若段小沐醒过来,说出一切就完了。所有的人都不会再喜欢我,我将像一只被揭去羊皮的狼一样,被永远地驱逐出绵羊的队伍。眼下我必须赶快逃离郦城,不要让他们再找到我。

还好,那时候暑假已经来到了,这一年我们都从幼儿园毕业了。我坚决不肯留在郦城读小学,哭着闹着要离开这里。我举出种种郦城不够好的理由,我说去落城的表妹家时,看到落城的玩具商店是多么大啊,落城的儿童乐园是多么好啊。我不要不要,再也不要留在这破烂的小城市。爸爸妈妈都很无奈,但是他们太宠爱我了,恰好我的爸爸有个可以去落城工作的机会,于是我们家就整个迁移到了落城。从此我离开了郦城,和所有的小朋友们不告而别。

段小沐肯定没有死,而且醒了过来,这个我能感觉到,因为她的声音还在。我总是担心她有一天会忽然来找我,蓦地出现在我面前,和我面对着面,向我索命。我在内心深处承认,我所做过的,的确是一场谋杀,而段小沐应该已经死了。她因为是个魔鬼才能不死,延续着生命,但是她一定会记下这一笔,我曾杀过她。

一个魔鬼将会以什么样的方式复仇?我用那之后的十几年来思考着,等待着。

8．瘸腿姑娘段小沐

七岁的段小沐成了西更道街小学的一名小学生,也是唯一一名残疾学生。事实上,想起来,段小沐还是觉得自己很幸运,当自己是一个孤儿的时候,自己没有被送去孤儿院,而是留在了幼儿园;当她又成为一个残疾儿童的时候,她也没有被送去残疾人学校,而是留在了西更道街的小学校。她至今仍旧为此感谢上苍。

段小沐每天驾着双拐往返于这条小街的形象,大大的头,纤细的身子以及两侧坚实的土黄色木头支架,还曾被一个学习摄影的大学生拍成相片,获了当年的摄影大奖。段小沐在她妈妈死去那回之后,再一次成为大众为之掬一把同情泪的对象。段小沐的成长过程里郁结满了怜悯,她永远是一出大戏中那个想起、提起就要满眼溢满泪光的角色。

段小沐就是那次从秋千上坠落下来摔伤了右腿的。她在医院里昏死了很多天才醒过来。她的右腿骨折了,腿上打着重重的石膏,她轻轻地敲下去,整只腿像刚刚粉刷过的墙壁一样坚硬,冰冷。

"我是太想荡一荡秋千了,忘了自己是有心脏病的,后来就摔了下来。"段小沐解释。李婆婆充满疑惑地看着她,可也不说什么,只是用手揽着她,下巴在段小沐稀疏的头发上温柔地摩挲。

纪言也常来看她。纪言带着低低的遮住眉毛和眼睛的帽子,手插在口袋里,站在她的床边一言不发。段小沐看得出来,那次目睹秋千事件使纪言发生了巨大的变化。纪言本来就是一个心地过分善良的男孩,他柔软的内心是禁不住任何坚硬的划痕的。而那一场凶残的鲜血淋漓的谋杀,使纪言被拎了起来,放到一个他不愿意看到的恐怖世界。杜宛宛原本在他的心里,是个可爱至极的女孩,而段小沐,在他心里是值得全世界来疼惜的可怜至极的女孩。可是可爱至极的女孩偏偏要站出来杀害可怜至极的女孩。纪言柔软的内心被重重地刺伤了,他站在段小沐的床前,站了很久,发呆的眼睛淌出眼泪来。

段小沐知道他是在想那天秋千上发生的事情。她也在回想着,每时每刻,无时无刻。不是意外,这她当然清楚。她是在思索杜宛宛这样做的动机。她是不记恨杜宛宛的,因为杜宛宛是这大而空荡的世界上唯一和段小沐感触相通的人,她使她感到这个世界上还有亲人。她想杜宛宛之所以这样对她,一定是有原因的。此刻她躺在病床上,努力地思考,也只是想帮杜宛宛想出一个合理的理由,为什么,她要这样对她呢?

然而就在一个夜晚心绞痛突发——自从上次激烈地荡秋千之后,段小沐的心脏病就恶化了,疼痛总是来得更加猛烈。这个半夜时分,她深楚的疼痛中传来另外一个女孩的梦呓和呻吟。她听得清那是身在疼痛里发出的声音,杜宛宛的声音。她忽然从病榻上坐起来,她终于明白了这其中的原因,是因为这心绞痛呵,是因为每每段小沐发病的时候,无论在多么遥远的地方,杜宛宛都会感同身受地遭受着这场疼痛。是因为这种触感的相通,使得无辜的杜宛宛必须得和她这样一个病人拴在一起,使得健康的杜宛宛也附上了病魔的影子。段小沐伤心极了,再也没有人比她更加明白心绞痛的厉害,可怜的小女孩杜宛宛,她定然是无法忍受的。

段小沐在皎皎的月光下跪在病房的窗户旁边,轻轻地对着上帝祈祷,她求他解除捆束着杜宛宛的疼痛,声音,所有所有和段小沐有关的。她求这些都放过杜宛宛,都来找她,她是理应承担这些的病源。

段小沐感到她对杜宛宛的感情更加深了,她想找到她,抱着她,向她亲口道歉。她是她的小姐妹,依依相连的小姐妹,她们应该彼此关爱,相互扶持。然而段小沐又立刻对自己说:

"我又能帮她做什么呢?"她摇了摇头,坐在床上继续叠跳舞的小人儿——所有李婆婆给她的零用钱都被买成了五彩缤纷的糖。段小沐对糖果本身并无兴趣,她也学着杜宛宛的样子,把糖亲亲热热地塞到别的小孩嘴里,她只是留着那糖纸。她把糖纸抚平,叠成花花绿绿的跳舞小人儿。可是段小沐平静的动作的背后是一颗搅得她坐立不安的良心。她想她要最快地见到杜宛宛,和她好好地说说她的歉疚。

当纪言再次来探望段小沐的时候,段小沐急切地哀求纪言:

"带我去见杜宛宛吧,你去过她家的,你知道她住哪里。带我去吧,我有话对她讲。"

"是她要害死你啊。"纪言迷惘地看着她。

"带我去吧,这都是我的不好,我要和她和好。我有话要和她说,说完了我们就会和好的。"段小沐仍旧哀求。她那迫切想要见到杜宛宛的愿望使她瘦小的身体不断地颤抖,整个床都被牵连着动起来。

"等你的腿好了吧。"纪言推托道。

"明天就能好!"段小沐听到纪言答应了她,开心地说。

在医生看来,这个女孩的要求有点不可理喻,她竟然要求提早拆掉她腿上的石膏。医生好心地规劝:

"你还这么小,不明白后果,你的腿还没有长好,万一错位就会变成一个瘸子。"

段小沐摇摇头:

"不会的,不会的,我会好好在家休息。"

医生仍旧不同意,一个六岁的小姑娘会懂什么呢?她连爱惜自己的身体都不懂得啊。

下午时分,纪言来看段小沐。段小沐忽然无助地哭起来。她像一个落水的娃娃一样满脸都是水,整个人毫无生气。段小沐晃着纪言的胳膊说:

"你把我放出去吧!你带我去见杜宛宛啊。"纪言被段小沐绝望的表情吓坏了。他不知如何是好。

"我得马上去和她说清楚。我觉得要来不及了,我能感到,要来不及了。"段小沐坐在病床上哭喊,这无法不使纪言动容。纪言说:

"可是你的腿还缠着这个,你怎么走路啊?"

段小沐说:"你来帮我,我们拆掉这个,我就能走了啊。"纪言疑惑地只看着她,不知道应该怎么做。不过在六岁的纪言心里,他的确不明白这石膏的真正意义,他不知道段小沐的腿上为什么要绑着这个硬邦邦的东西,使她的腿不能动弹。他非常肯定,这个石膏肯定使段小沐不舒服了,他觉得他应该帮段小沐拿掉这个令她不舒服的东西。他又问:

"你肯定吗,我拆掉这东西,你的腿就好了?"

"是的,是的,然后你带我去找杜宛宛,好不好?"段小沐连连点头,一脸恳切。

"好。"纪言终于答应了。他找来水果小刀,一点一点把石膏划开,石膏渐渐地完全裂开了。他把它们一片一片地拿走。终于段小沐的腿上只有一小段缠绕的纱布了。他们都笑了。纪言觉得他做了一件大好的事情,他解救了段小沐。段小沐也感到自己终于被释放了,她立刻跳下床来,她的腿一碰到地面就重重地疼起来。可是她扶着床还是站住了。然后她脱去病号服,只穿她的肥肥大大的长裙子——刚好遮住了伤口。然后她对纪言说:

"走吧。"

纪言和一颠一颠的段小沐走出了医院。出医院大门的时候,段小沐努力地挺起胸脯,腿也不露出一颠一颠走路的样子,她看起来绝对不像一个病号,而是一个来探访病号的,她顺利地逃出了门卫的视线,和纪言来到了大马路上。他们都非常开心,所以虽然此刻段小沐感到了腿疼,她也不肯说出来,因为她看到了此刻身旁的纪言充满做了英雄的成就感。

这医院离幼儿园和杜宛宛的家并不远。他们很快就到了。上楼的时候段小沐感到非常吃力,每个台阶都是纪言紧紧地拉着她走上去的。终于来到了杜宛宛的家门前。纪言敲门。开门的是杜宛宛的爸爸。段小沐立刻看到盎然的暖意。这个男人曾带着她去吃三色冰淇淋,她多么喜欢那冰淇淋,因为她听杜宛宛的爸爸说,这是杜宛宛最喜欢的。杜宛宛最喜欢的,这本身就使段小沐感到喜欢。现在她又见到了这个温和可亲的父亲。她就对着他笑了,问:

"叔叔,杜宛宛在吗?"

"噢,她不在了,她和妈妈去落城了。我们全家就要搬家了,搬去落城。——你们来找她玩吗,来,进来坐吧。"温和可亲的父亲笑眯眯地说。

段小沐感到一切都是徒劳的。她的整只腿都像裂开一样地痛。她摇摇头,说:

"我们不进去了。"她拉着纪言,转身要走。杜宛宛的爸爸又说:

"对了,小沐,上次你和我说起你爸爸走丢了,他很久都没来看你,那么现在呢?他回来了吗?"他的语气里充满了对她的怜惜。

"没有。他没有。"段小沐摇摇头,她忽然感到其实她早已丧失了父亲回来的信心,可是她总是竭力地隐瞒包括她自己在内的所有人。现在这个时候她已经失去了所有的希望。段小沐就是一个孤儿,她早就没有了爸爸,杜宛宛也极力地摆脱她,除掉她。她难过地要哭出来了。

段小沐抓起纪言的手急忙下楼去。她走到楼下的时候已经变得跌跌撞撞的,她松开纪言的手,走得越来越慢。后面是杜宛宛爸爸的声音:

"你们以后要去落城找宛宛玩啊!"

纪言在她的前面走,嘴里嘟囔着:

"她一定是害怕见你,所以她逃走了。"他身后没有回应的声音。于是他又说:

"你现在回医院吗?"身后没有回答的声音,却是重重的一声——他回头一看,段小沐已经倒在了地上。纪言只能听见夜晚幽幽的风,他感到一切仿佛又回到了那个秋千旁边,他面对着的又是那个失去知觉躺在冰冷的地上的女孩。他才隐隐地感到自己闯下了大祸。

段小沐重新被送进了医院。医生们都非常气愤,这女孩的腿没有好就擅自打碎了石膏,跑出了医院。她原本接好的断掉的骨头,因为这么一走,都错位了。即使再接好,两只腿也会变得一短一长。她从此成了一个只能借助拐杖走路的跛子。

等到段小沐的病完全康复了,她拄着双拐回到幼儿园的时候,幼儿园的暑假已经来到了,所有的小朋友们都不在了。此刻这里像个荒废了的庄园。幼儿园的所有玩具都老了。滑梯的红色油漆都褪去了,凹凸不平的滑道上积了一小摊雨水;跷跷板缺失了一块座椅木板,直挺挺的铁架子像是一柄剜入天空的剑;秋千,段小沐看到了秋千,哦,她的,她和她的秋千。段小沐重新走到秋千的跟前。这块地方曾经那么激烈过。她能想到她在秋千上时所感觉到的整个世界的颠覆,她能感到她身后那个女孩甜美的歌声背后所隐藏的怨恨,愤怒排山倒海般地向她涌过来。这个时候段小沐是多么思念她亲爱的小姐妹,她那怨恨着她、企图谋害她的小姐妹。段小沐总是从耳朵深处响起的声音里判断杜宛宛的心情,为她祈祷着,愿她开心。她爱她,她愿她能明白。

那个重新回到幼儿园的下午,段小沐丢掉了双拐,坐上秋千,自己轻轻地荡起来。她想很遥远的地方会有另外的那颗心的感知,她能知道的吧,段小沐这么地想念杜宛宛呵。

后来纪言才感到了事情的严重性。是他打碎了段小沐腿上的石膏,是他以所谓的"解救"弄坏了段小沐的腿,是永远弄坏了,不能完复。也许这件事情对六岁的纪言来说,只是一种恐惧和慌张,随着他年龄的增长,这件事成了他永久的哀伤,他总是带着最深的歉意回到那个夜晚,他,无知的他,敲开她的石膏,那时他竟流露出不知好歹的得意。他在这些充满悔意的回想中,已经分不清楚他和杜宛宛有什么分别,如果说杜宛宛给段小沐造成的伤害是可以挽回和弥补的,而他给段小沐带来的伤害却是永不能逆转的。他内心一直怨恨着杜宛宛,可是他和她又有什么分别呢?

然而段小沐虽然面对着这条不能再正常步行的腿常常难过地哭泣,可是只要纪言来了,她肯定会说:

"这是我自己造成的。我太心急了。"

无论如何,自六岁意外地目睹那场事故之后,纪言就和段小沐有了无法割断的联系。那之后纪言总是隔三岔五地去看段小沐,无论是段小沐住在医院里还是后来她搬去了李婆婆家。

十二岁的时候,纪言的家也迁去了落城。直觉告诉段小沐,这似乎是纪言自己的选择。他很想再见到杜宛宛,尽管他总是嘴上说,多么地恨她。段小沐在纪言即将离开的最后一个夜晚,艰难地走去纪言家。她站在门口,再次用恳求的语气说道:

"你如果在落城找到杜宛宛,你能告诉她,我很想见她吗?或者,或者,你回来告诉我啊,你带我去见她啊。"

纪言就这样去了落城。一年,两年,很多年纪言都没有找到杜宛宛,但是他坚持每个月都坐着从落城到郦城的列车回到郦城看望段小沐。

"仍旧没有找到杜宛宛。"纪言坐在段小沐和李婆婆住的那间简陋的小屋里忧伤地说。纪言环顾着像溶洞一样潮湿、像地窖一样黑暗的小屋,再看看失望的段小沐——她越发像一只蜻蜓,大眼睛,细身体,纪言感到了上帝的残忍。上帝,是纪言频频从段小沐那里听到的词,她带着幸福而满足的语气,用描述父亲的尊重与亲近,说着上帝的事情。

纪言永远也不明白,段小沐从什么地方得到了这样大的力量,使她坚信上帝对她格外恩宠,并且她热忱地爱着把她从秋千上推下来的杜宛宛。

9. 以右手开端的爱情

段小沐上小学以后,幼儿园就不能再收留她了,她重新变成了一个无家可归的小孩。李婆婆把她接去了自己家。李婆婆家在西更道街的西头,是四合院中的一小间。屋子不朝阳,窗户又很小,整间屋子非常阴暗,水泥地总是下过雨一般湿乎乎的,好像从来没有被晒干过。房间里的所有家具,不过是一张床、一只大衣柜、一只红木的八仙桌。然而就是在这间屋子里,段小沐度过了那么多年。当她坐在床上的时候就能看到一角的天空,她就像一只蛙一样地观望着,遐想着遥远的地方发生的一些事。

可是李婆婆说段小沐不应该总是坐在房间里发愣,这阴冷的房间只会给她的腿带来更多的寒气。所以放学回家之后,李婆婆就让段小沐架着双拐到大门外晒晒太阳。门外正有一些玩耍的孩子。他们在玩一个叫作"捉媳妇"的游戏——这个游戏和所有十来岁的孩子们玩的"捉迷藏"大抵相同,不过是女孩儿们躲起来,男孩儿们去找她们。被找到的女孩就得给找到她们的男孩儿做媳妇——男孩儿们把"媳妇"像战利品一样押回各自的"山寨"。所谓"山寨"不过是堆砌一圈的石头,在中央再放一块最大的石头,铺垫些软草在上面,作为"宝座"。女孩儿们给他们捶捶背,砸砸腿,做出一副言听计从的样子。每每他们玩这个游戏的时候,段小沐都在一边饶有兴趣地观看。她看到被捉住的女孩佯装着做出一点轻微的挣扎,然后就一副享受的样子仰脸向天,仿佛是被人轻轻挠着下巴的乖顺的猫。然后她们任由男孩们向后扳住她们的手臂,把她们押回"山寨"。段小沐还看到每个女孩儿的脸都呈现出一种五月天的草莓颜色,嘴唇也是初夏的樱桃一般闪闪动人。她喜欢看她们的样子,她也曾暗暗地想,如果她能参加这个游戏,她一定用心地表演好这个"媳妇"。不过她自己是知道的,像她这样的人是不能给人做"媳妇"的。她这样一个连走路都不方便的女孩,怎么能给人做"媳妇"伺候好丈夫呢?她只是像一个缺损的石膏像一样被两根硬邦邦的支架固定着,一动不动地站在一边观看。

　　后来发生的一件事情像温水一般融化了这块只能站立旁观的石膏像,段小沐觉得她整个人都化成了一片充满柔情的水。

　　那是十岁的初夏,段小沐仍是在每个黄昏里站在大门外看其他的孩子做游戏。那一天经常一起做游戏的孩子当中,有两个女孩子没有来。女孩儿少了大家都玩得索然无味,只玩了两轮大家就停了下来,坐在墙根边休息。一个叫作"小杰子"的男孩忽然注意到了段小沐,段小沐架着双拐站在小街对面的墙根下面。这女孩长着特别大的头、很细的脖子和腿脚,狭细的脸颊是伤病的紫色,唯有一双格外大的眼睛炯炯的。小杰子歪着头眯着眼睛看着段小沐,忽然哈哈地笑起来。旁边的小孩都很奇怪,问他为什么笑。小杰子一边笑一边大声说:

　　"你们看段小沐像不像一根大头针啊?"

其他的小孩的目光一时间都聚向了段小沐,霎时迸发出一阵笑声。他们都太佩服小杰子了,多么绝妙的比喻啊,像极了。

段小沐局促而慌张地站在那里,她的手在微微地颤抖,双拐有一点摇摇晃晃的。她深深地把头低了下去。

"我们以后就叫她'大头针'吧。"大家都嚷起来。这个绰号就这样颁发给了段小沐,它从此一直伴随她。这个绰号在以后的时光里也总是提示着段小沐,她很少穿裤子,总是穿长而蓬松的裙子,这样可以离"大头针"的绰号远一点。

"喂,大头针,你和我们一起玩吧。"小杰子忽然大声嚷道。旁人都惊异地看着小杰子,他是怎么了,要带一个跛子参加?小杰子看到了大家的疑惑,他冲着大家眨眨眼睛,佯装着严肃地说:

"你们不喜欢她当'媳妇',可以不捉她呀,让她跟着'跑跑'也是好的嘛。"小杰子又转向段小沐,说道:"怎么样,大头针,你玩不玩?我们可以给你长一点时间去躲起来。"段小沐在落日的晖光下看着对面的男孩,这个男孩剃着爽利的平头,有一双漾满了毒汁和坏念头的眼睛。他发达而多动的四肢散发着一种野蛮而有着肇事倾向的气息。可是此刻他的戏谑的表情在段小沐看来却是对她的无比宽容。段小沐知道这个邀请并没有给她理应的尊重,但是她无法抗拒,在无数个观看这场游戏的傍晚里,一种对做"媳妇"的热切渴盼已经像春天的树一样蓬勃而无可遏抑地成长起来。所以她要参加这个游戏,无论如何,无论如何。于是段小沐点头,她迎着小杰子的目光一拐一拐地走过去。

他们给了段小沐比给其他女孩更加长些的时间让她躲起来。段小沐架着双拐一直向前跑,躲在了一个院落的门后面。她没有更好的地方躲藏了,她的木头长脚使她不能上台阶也不能钻进低处。她就只好躲在门后了。不过她的心里有一个浅浅的渴望,她希望她能被他们找到,这样她就可以愉快地变成一个"小媳妇"了。然而她心里也仍旧不安,她不知道即便他们发现了她,会不会就把她捉出来,谁会来喜欢一个腿脚不方便,连自己都不能照料的"媳妇"呢?

只过了不多的时间段小沐就听到了脚步声,声声靠近。然后有个人重重地倚在了门上,这是她没有料想到的动作,她的木拐被这么一压,发出咯吱咯吱的声音。从门的那一边探进来一张笑嘻嘻的脸,小杰子。

"好啦,大头针,你是我'媳妇'啦。"小杰子用一只手扯住段小沐的拐杖就拉住她,让她跟着他走。

段小沐被他紧紧地牵着,只好随着他走。她有些慌张了,她,此刻的她,真的成了一个小媳妇啊。可是她都不知道应该怎么做呢。她努力地回忆,回忆起女孩儿们脸上那仰脸向天的甜蜜的表情。她也尝试着把她僵硬的身体调试到那个温柔无比的姿势上去。

小杰子扯着她一直回到了他的"山寨"。尽管他们走得有点艰难,但是他们仍旧是最早回到原处的,其他的女孩们都还躲着,男孩们都还找着。小杰子和段小沐站在一圈石头中央,面对着面。小杰子笑嘻嘻地看着段小沐,并不说话。段小沐想,她是不是要问一问她需要做些什么,比如,她应该给他捶一捶腿吗?她应该站到他的身后去,给他拍一拍肩膀吗?她动了一下嘴唇,刚要开口,却猛然感觉到有一只手伸进她的衣服来。初夏的天气,段小沐穿的是一件很肥大的小褂子,一条洗得格外软绵绵的半截裙子。每逢有风的时候,段小沐都会感觉到风一阵一阵地蹿进她的小褂子里面,格外舒爽。然而现在蹿进她的小褂子里面的,却不是一阵风呵,而是一只手,一只男孩儿的纹理有点粗糙的手。手像一片厚实而充满质感的叶子一样覆盖在了段小沐的腹部。段小沐惊呆了,她不敢向下看,只是充满疑惑地望着小杰子。小杰子也不去躲她的目光,就这么放肆地看着她。忽然那只手在段小沐的短衫里面动了起来。仿佛是安慰一只疼痛的胃,又仿佛是抚摸一只忧伤的动物,轻轻地,逆时针,一圈一圈地动了起来。段小沐屏住呼吸,整个身子直挺挺地立着,迅速在空气里散失掉热量。她的腹部就像一块高高晾起来的冷冰冰的缎子一样没有生气。可是这只手,它喜欢这缎子,它慢慢地划过它,细微地摩擦出热量,使寒气逼人的缎子温暖起来。是的,段小沐感觉到一种热量由小腹升起,把她整个身体送上了云霄。

段小沐看过很多次这个游戏,她很确定从前任何一个男孩都没有对女孩做过这个动作,小杰子也没有。这个动作意味着什么呢,她并不能完全明白,她只是知道这应该是男孩和女孩之间一个很亲密的动作。

那是小杰子的右手。段小沐看清楚那只像一阵风一样神不知鬼不觉地蹿进段小沐衣服的,正是小杰子的右手。

后来其他的男孩押着捉到的"媳妇"回来了。那只手抽了回来,像什么也没有发生过一样。段小沐仍旧和小杰子面对着面,站在他们的"山寨"里。大家都笑小杰子娶了"跛子"做媳妇。小杰子也只是笑,不理他们,然后他转头向段小沐:

"大头针媳妇,你给我捶捶腿啊。"说罢小杰子就在中间的石头上坐下来,然后小杰子冲着其他的几个男孩眨了眨眼睛。

段小沐窘迫地做出努力,企图坐下来或者蹲下来。然而这是不可能的,除非她丢开双拐。她犹豫着,最后还是丢开了双拐,把它们倾斜地倚放在一块石头上。然后她只能一跳一跳地转过身,蹲下来。她的手轻轻地放在小杰子的腿上。隔着一条单裤,她开始给他捶腿。她的目光落在小杰子放在腿上的那只右手上,那只手使她六神无主,不断地不断地提醒她刚才发生的事情。她正深陷于有关那只手的思索中,身后却传来一阵笑声。她回过头去,看见两个男孩一人拿起一根拐杖跑开了。他们一边跑一边笑,还模仿着段小沐的走路姿势,架着拐杖一瘸一拐地挪动。小杰子也哈哈大笑,他为自己的计谋这样轻易地就得逞了感到得意。他倏的一下从大石头上跳起来,跑出"山寨",追上另外的男孩,吵着要他们分给他一根拐杖玩。

段小沐不知道自己为什么没有叫住他,为什么没有哀求他把她的拐杖留下。她只是安静地看着这一切发生,仿佛这一天与往日并没有什么分别,她还是站在门边,观看着别人的游戏。一转眼的时间那些孩子们都跑得无影无踪了。只剩下她一个人孤单地坐在冷冰冰的石头上。夜晚已经来了,路灯亮起来,当段小沐摇摇晃晃地站起来的时候,她看见自己在灯下面的影子,那个影子紧紧地贴着墙根,如她一般的胆怯。她从影子里看着自己的身躯,还真的是像一枚大头针。小杰子的话又一遍一遍地涌上来。还有小杰子的右手。那个她不知道缘由,无法了解后果的动作,无处不在地困扰着她。

那天晚上段小沐是靠着墙根一点一点挪动回家的。衣服在夜晚的凉风里飘,她宛如鼓起帆的小船,迷失在夜幕之中。她回到大门口的时候,李婆婆正站在大门口等她,她手里还拿着段小沐的双拐。李婆婆说双拐被人扔在院子门口,把她吓坏了,她以为段小沐出了什么事。感谢主,你没事,李婆婆念着。

段小沐没有为这场恶作剧懊恼委屈,她已经没有心去在意这件事了。那一只右手一直在段小沐的心头萦绕,使她想不清楚。小杰子是喜欢她才这样做的吗?在十岁的段小沐心中,她觉得那件事仿佛就决定了她只能是小杰子的媳妇。

10．大头针媳妇

段小沐为小杰子做了很多事情,在她全部的生命里,她都在持续地做,不懈地做,可惜这些小杰子仿佛从来没有看到过。

十一岁的时候,小杰子是西更道街最高的男孩儿,他骨架也很宽,说话声音惊天震地的。他穿的多是一些从黑洞洞的小店子里的买来的廉价可是古怪前卫的衣服:多口袋,多拉链,多窟窿。他的耳朵上缀满了铁制品,生锈的颜色,老虎或者豹子的图案,看起来像极了当时流行的香港警匪电影里的黑帮小混混。小杰子也是西更道街的同龄人当中最小学会抽烟的。大家最常看见的小杰子,是以一个"稍息"的姿势站立,叼着一根劣质香烟,站在巷子口,斜着头,一副挑衅的样子。公平地说,小杰子还是个好看的男孩,尤其是他频繁地和人打斗过之后,脸上挂彩的那副样子,使他看起来很酷。小杰子总是爱用一种黑紫色的药水,涂在脸上几乎是完全的黑色,看起来非常有硬汉的气质。

有一次小杰子又和人打了架,这次太严重了,他被打得头破血流。小杰子不敢回家,他爸爸已经厌倦了看他的这副样子,医药费也不肯给他一分。他站在巷子口,却不怎么焦急,还是一副不屑的样子,只是头上不断有血流下来。

黄昏的时候,小杰子遇到了放学回家的段小沐。他虽是破着头,有一点眩晕,可是他看见架着双拐,被特大号的双肩书包压得抬不起身子来的段小沐,像个蚂蚱一样,一蹦一跳地走过来,还是忍不住笑起来。段小沐不敢看他,心里惶惶地不安着——不知怎的,自从小杰子带她参加了"捉媳妇"的游戏,并且把她当"媳妇"对她做了那个动作之后,她一见到小杰子,就一阵心慌不安——这是一种完全不同于她的心脏病的心慌,会伴有脸颊的潮红和头脑发热。当段小沐经过小杰子身边的时候,小杰子忽然张口说:

"喂,大头针,基督徒是不是应该救死扶伤的啊?你来救救我吧。"他的样子笑眯眯,半真半假的。段小沐抬起头看看他,夜色里她并不能看清,不知道他究竟是出了什么事情。于是她慌忙向小杰子走过去,说道:

"你怎么了?"

她走近了他,看见他的头上在出血,血流到了头发上和脸上,滴答滴答地向下淌着。段小沐惊了一下,同时也感到了一阵心疼。她焦急地说:

"流这么多血!你去我家吧,我有医药盒,我给你止血。"

小杰子跟着段小沐回了段小沐和李婆婆的小屋。李婆婆在烧饭,她虽不怎么喜欢小杰子,可是她仍旧拿出医药箱,还帮着段小沐煮了一块热毛巾给小杰子擦干净伤口。段小沐曾在教会学过简单的外伤急救,她的东西也齐全,纱布、酒精、绷带都有。给小杰子包扎伤口,她又是格外用心的,所以伤口处理得和诊所医院没有什么区别。

缠着绷带的小杰子在镜子面前看了看自己,他感到非常满意。

他跳起来就走了,什么也没有对段小沐说,不过从那以后,他一受伤,就站在巷子口等段小沐。见到段小沐他还是说那句:

"喂,大头针,基督徒是不是应该救死扶伤的?你来救救我吧。"

段小沐立刻明白他又受伤了,赶快跑过去看看严不严重,然后带他回家,给他包扎。

后来小杰子就不仅仅是需要包扎一下的了。十三岁那年小杰子开始和一伙不上学的,所谓郦城"黑社会"的孩子们混在一起。他们除了结成团伙去打架之外,还一起打台球,打麻将,赌大小。这些都是用真的钱来的,小杰子常常输得欠下好多钱,这时候那伙人可完全失去了"兄弟"的和蔼,他们会把小杰子扣住,让小杰子找人来赎他。这个人就是段小沐。第一次,小杰子是让人带了一张纸条给段小沐,上面歪歪扭扭地写着:

"你快带三百块钱来救我,他们要剁去我的手。"

段小沐看了慌了神,从家里找了三百块钱,架着她的双拐,像疯了似的赶了过去。于是小杰子安然无恙地被放了出来,他笑嘻嘻地看着气喘吁吁的段小沐,说:

"嘿嘿,我知道你会来救我的,'大头针媳妇'。"

段小沐听到"媳妇"两个字,脸一红,低下了头。

从那以后,"黑社会"的人在扣住小杰子之后,总是能看到一个拄着双拐的姑娘很快地赶来,把小杰子赎走。于是他们频频扣住小杰子,然后若无其事地对小杰子说:

"放心,你的大头针媳妇儿等下就会来救你的。"

小杰子输掉的钱越来越多,这远远超过了段小沐的支付能力。

段小沐和李婆婆的唯一收入来自于教会的援助。但那收入是相当微薄的,简单的生活也许还够用,可是段小沐每个月要花去很多钱买治疗心脏病的药。于是从十二岁开始,段小沐就开始了她的工作。她先是捡易拉罐卖钱——这工作对她来说,相当困难,她架着双拐,每一个弯下身子捡起易拉罐的动作,都要比一个正常的人花去几倍的力气。后来她改为帮一个郦城的玩具厂缝制玩具布偶。她的工作包括把棉花塞进空空瘪瘪的娃娃布皮里面,然后用内缝制的细小针脚把布娃娃封好口。最后是用五彩麻线给布偶缝上五官。段小沐的针线活是跟李婆婆学来的。李婆婆年轻的时候做过裁缝,自己还开过店子。李婆婆无数次激动地给段小沐讲起她的年轻时代,她曾是郦城有些名气的裁缝,最擅长于做旗袍。她说很多时髦的年轻姑娘都到她的店子里面来量体做旗袍。牡丹花,野菊花,翠竹子,细兰草,彩蝴蝶,火凤凰,这些都是姑娘们青睐的图案。姑娘们从来不用自己四处奔波买布料,因为李婆婆在她的店子里准备了各种最新鲜明艳的布料供姑娘们挑选。那是多么令段小沐着迷的故事和历史,她无数次听李婆婆讲起这一段闪着不落的光辉的往事,从来不厌倦。段小沐也想着自己长大之后做一个优秀的裁缝,自己做的衣服被走在大街小巷的姑娘们穿着。她们彼此经过,就停下来,互相赞美。

　　李婆婆的服装小店是70年代"文化大革命"的时候被关掉的。那年月满大街的姑娘们都穿着清一色的蓝、灰、黑的工作服,军装绿的宽肥裤子。旗袍店作为"资产阶级生活"的象征,被查封了。李婆婆年轻的时候挣到的钱都给儿女花光了,所以虽然后来文化大革命过去了,她却再也没有本钱重开店子。后来,李婆婆的手艺就用来给女儿、儿媳、孙女、孙媳做结婚时穿的中式旗袍,还有就是给教会的牧师缝制袍子,给受洗的教徒缝制洗礼时穿的衣服,给死去的教徒缝制下葬时穿的丧服。

十二岁之后段小沐开始帮郦城的一家服装公司加工服装。她用的还是李婆婆那台用了几十年的旧缝纫机,可祖孙两个都觉得这缝纫机非常好用,仿佛是通了灵性的,格外明白主人的意图。起先段小沐是帮服装厂的衣服锁扣眼,缝口袋,后来她开始给那些成品的裙子缝制人工绣花。那些都是需要段小沐一针一针亲手缝制的。段小沐缝这些裙子的时候,从来不放模子在下面,她总是想到什么就绣上什么。她脑子里的影像多来自于工笔画的旧挂历,或者是每个月纪言买给她的最前卫的艺术杂志。粗粗的麻线,随机的图案,每一条裙子都互不相同,各具特色。这些出色的裙子深受郦城和其他地方的强调个性的姑娘们喜爱,她们谁能想到,这奇妙的绣花裙子出自于一个十来岁的女孩之手呢?服装公司渐渐地把更多的裙子交给段小沐来绣,也不断有新的服装公司来找这个藏匿在西更道街小胡同深处的瘸腿姑娘为他们缝制裙子上的图案。

李婆婆虽然很心疼小沐还这么小就要做这么多的工作,可是她深知这孩子在这方面有着超越自己的才华,更重要的是,这些钱,段小沐自己的确非常需要。

段小沐先天心脏缺损,这个病也慢慢地随着段小沐的成长而成长,医生早先就跟她们说过,段小沐必须做一个心脏修补的手术,手术最晚也要在段小沐十四岁之前完成,不然等段小沐长大了这手术就不再奏效了。可是手术需要很多的钱,所以李婆婆希望她们能尽快攒够了钱,才能够尽早地给段小沐做心脏手术。

当第一次段小沐把赚到的钱交给李婆婆的时候,李婆婆感到非常欣慰。她一直为年迈的自己无法挣钱给段小沐而感到伤心,现在她看到段小沐自己已经能够赚到那么多钱了,李婆婆才把多年压在身上的重担卸了下来。她把段小沐挣到的钱都放在一个大抽屉里面,不管是整百的钱,还是节约下来的零碎钢镚,都放进这个抽屉里,然后把钥匙交给段小沐自己保管,告诉段小沐说赚来的钱都放进来。为了让段小沐知道这是属于她的,给她治病的钱,李婆婆从来不动这个抽屉,只是把自己节省下来的钱从抽屉缝里悄悄塞进去。

可是李婆婆怎么也想不到,抽屉里的钱总是被段小沐拿去赎那个一脸邪恶的小杰子。段小沐内心也常常感到不安,她知道李婆婆对她去做手术的热切盼望,她自己又何尝不想健康起来,有一颗完整而健壮的心脏呢?可是对于一个遇难的陌生人,善良的段小沐尚不忍心不救,何况是小杰子呢?段小沐也越来越发现,她无论如何都不能拒绝小杰子的要求,不管多么非分的要求,她从来不能拒绝。在她并不守旧并不封建的内心里,却一直坚持着她是小杰子的媳妇。仍旧不断地不断地记起,那只浮躁的右手躲进了她的衣服里面,像在探究着她内心的秘密一样地摩挲着,那种温柔的摩挲让她的五脏六腑都热了起来,在此之前太过平淡的生活已经使段小沐充满了不安的期待。那只手的确是段小沐从未想象到的,可是它来了,而且它确实弥补了段小沐那颗在期待之中的空洞的心。

段小沐只能不断地接更多的活计,怀着对李婆婆的越来越多的歉疚，却仍旧一次又一次地去赎小杰子，不由自主。

可是小杰子会记得吗？或者在过去很久之后的某个时刻骤然想起，那个被他唤做"大头针"的女孩，一次又一次地出现在黑漆漆，满地烟头的麻将房、台球室里，她带着一双工作了整夜的充满血丝的眼睛，带着一副疼惜他的表情，架着双拐歪歪斜斜地站在门口，像深沉的天幕下最哀伤的流星留下的一道划痕。

11. 李婆婆的葬礼

李婆婆是在段小沐十四岁的春天离开她的,晚期肺癌。知道自己的病情之后,她在屋子中间加了一个帘子,自己和段小沐分开睡。她自己总是把帘子拉得严严实实的,也不许段小沐进去。声声传出来的咳嗽和强忍疼痛的呻吟,让段小沐坐立不安。此外,她还问段小沐古怪的问题:

"小沐,你说你将来能长到多高呢?"

段小沐迷惘地摇摇头:"不知道啊。"

李婆婆却像小孩子般固执地要问出一个答案:"你自己估计呢?"

段小沐低头看看自己由于不能走路而萎缩的右腿,她想自己是定然不能长得很高的。

"一米六零,也许。"她胡乱地说了这个自己估计出来的数字。

李婆婆点点头,走回她那布帘里面的世界,重新把布帘严严实实地拉好。

后来直到李婆婆去世的那天晚上,她才把她的秘密告诉段小沐——她为段小沐做了一件要她在结婚的时候穿的旗袍。紫色的精细缎面上绣着藏蓝色的玫瑰,立领,无袖,旗袍的四周还镶着半公分的白色的边,正是可着一米六零的身材做的。李婆婆把旗袍交给段小沐,还有一本淡黄色纸张的《圣经》。

李婆婆用极其虚弱的语气问段小沐:

"小沐啊,我们的抽屉里攒下多少钱了,够不够你治病啦?"

段小沐低下的头忽然抬了起来,她哭泣的脸上显现出一个慌张的表情,她不知道怎样向将死的李婆婆交代,抽屉里那所剩无几的钱。她一言不发。

李婆婆剧烈地咳嗽着,却仍旧絮絮不止地说话:

"小沐啊,你打开抽屉给我看看,我们数一数。"

段小沐真的慌了神,她迟迟不过去打开那抽屉。可是段小沐觉得自己应该对李婆婆诚实,她一直都是诚实的,最后的时刻更加应该如此,这一点是李婆婆第一次带段小沐去教堂的时候就告诉她的,这一点是每一个基督徒都懂得的最浅显的道理。她想她必须向李婆婆坦白这一真相,不然李婆婆到了天堂也不安心的。于是她慢慢挪过去,打开了抽屉。她把钱一点一点整理起来,放在手里。最后她拿着所有的钱回到了李婆婆的床前。李婆婆看着段小沐忐忑不安地数着钱,声音越来越小。

钱只有李婆婆想象的十分之一那么多。李婆婆的脸变得更加苍白,她努力使自己不发火不动气。她用平静的声音问:

"小沐,你把钱拿去哪里了?"

"我拿去赎小杰子了。他,他总是被坏人扣下。"段小沐说着实话,她管那些为难小杰子的人叫坏人,很明显,在她的心里小杰子和那些坏人不是同类。

李婆婆的脸是冷冷的灰色，枯瘦的手指颤抖着，努力地伸向前方，直到抓住了段小沐的手。她没有再说话。仿佛就在这最后弥留的时刻，她异常强烈地感知到，这个叫作小杰子的男孩注定是段小沐一生里怎么也绕不开的坎，怎么也躲不过的伤。她这可怜的孩子小沐呵，注定和那个沾满污垢的男孩纠缠不清。她用她的最后一口力气向上帝虔诚地祈祷，让段小沐以后的生命和小杰子分开，让小杰子远远地走出段小沐的生活。然后李婆婆含着苦涩的笑闭上了眼睛。

李婆婆早就对段小沐说，要段小沐不要对她的死感到难过，因为这是上帝对她的召唤，她将可以和上帝一起住在天堂。然而，段小沐却怎么也没有想到，李婆婆是带着伤痛的心、深重的遗憾离开这世界的。是她伤害了李婆婆，这是永远也不能够被原谅的。多少年后，当李婆婆的忌日到来的时候，段小沐总是久久地跪在教堂里的上帝面前忏悔，祷告，祝福天国里的李婆婆。

李婆婆把她最后的时光都用来给段小沐做那件美丽绝伦的旗袍了，她甚至没有给自己做葬礼时穿的衣服。李婆婆葬礼时穿的衣服是段小沐连夜赶制出来的。黑色，带着白色明线的刺绣花朵。

纪言听到李婆婆的死讯火速赶回了郦城，和段小沐一起料理李婆婆的后事。

李婆婆的葬礼非常简单。火化那天只有段小沐和纪言两个人，——茹茹阿姨早在几年前远嫁外省，从此音信杳无，再没有回来过。段小沐想打电话找到李婆婆的其他家人，可是原来的电话已经换掉了，那些家人也不知去向了。段小沐这才发现，这么多年，自从茹茹阿姨远嫁之后，再也没有李婆婆的家人来小屋看过她。在他们的眼里，这个一天到晚尽忠于天上那个根本不存在的神仙的老太太肯定是精神不正常。可是李婆婆是个到老也很独立的人，她并不奢求他们的照顾，她也从来不用他们的钱。于是他们心安理得地疏远了李婆婆。

纪言和段小沐把李婆婆送到火葬场。李婆婆就穿着一身黑色的简单衣服，身上盖着一张大幅的白色棉布。棉布上绣着一个赫然的十字架。那是段小沐亲手缝制的，位置正好紧紧贴着李婆婆的心脏。

那天恰好也有个什么局长死去，送葬的人、汽车和五颜六色的花圈堵在火葬场的门口，水泄不通。人们排成长队，进行着漫长的告别仪式。段小沐看见那个化了妆、身边围满了鲜花的死者躺在一个豪华的玻璃罩中。从眼前的阵势，段小沐可以想见死者生前的风光。纪言推着躺着李婆婆的手推车，段小沐紧紧地跟在后面，他们穿过等候在门口的为局长送行的人群，很快地把李婆婆送到了火化的地方。段小沐念了《圣经》里给亡者送行的一段，然后就默默地看着李婆婆被永远地送了进去。他们很安静，绝不去惊扰死去的人，也不烧花圈。

唯愿她静静地顺利到达天堂。

葬礼之后段小沐和纪言走到火葬场大门，看到很多为局长送完葬的人匆匆走出，他们刚才还是满面哀容，此刻已经彼此说笑着，迈着轻快的步子，钻进各自的汽车飞驰而去。

芸芸众生活在人间，都有各自不同的活法，那么，到了那边他们将会是怎样的呢？

段小沐和纪言默默地离开了火葬场。

他们在一间小餐馆坐下来吃饭。纪言忽然发现低头吃饭的段小沐已经满脸泪水了。纪言把一块手帕塞给她,问她是不是还在为李婆婆的离去而难过。段小沐点点头,又摇摇头。不完全是,她说。然后她给纪言讲了她瞒着李婆婆把钱用来赎小杰子的事情。她仍旧把扣住小杰子的人叫作"坏人",她仍旧还是站在小杰子的立场上,一副心甘情愿的样子。纪言发现段小沐提起小杰子的时候眼睛里会发光,脸也变红了。他隐隐察觉到了什么。可是他没有问段小沐,此刻他更加关心的是段小沐的心脏病。

"需要多少钱才能做你的心脏手术,你告诉我。"纪言焦急地问,对于十四岁的段小沐来说,动手术的事情迫在眉睫。

"纪言你不要管。"段小沐知道纪言要为她筹钱做手术,她当然不肯。

"你快告诉我,你的手术不能再拖了。"

段小沐摇头,固执地说:

"纪言,就算你为我筹到钱,我也不会动手术的。最大的问题并不在于钱,除非,除非你先帮我找到杜宛宛。"

纪言觉得很荒唐,他想不出杜宛宛和段小沐的心脏手术有什么关系。

"小沐你不要不讲理,手术和杜宛宛有什么关系呢?"

"有关系的。你知道吗?我问过医生的,他说即使打了麻药,手术仍会非常疼。我必须征得杜宛宛的同意,我不能霸道地在她不知情的情况下,就让她也承担着我的疼痛。"

纪言在这些年里不断地听段小沐讲起她和杜宛宛的身体像连体

婴儿一样地相通,他渐渐地相信了这个说法。可是此刻段小沐以这个理由拒绝了手术,仍旧使他感到无法理解。

然而段小沐一直坚持着她自己的这个说法,纪言也一直都没有找到杜宛宛。段小沐终于错过了她的手术年龄,她只能继续带着她的心脏病一起长大。

12．唐晓和我的落城生活

落城是我成长的城市,它有淡灰色的秋天和涌满每个清晨的浓烟。这个秋天的每个周一我穿着宽阔领子的黑色大毛衣和超短的小方格裙子,背着特大的亚麻色书包,和表妹唐晓一起跳上从市中心去城郊的汽车,回到我们的大学。

这一年我和表妹唐晓都在落城的 D 大学读中文系。每天我们上少量的课,——甚至可以不去,事实上在心情不好的时候,我就是这么干的,去图书馆借小说或者画册来读,在学校门外的小摊贩那里淘些新近的电影,跑到败落的小酒吧赶那里的 Happy Hour 畅饮一番。

我和唐晓住在同一间学生宿舍里,这无疑是一件令人感到舒服的事情,因为我们已经有长达十几年的时间待在一起——我们在同一所小学、初中、高中读书,直到一同考入 D 大学,毫无困难地选择了中文系。所以我们彼此最知道对方的习惯,生活在一起可以非常默契。

这是我平静的落城生活,安闲的,完全可以由自己支配的生活。我暗暗庆幸自己在六岁的时候做出的选择,——毅然决然地离开了见鬼的郦城。然而事实上,当时也是完全出于无可奈何。

我当然从来也没有忘记我在郦城做了那件可怕的事,我的行为看起来就是一场十恶不赦的谋杀。然而我终究也不能看得明了,段小沐是不是魔鬼。

段小沐还活着,我能感觉到。她的声音仍旧在我的耳边,心绞痛也早已成我的旧疾。可是我仍旧保持着缄默,不会对任何人说,包括我的表妹唐晓。我的内部仍旧和段小沐的声音、段小沐施与我的疼痛做着对抗,悚然的梦里总是她不断地不断地走向我。十三年过去了,她没有来,秋千上的事件仿佛根本没有发生过。她将以她自己的方式报复,我这样想。

我是怎么长成了一个傲慢而偏执、暴戾而乖张的女孩的呢?落城是一个缺乏阳光、阴云密布的城市,尽管它对我足够友善,可是我还是像一个拿着一柄好枪的女牛仔似的全副武装地站在街道中央,我的每一根神经都是紧绷绷的,我要随时准备开枪,如果有人欺负我,或者,或者他(她)发现我从前的事情,我和魔鬼曾有过的纠结。

十四岁的时候我抽烟,结交暂时性的男友,那时候我觉得自己非常酷。

我还记得十四岁的夏天我穿过当时读书的中学门口的马路去和我的小男友会面。他长着一个从侧面看起来像个半括号的脸,下巴高高地上翘,所以我总是感到他是仰脸向天的。他给了我一支细细的香烟。我把它点起来,然后我学着他的模样,仰脸向天。我从此就像一根被打通的烟囱一样找到了这种流动起来的畅快。我想我是天生喜欢烟的味道。我喜欢着所有烧着了的东西,烟,鞭炮,火锅,或者还有自己的眉毛——我也不知道为什么自己的自虐性行为可以发展到去烧焦自己的眉毛。

那天我和"半括号"就在学校对面抽烟,直到被表妹唐晓看见。她冲过马路来找我,说:

"你不要抽烟。"

"去你的,我要你管!"我骂她。此前我的心刚刚绞痛了一阵,正在暗骂段小沐,唐晓一叫我,我就把怨气发在了她的身上。唐晓的眼睛上面立刻蒙上了一层眼泪。然而一周之后唐晓就和我保持着一样仰脸朝天的姿势,坐在学校对面的马路沿上陪我一起抽烟了。

我必须承认我在唐晓的成长中是一个糟糕的榜样。她觉得我是个很酷的姐姐。六岁的一天我忽然出现在她家。那个时候我的爸爸还没有调来落城工作,我和妈妈只好暂住在舅舅家。

那个夜晚,我刚刚坐了很多个小时的火车,刚刚逃离了积满梦魇的郦城。我非常严肃,一言不发,听着妈妈对舅舅说我的情况。妈妈被我伤透了心,在她的嘴里我是一个蛮不讲理的小孩,执意要离开好好生活着的郦城。我的妈妈还在和舅舅说我们的情况,我就从她的怀里挣脱出来,然后一个人径直向房子的深处走去。

"我住在哪一间?"说着,我就提着我的小皮箱向最里面的房间走。

我被安顿在唐晓的房间里。唐晓站在一旁看着我整理东西,然后我爬上临时的小床躺下睡觉。自始至终我都没有和她说一句话。后来唐晓回忆起那一次,她说她很为这样一个冷酷的姐姐着迷。唐晓永远也不会知道,我一个人躲在被子里面的黑暗世界里想念着我那郫城的幼儿园,想念着我的那些小伙伴,还有,还有亲爱的纪言。他们的脸像皎皎的月光一样照亮了我这山洞一般阴冷的被窝。唐晓也不会知道,这个就睡在她旁边的女孩的耳朵里常有轰隆隆的声音,她的心脏也是缺损的,时常像一只破鼓一样"咚咚咚"地敲起来。

不久之后爸爸就调到了落城。那个周日我们终于一家三口团聚了。爸爸说,宛宛你不是喜欢落城的游乐园吗?我和妈妈带你去玩,好不好?然后,然后我们还可以去吃最棒的冰淇淋,那种带蛋卷和巧克力外壳的。我眼睛也不抬,摇摇头:我不去。我真的是一个很记仇的小孩。我不能原谅我的爸爸,那个时候我刚刚学会的一个词语是,背叛。是的,这无疑是一场背叛,我的爸爸背叛了我。他又去喜欢别的小孩了,他给段小沐买了三色冰淇淋。现在无论他说什么、做什么,都无法改变一个事实,就是他背叛了我。童年的小波折往往很能帮助小孩的成长,从那天开始,我就感到自己不是小孩子了,我不需要我的爸爸再搬出游乐园或者冰淇淋来哄我开心。我不是哄哄就好的小孩子了,他尽可以拿着冰淇淋去找段小沐或者干脆领着段小沐来落城的游乐园。

为什么一个小孩能够有如我这般的记恨的能量,真是一个令人费解的问题。

他们对于为什么我会渐渐成长为一个越来越冷漠和叛逆的小孩始终找不到答案,他们很慌张,怕我离开他们,所以只有不断地给予我更多的爱,可是我念念不忘我的小时候,身上背负着魔鬼,而我的爸爸妈妈,没有人发现,没有人向可怜的小孩伸出援手,相反的,我爸爸给魔鬼买了冰淇淋吃,慷慨地把父爱分给了她。

到了读初中的时候,我毫不犹豫地选择了住在学校里。爸爸妈妈给了我足够的钱,我用它们买了烟和妖艳夺目的小衣服,我永远都流露出一副厌世的表情,出没于学校和闪闪烁烁的酒吧里,看起来像一只气势汹汹的小狐狸。唐晓喜欢和我一起,她觉得我是个特别有主见的姑娘。所谓主见,也无非是我的一些霸道的完全直觉化的判断,比如,这个牌子的酒比那个牌子的酒好喝,这个颜色的眼线比那个颜色的更加妩媚。她也觉得我十分勇敢,然而所谓勇敢,不过是我挽着她的手毫不犹豫地冲进一家歌舞喧嚣的酒吧。

尽管我和唐晓总是一起喜欢上某个牌子的衣服,爱上某个摇滚乐队,一起尝试最新的发型,或者按照时尚杂志上的指点把彼此画成眉眼浓艳的小妖精,但是我们看上去还是截然不同的两种姑娘。她喜欢穿圆领子,在袖口和领子上绣满花朵的小衬衫,荷叶滚边,或者流苏穗子的长裙子,她的头发是天然的栗子色,别上一些彩色的圆形纽扣作为装饰。可以说,唐晓自身的气质是完全和这样的装束吻合的,她是个白皮肤翘嘴唇的小美人。而我,总是穿一些旧兮兮的颜色,灰,卡其,土黄,军装绿。我的衣服都很大,袖子像蝙蝠的翅膀一样,仿佛一旦展开,就有要飞的趋势。

不过我和唐晓之间最大的不同,还在于,我总是不能离开男孩子,我不断地更迭着身边的男孩,而唐晓情愿一个人过得清清淡淡。她很习惯于看着我身后的男孩子换啊换啊,还总结性地告诉我说,你喜欢的男孩都是一派人高马大的威武形象。

的确,长时间里我一直思索为什么我那么需要一个男孩,并且我希望他们高大,看起来坚强不摧。也许是因为我总是希望有一个高大的人站在我的左右,他用洪亮的声音大声说话,用大步子走路,这样才使我觉得很安全,才觉得魔鬼不会靠近我。然而这一切都是于事无补的。他们没有一个可以走入我的心。后来我绝望地觉得,也许我的心里住不下任何男孩了,因为我的内心有庞大的魔鬼,它膨胀,以流动的气体的速度迅速填充着内心的所有空间。

　　唐晓是个嘴巴甜、心思细的小丫头。她楚楚动人地把脸凑到我的面前,笑嘻嘻地说,姐姐,我谁都不爱啊,我要和你相依为命的。秉承了落城方言糯甜的特点,唐晓讲话总是甜甜软软的,相同的话来自她的口中,就会格外动人。我想我是爱唐晓的,尽管我一直是个疲惫而凶狠的女孩,我一直没有足够的耐心和热情来经营一份感情。可是唐晓,的确是我所见过的所有类型的女子中,最应受怜爱的一种。她聪明,可是看起来天真而胸无城府。我想这是很难得的,因为聪明的女孩往往低沉阴郁或者显得沧桑而早衰,让人感觉不到刚刚成年的女子新鲜光艳的气息。我常说我就是这样的,是的,杜宛宛注定是个早衰的姑娘。她的成长早在六岁那年完成,她将用她所有剩余的时间来衰老。然而唐晓却总是非常严肃地纠正我的这一论点,她说不是这样的,我像一座建立在云端、奥妙无穷的古堡一样引人入胜,像一只熟透的、迸裂出三两颗晶莹的石榴籽的石榴一样使人迷恋。好吧,回到唐晓的话题上来,唐晓是高贵的,可是她同时做到了宽和以及亲切近人。她总是一副特别了解别人心思的乖巧模样,有的时候耍点小聪明,有的时候说点小谎,那些小谎就像蚕丝织的锦一样纤细却没有人忍心戳破。我想我对她的爱主要是源于一种艳羡。我猜测六岁时候的我,那个捧着一大把糖果去讨好小朋友的我,那个在金洒洒的阳光下叠一地跳舞小人儿的我,那个站在高高的梯子上画幼儿园墙壁的我,也许就像现在的唐晓一样地讨人喜欢,一样地一尘不染。可是我早已失去了那些,我沾染上了不洁的魔鬼。自从我逃离了郫城之后,我就不再觉得让别人都来喜欢我有什么重要,是的,这一点都不重要。那年我坐着离开郫城的火车,从这端到那端,就像一场无可奈何的蜕变,我再也不柔软,再也不充满令人亲近的芳泽。我认定自己已经谋杀了一个人(或者其实是一个魔鬼),再怎么做都是于事无补。我只是想一直保持缄默,没有人能够来招惹我。十几年过去了,我长成了一个暴躁而充满破坏欲的姑娘,我对着离我最近的人唐晓发脾气,可是她却总是包容我,像一块芬芳的香皂一样洗去我身上那令人不悦的火药气味。这样的唐晓的确令我动容,令我不得不想起了我很小的时候的美丽梦想,那时候我是一心想做一个像现在的唐晓一样的姑娘,就仿佛一只身体里塞满了新棉花的布娃娃,有着絮絮的温暖,从额角到小手指头都是软绵绵的,让人忍不住要抱一抱,亲一亲。

或者说,我觉得也许因为这份不远的血缘,我和唐晓本是脾气性格都很相仿的姑娘,可是我的成长遭到了魔鬼,杀戮,被迫迁徙,这些使得我被破坏了,被损毁了,被完全地修改和重塑了,而我现在只好看着唐晓完好地成长,以此来想象我从前的模样。无论如何,这是一件令人欣慰的事,能够看到自己理应得到的成长,能够看到自己本应长成的理想的模样。

中学的时候唐晓已经长成了一个令男孩们倾慕的姑娘。而且他们多是一些好男孩,好学用功,在班会上大谈理想,穿着宽松的运动套装,浑身上下最在意的是穿了什么牌子的运动鞋。然而唐晓对他们并没有什么兴趣,不过她完全可以做到不令他们伤心,她总是非常得体地拒绝了他们,却能令他们更加地喜欢她,更加地渴望她。

"我不喜欢和男孩去恋爱,我只想和姐姐待在一起。这样我最快乐。"唐晓这么对我说,她对我的依恋已经压倒了她对所有男孩的喜欢,我不知应该开心还是担心。

13．兔子一样的男孩

一直到十九岁那年的初秋，唐晓悄无声息地和几个同她要好的男孩组成了一支乐队。她总是不厌其烦地对我说起他们，他们比她小时候喜欢过的所有偶像都更令她着迷。后来她带着我去看他们。那天她的眼睛里溢满了彩霞一般漂亮的光，她说到他们的鼓手，她说他很想见见她的这个表姐。

"鼓手？"我问。

"是啊，他棒极了。"唐晓神采飞扬。

在一个阴天的下午，她兴奋无比地抓着我的手带我去了他们的排练室——一个废弃的舞蹈教室。

那个舞蹈室里放满了破旧的体育器械，断了腿的跳马，瘪了气的灰色排球，还有半截木柴一样的接力棒。墙上有一只椭圆形的印有"庆祝建校七十周年"红色小字的挂钟。我想象得到二十年前我们那正当壮年的校长无比郑重地把它颁发给体育室的情景。这个盛满光阴的木匣子挨近了能听见内部零件摩擦的声音，它好像比平常的钟表慢了一倍的时间。唐晓把我领进来之后就去和 Bass 手说话了。Bass 手的眼睛是三角形的，睫毛长长的，说话节奏很慢很慢的。事实上我发现这个乐队里面的人说话速度都很慢，包括唐晓。他们很适合这个房间,很适合和这房间里的钟表待在一起,他们都比正常的慢去一倍的时间。窗子在左边,大开着,可是光线还是很暗。晨光衔着灰尘缓慢地涌进来。嗯,连这房间里的光芒和尘埃都这样动作迟缓。

我在一只破旧的三脚凳上坐下,嘴里嚼着一块那年很流行的橘子味道的泡泡糖。我环视周围,看见了他们的鼓,像个脸色苍白的孤儿一样蜷缩在一张木头桌子后面,我想起唐晓说的,鼓手经常缺席。因为是舞蹈室,所以房间里正对着窗户的地方有一面残破的镜子。镜子好像非常疲倦,我几乎无法分辨它反射出来的是什么影像。唐晓和Bass手慢悠悠地说话,他们都心不在焉的,可是还是这么说着,有意无意地看着彼此的眼睛。

我站起来环顾四周,看看还有什么别的可以玩的东西。一个角落里有他们的书包。我看到有三只,有一个是唐晓的,唐晓的书包是印花棉布的,非常不实用,只能装很少的书,所以唐晓经常赖皮地把书塞到我的背包里。此刻唐晓的苹果色书包软软地倚在另一只书包上面,像个撑不起脑袋的木偶。那只书包是Jan Sport的。麦黄色,大的字母,很多口袋。它非常干净,而且在小口袋上别了一个小牌子,锁扣上牵着一只小布偶,笑的眉眼,穿着绣花的小纱裙,我说不出这个娃娃有什么不同,可是我很喜欢,忍不住伸出手抓一抓小布偶的手。

下雨了,忽然。我看见雨水冲进来,可是什么都没改变:唐晓还在和Bass手说话,Bass手在描绘乐队的蓝图,我能从唐晓的表情看出来,唐晓不信任Bass手所有的话,但是她显然并不讨厌他的不切实际。事情说出来不是非得让大家相信的,事情说出来,是让大家清爽的。嗯,是的,下雨天,随便说说幻想,房檐上的雨水就冲走狂妄的话,谁记得呢?谁记得呀!钟表还是很慢,镜子还是像一个浑浊的眼瞳一样无法辨知影像。

忽然一个人冲进来。我知道他应该就是鼓手,鼓手我并没有见过,但是唐晓常常提起。唐晓用了很多特别好听的词堆砌起鼓手在我心里的形象。没错,鼓手很高,穿着一件黑色长风衣。他有一双机敏的耳朵、红红的眼睛,像一只穿了黑色外套的兔子。

鼓手有虎牙,我很快发现这一点是因为他一进来就冲着唐晓笑了。

唐晓那一时刻的表情使我很快做出判断:唐晓,爱上鼓手了。她的脸已经完全被那双燃烧的眼睛照亮了。她学着振翅膀的天使的样子站在鼓手面前。那模样使我想起了澳大利亚电影《钢琴课》里霍利·亨特小巧的女儿,十一岁的安娜·帕奎因,带着一双沾了泥水的粗糙棉布的翅膀,站在雨里张大嘴巴呐喊。

鼓手一来,整个房间里的气氛立刻显得生动活跃起来。

鼓手好像也是个有翅膀的人。他长着一双轻易就能掠过人群的翅膀,他能轻巧地一跳,就在他的舞台上了。他多么热爱表演。

鼓手给我的第一印象就是一只表情略带忧伤、姿势软软的兔子。

很久之后一个下着雨的傍晚我看到鼓手写这样的日记:啊啊,亲爱的,我们如何纪念所有长耳朵的童话呢?

我把他的那张日记撕下来了,塞在口袋里我就装作没事地去学校对面商店买雪糕了。其实我心里非常激动。我不知道怎么纪念,可是我想起第一次看到鼓手的样子。鼓手的确是像只兔子一样。他和兔子一样敏感善良。那天下大雨,那页日记连同我的裤子一起湿了。从此以后皱巴巴的亚麻色裤子上印上了蓝钢笔的字迹。长耳朵的童话渗透进了棉布纤维。多么好。等我再穿的时候它总可以紧紧挨着我的皮肤。

回到那个下雨的午后。舞蹈室。爱情的最初目击地。唐晓看到他,赶快把我扯过来,向鼓手介绍。

鼓手此时的表情比较奇怪。他看了我几秒钟,然后慢慢地把目光移向窗外,幽幽地说,杜宛宛你好。

我说,你好。

鼓手忽然说,他要走了。

唐晓焦急地说,都下雨了,你去哪里?今天还排不排练了?

鼓手说,我打算去买新的音箱。今天不排练了。

长翅膀的人提起他的麦黄色 Jan Sport 的书包,——小布偶还在上面乐不可支地跳舞。他向门口走去。鼓手走路是细碎脚步。小心翼翼。我看见唐晓的心跟着他冲进了大雨里。然后折回来。湿漉漉的心在舞蹈室里一点一点平静下来。她缓缓地说,他也真是的。

Bass 手有点丧气,决定冒雨回家,他卷起裤管提醒唐晓走的时候锁门。他在那一时刻忽然变得脾气暴躁,他是这么说的:

"你记得锁门啊!不要以为这么旧就没有人偷。要是丢了东西赵老师绝对不会借给我们这地方了。"他就恶狠狠地走了。

唐晓去角落里提她的书包。

我的橘子泡泡糖没有滋味了,但是我打算晚一点吐掉,因为我不想让它淋这么大的雨。

一个星期之后的一天,我在教室写一篇给报社用的落城酒吧走访的文字,唐晓从后门走进来,拍拍我,对我说:

"我们那伟大的鼓手在外面等着你呢。"

鼓手?我感到非常惊异,想着这奇怪的男孩能和我说些什么。我问:

"为什么要见我呢?"

"我怎么知道呢。"唐晓说话的口气酸酸的。她跟在我的后面,在我要出去的时候,她似乎很想跟我出去的样子。但是她犹豫了一下,还是没有跟着我。

穿着一件蓝色衣服的鼓手站在学校走廊里。他身体的比例明显失调,头很大,四肢比较纤细。不过我深深地相信头大的男孩子聪明。经过走廊的人都看着他。他的蓝色衣服是非常花哨的,带着麻线的补丁,袖子特别长。他还穿了那一年女孩子中间流行的翻边牛仔裤。不过他穿起来是真的很好看。他的蓝色衣服我见过,那时候我和唐晓都特别喜欢去逛湖山路。湖山路店铺里的女店主在那一季几乎都用深色口红,眼皮是绿色的。我们都觉得她们特别没有创意,可是还是喜欢钻进她们的店子里找新鲜玩意儿。这件蓝色衣服我肯定见过,是那家叫作"乃琦的店"这个秋天新来的。因为袖子上有很多彩色麻线的翻盖口袋,我当时还在考虑穿上会不会像一只带鳍的热带鱼。

鼓手此时穿着它,站在窗户旁边。我忽然有一种幻觉。窗户是玻璃鱼缸。爬山虎是水草。我们都在水底下。我忽然想起了曾在校刊上看到一个无名氏作者小说里的话,他说他要和爱人去一个有小猪和金鱼的地方,过水草环绕的潮湿生活。我看见这句话的时候我的脚在桌子下面轻微地动了动,我发现这种未知的生活好像也淡淡地诱惑了我,使我也想去。此时的景象正巧和小说中的意境相当吻合。

而后来我才从唐晓那里得知,那个无名氏作者正是鼓手。

可是事实是,我根本不知道小猪和金鱼生活在什么地方,潮不潮湿,是不是身披水草。我也不知道鼓手的爱人是谁。是唐晓吗?我只见过鼓手一次。在校刊上看见过他的一篇文字。我对他的了解完全来自于唐晓。可是现在他却来到我的班级门口找我了。

鼓手说:杜宛宛。

我说:嗯?

鼓手又说:杜宛宛,我们出去走走吧。

我点点头,跟在他的身后,一直走出了大门。

出了大门,鼓手再次叫我:杜宛宛。

嗯?我应他,觉得好笑,因为他的语气出奇地严肃,仿佛是站在肃穆的演讲台上。

杜宛宛,你是郦城来的吧?鼓手终于问出来。

这个原本很普通的问题在他的表情下显得有着丰富的含意。我慢慢收紧了我脸上的笑,整个身体都被拉紧了。我睁大眼睛再次看了一遍这个男孩,我想我有些明白了。

杜宛宛,我是纪言。很抱歉,是我让唐晓不要对你说起我的名字。他说,他终于说,果然和我想到的一样。这个男孩是我亲爱的幼儿园小朋友纪言。

哦,纪言,原来如此。鼓手就是纪言。我们是朋友吗? 是仇人吗? 我努力地思索我最后一次看见纪言的时候所发生的事情,我又想起了那个时候纪言的表情,他充满恐惧充满愤懑地望着我,他身后是那架还在缓缓晃悠的秋千,他身前是躺在血泊里不省人事的段小沐。我也想起当我走出幼儿园大门的时候他充满绝望地喊我:

"你为什么要害她?"这句话十几年如一日地清晰,淤积在我的心头。

我深深地吸了一口气,难怪的,我再次看见纪言的时候总是感到这个陌生的人用他的奇怪的神情牵引着我,仿佛我和他有着千丝万缕的联系。

"你为什么不和大家告别就离开了郦城? 我后来去你家找过你,你爸爸说你来了落城。"纪言从我的背后绕到我的前面,用平淡而略带责备的语气说。

我冷笑了几声。在我看来,他的问题是明知故问,兴师问罪。在纪言没有说起他是纪言,在我对他的了解还只停留在他是一个仿佛名字就是"鼓手"的陌生男孩的时候,我对他充满了好感。当他站在我的教室门口,远远地看去就像一个扑克牌上的小人儿一样的光鲜,我走向他的时候有着多年都不曾有过的愉悦。可是他是纪言啊,他是知道我所有丑恶的历史的纪言。

纪言的嘴缓缓张开,他是想讲话,可是他一直犹豫着。现在他慢慢地把嘴唇张开。可是我,可是我什么都不想听。他要指责我,要定我的罪。此刻他正在竭力地挖出我埋藏已久的事情,这在我看来就像挖我的祖坟一样可恨。我摇摇头,我想还是当这见鬼的会面没有发生,鼓手是和我毫不相干的遥远的陌生人,而纪言是六岁之前的故人,再不会相逢。

"我不认识纪言,他是谁?"我摇摇头,用这个绝然不高明的回答应付他,然后我转身就跑。纪言没有再追我。他在我身后发出断树摧花的叹息声。他像是无法拯救一个执意不回头的罪犯一样的伤悲呵。可是我必须远远地躲开你,鼓手也好,纪言也好。谁会相信我有关魔鬼的说法呢?所以没有人会理解我,原谅我。

唐晓在我跑着回去之后,立刻关切地问我:

"他跟你说了些什么呀?"

"没什么。"

我说完之后就看到唐晓非常沮丧和委屈的表情。那酸酸的样子竟是在吃我的醋。我本来就糟糕的心情更加糟糕。我烦躁地说:

"我和他原来同在一个幼儿园。他认出了我。这个答案你满意了吧?"

唐晓低下了头,可是她仍旧有点不甘心地小声说:

"那你们可以聊的很多啦。一同回忆了很多小时候的事吧。"她试探着。

我终于被激怒了,竟对着唐晓大喊起来:

"我讨厌他这个人。从小就讨厌,一直讨厌。"我又冲着唐晓发火了。唐晓吓了一跳,她慢慢地从我的视线里退了出去。

睡觉的时候,唐晓在我的耳朵旁边用低哑的声音悄悄说:

"姐姐,我有一个美好的梦,——我多么希望有一天纪言能爱上我。"我月光下,看见一张何其明艳的脸,我的表妹如此坦然地爱着一个人,使她整个人都带上了那少女诱人的倾情。

"唐晓,这和我没关系。"我忍耐地说,翻身背向着唐晓。我亲爱的表妹,请你原谅我,我不能思考和纪言有关系的事情,因为他是纪言。我现在夜夜都有梦,夜夜都是噩梦:荡来荡去的秋千,愤怒的男孩,血泊里的女孩,惊魂未定,不能停止奔跑的我。

14. 从恶的绘画

秋天到了的时候我很喜欢背着我的画板出去写生。这是我这么多年来一直没有放弃的事业。在这些年的成长中,我不断放弃了自己心爱的东西:舞蹈,歌唱。

我的右腿从六岁那年起,就总是摆脱不了疼痛的困扰,无论我在做什么,腿都会无缘无故地痛起来,那个时候如果我在跳舞,我就不得不停下来,有的时候我非常的不甘心,就强忍着疼痛,仍旧继续跳,而作为一种对我的任性的回报,我忽然地倒在了舞台上,勾着的头颅,弯折的脖颈,像一只受伤的天鹅一般惨烈地跌倒在地。我离开了小学的舞蹈队,那天我握着我那如蝉翼、如鸟羽一般细致美好的舞蹈衣,握着我那绣花缎面的舞蹈鞋,从那个满是镜子、充满阳光的房间里离开。

"姐姐,你真的要离开这里吗?"穿着一身公主裙,芭蕾舞鞋的唐晓从舞蹈室追出来,在我的身后问。她不知道她的姐姐现在像个只有一条腿的残废。我的腿这时候又疼了起来。我就佯装着在轻轻松松地跳方格一般一蹦一跳地回家,不对唐晓说任何话。

我也不能唱歌。因为我总是感到喘不过气来,被压迫,被抓着,被勒着——我的心脏总是疼。我从麦克风那膨胀了的声音里感觉到了自己的颤抖,我像夹着尾巴逃命的动物一样狼狈地从灯影绰绰的舞台上跑下来。那天我穿着白色公主裙,头上歪戴着的发箍上有一朵白色的绢制玫瑰,我旁边的合唱伙伴是穿着粉色公主裙、发箍上是淡粉色玫瑰的唐晓。我仓皇地逃下台来,喘着粗气,留下唐晓在台上不知所措地站着。然而她很快还是明白过来,她命令自己镇定下来,恢复了那种表演化的开心表情,继续唱完了那首歌。唐晓有天生的一副好嗓子,我喜欢她的声音,她的声音是那样的平缓和流畅。那次尽管由于我的失常,我们的节目没有获奖,可是唐晓还是当选了"最佳小歌手"。从此她总是参加小学、中学、大学的歌唱组,直到大学的时候她离开了歌唱组,和鼓手、Bass手等一干人组成了小小的乐队。坦白地说,我从没对唐晓的歌唱表演表示过任何支持或者关怀。我从来不去看她的表演,我总是坐在我的落地大窗帘的房间里画画。我喜欢画我的窗帘,或者面对着黄昏的窗子。我把颜料铺张地散落在地上,我是赤着脚的,毫不介意地走在颜料上,那颜料被我的脚压着,直到那些喷薄而出的颜色浸染了我的脚、脚踝,甚至我垂下去的裙子。我就仿佛是在最斑斓的湖面起舞。

不过其实我还是在默默地关心着唐晓的成绩,我知道她屡屡获奖,然而她总是担心伤害了我,她从来不把奖状拿出来,更加不会贴在我们的房间的墙壁上大肆炫耀,她知道歌唱对我来说是一个被毁坏了的愿望。所以我最迷恋的一类歌声绝不是唐晓这样完满圆润的,我喜欢的是撕破的千疮百孔的声音。我是多么迷恋 Sopor Aeternus 那哀艳而性别不明的声音,像升腾的玫瑰花一样萦绕在四周。每每作画的时候我喜欢在封闭的房间里放她的歌,No one is there。

是的,没有人在,我永远看护着我那可贵的孤独。

　　我唯一能做的是去画,趁我的手还没有坏掉。可是我没有认真参加过几天美术班。小学的时候还好,一群喜欢绘画的小朋友围坐在一起,抱着一本纸张考究的绘画本子认认真真地画啊画。我的简笔画被放在教室门口的宣传栏里——一只小巧的、脉脉含情的动物,或者一簇艳丽夺目的花草,我还常喜欢画秋千,蓝色,晃晃悠悠,不得安宁,六神无主的秋千。这嵌着我永久的伤痛的东西看起来总是格外动人。可是到了初中的时候,美术组的老师非常不喜欢我。他带我们去写生,那是一座文静的教堂,充满了母性的温存——由于信奉的是圣母玛丽亚,天主教堂总是如是。大家都觉得这座教堂非常高大雄伟,要在画面上极尽所能地表现教堂的美好。只有我,不喜欢这教堂。确切地说,我是不喜欢所有的教堂,我畏惧它们,它们在我这里等同于施了魔法的古堡。我仍旧记得西更道街的小教堂,踮着小脚步行的大群老女人当中夹着一个段小沐。她的工于心计的赤裸裸的眼睛,她的被毒汁液泡得又紫又大的脑袋。她悠悠地走在她们当中,她们都坦荡荡地念着咒语,咒语仿佛一阵烧着的尘灰一样吹进我的耳朵里。一层一层地裹住我的耳朵,像一团重新点燃的火,灼伤了我的耳朵。让它们再也听不见这世界上美好的声音,全是咒语,全是咒语。所以我不肯画那教堂,我不乐意描绘它假装的安和宁静。那个下午我围着教堂团团转,爬过很多尖耸的荆棘,我来到了教堂的背面。这是罕有人来的地方,它的样子使我感到很吃惊。这是一座哥特式的德国建筑,是落城曾作为德国的殖民地留下来的古老建筑。它的背面,有着截然不同于正面的模样。是一块又一块尖利的石头垒起来的,它们结合成一面陡峭的墙,一层又一层,青灰色,像天寒地冻里种下的冰刀一样刺骨。我看着它们,透不过气来。可是我却感到了快意,是的,快意。我认为我找到了,或者戳穿了,这才是教堂真实的模样,它充满了邪气,魔鬼霸占了的本初的模样。我喜欢这教堂,因为它正是我憎恶中的形象,它暗合了我内心对教堂的想象。天已经黑下来,这一带没有灯光,这时候的教堂背面是可怖可憎的。我席地而坐,把画板放在杂草丛生的灌木丛里,我打算画下来,这剥去了伪善面容的教堂。很显然,那次写生只有我交了和大家截然不同的作品。大家的是微红色砖砌的,祥光普照的教堂,洒满夕阳的地面,连来祈祷的人们的影子都笔直而虔诚。可是我的八开的画纸上却是一堆结结实实垒砌起来的石头,它们是暗灰色没有罅隙的,像魔鬼那布满皱褶的脸一样的腥腥。教堂前面的草是沉沉的黑色,这黑色把它们都压弯了,就要不堪忍受了,仿佛每棵草都发出清脆的断裂声。美术老师怔怔地看着我的画,他怎么也不相信我画的是这座教堂,他以为我逃去画了别的景物,比方说荒山、野坟。他非常生气,撕碎了我的画,他说绘画应该体现大自然和生活中的美,却不是要见到我画的这种丑恶而充满邪气的东西。第二天我又被罚去画教堂。在我已经知道教堂的丑陋的背面之后,我再面对它那个纸面画一样温和而脆弱的正面,我感到轻蔑,它就像皮影戏里的一个一戳就破的小角色。第二次的画我仍旧没有画它的正面,我还是画了那些耸立的石头,我把它们画得更加令人厌恶。我的美术老师大怒,他说,你跑去哪里画了?这是些什么?它们只是些没价值的石头!我知道我的美术老师下一个动作肯定是把我画板上的画抓起来撕掉。可我不容许他这么做,我喜欢这些石头,它们是我对我害怕的东西的抒发和诠释。于是我在他没有行动之前,迅速撬掉画板四角固定画纸的四颗图钉,把我的画拿下来。美术老师并不是个好脾气的男子,他年轻气盛,并且为他固守的美学原则而沸腾,此刻他命令我,放下这画,不然你就永远别来我的美术组!然后这个头发都翘起来的老师就看见我两只手紧紧地抓住我的画走出了美术教室,我穿过一些白色石膏、酱紫或者苹果绿的用作静物素描的瓶子,出了那扇门。我听见美术老师把一个瓶子砸过来,这个歌颂美、宣扬美的老师是多么愤怒啊。可他不该要求我这么多,我从小就没有获得什么对美的认识,我喜欢画那些我厌恶而害怕的东西,以此作为宣泄。如果美术老师哪天也着了魔,被魔鬼缠上,他也许才会懂得。

　　从此我就自由作画了,我愿意画什么就画什么,喜欢画哪里就画哪里。可是我失去了所有让我的画出现在公开场合的机会。十四岁就失去了专业绘画的训练,这使我连最基本的素描都没有学好。我的画的线条总是粗而壮硕,它们带着颤抖的病态,毁坏了画面的纯净。所以我偏爱水彩画或者油画,用厚厚的颜色盖住那些心虚而彷徨的线条。我的画总是大块大块淤积的颜色,一副不知所云的样子。难怪唐晓总是说,我更加适合去染布,她说或许那种柔软的质地能更好地表达我对色彩的认知。

15．教堂抑或鬼城堡

　　这年的秋天我总是逃掉周六早上的课去远一点的地方画画,而唐晓则逃课去她的乐队排练。

　　我喜欢去一座叫作"红叶谷"的山。其实更多的叶子都不是红色的,它们是土黄色的,萎败的,深深地陷入泥土地里。只有少数的叶子,以卓越的红色挂在高处,像这一季当红的明星一样地得意。可是也许你能猜测到,这艳情的红色并不能得到我的青睐,我向来对于过分美好的东西充满敌意,我想戳破那些假象。所以我只喜欢画那些在低处的、卑微而失去自然之宠的枯槁的叶子。

　　那是一个清冷的星期六的早晨。我穿着黑色松软的开身毛衣去红叶谷画画。忽然风就大了起来,叶片砸在了我疯长的头发上面。这时候我能听见一种轻微但是渐近的脚步声。我没有立刻回头,可是已经慌张起来,变得心烦意乱。手下的铅笔线条开始变得坚硬,深深地凹陷进纸里面,简直要把纸面划破了。

　　果然,一双浅棕色的翻毛皮鞋出现在我的眼前,我抬起头就看见了纪言的脸。他总是不肯放过我。我啪的一声,把我的画板摔在地上,像宣布一场决斗开始一样地注视着他。你说吧说吧纪言,把你所有想说的话都说完,然后你一次性地离开我的生活吧,你的出现已经比我的心绞痛更加让我疼痛。

他低头看着我的画:广漠的土地上散落着猥琐的叶子们,渐行渐远的一串脚印,仿佛是去向坟墓一样的决绝。

我忽然抬起我的脚,对着我的画踩下去。我的脚重重地压在了我的画上,使他不能看见。他才又抬起头来,看着我。然后他终于开口说:

"你是害怕我的吧?"他的表情很平静,像是在做一项事不关己的调查研究。

"厌恶,是厌恶。"我侧过头去不看他,坚决地说。

"不对,不是厌恶。如果是厌恶的话,你完全可以设下一个陷阱,也把我从秋千上推下来,或者你用其他什么办法,总之,你可以谋害我,你是敢于这么做的,你也有成功的经验。不是吗?"他慢悠悠地,一字一句地说。

我气得发抖,他这样毒恶地旧事重提,带着一种兵捉住贼的快意。可是我不知道该说什么,我害怕他说出"段小沐"这个名字,现在一触即发,似乎马上我们就要提及这个名字了。这时候纪言又说:

"杜宛宛,杜宛宛,"他一顿一顿地念出我的名字,仿佛已经捉住了我似的一点一点把我拖出来,他继续说,"杜宛宛,你要跟我回郦城去见段小沐。"

我向后退了几步,——他还是提到了段小沐的名字。他还是要把我抓回郦城,去见段小沐。我用力摇着头,捡起我的画板背朝着纪言走去。纪言追上来说:

"杜宛宛,那我们先不说这些。你跟我去见唐晓吧。她在山下等着你。"他用的是规劝的口气,仿佛他是天造的好人,我是注定的恶人。

"是她带你来的吗?"我终于明白为什么纪言来到这里了。

"是我叫她带我来的,你不要怪她。"

他极力地袒护着她。

我冷冷一笑,示意他快些带我去见唐晓。此时我心里还是非常怨恨唐晓的。她为了这个她倾慕的人,出卖了她的表姐。我要见到她,一定立刻警告她以后绝不可以这样。

纪言带我走的是另外一条下山的路。虽然我已经来红叶谷很多次,却从来没有走过这一条路。这里面北,没有茂盛的植物。潮湿而陡峭。我的白色波鞋立刻就湿掉了。它发出咯吱咯吱的响声,像是在怪我走了这样一条路。我向山下面张望去,一片茫茫的都是褐色的泥土地,横七竖八的枝桠,还有一些暗灰色的小楼房。我俯视下去,那尖尖的房顶直冲着垂直的上方就刺上来,仿佛穿破了我的喉咙。我在喑哑的秋风里咳嗽了两声。

纪言还是一直向下走,越来越快。这时候我已经非常害怕,这条路越来越给我一种万劫不复的感觉。可是我向后看去的时候,已经找不到我走来这里的路——身后完全是灰茫茫的蒿草,雨淋过之后长出了青苔的大石头。我已无法后退。于是只能随着纪言走下去。

最后纪言在山脚下的一栋城堡样子的房子前面停了下来。那里看起来是荒废了的。我没有看见人烟,甚至小动物的行迹。可是我很快通过这房子的顶以及它的窗户判断出来它不是城堡,而是一座教堂。

教堂,坟墓一般冰冷的教堂。

教堂,它是我最厌恶的样子,尖顶是刺刀,窗棂是刑具。

"唐晓在哪里?"这个建筑已经重重地堵在我的胸口,使我透不过气来。逃走当然是最先萦绕在我心头的想法。

"在里面。"他说。指的是教堂的大门。我才看见门并非是紧闭的,而是半掩半合的,可是里面没有光,只是黑。

我不耐烦地走向那教堂,想很快地把唐晓唤出来,我想我肯定会无法遏抑地冲着她大喊,她为什么要领着纪言来找我,她为什么在我最害怕最厌恶的教堂中停留。我冲进大门,纪言在我身后。

很黑,我看不见,只是大喊:

"唐晓!"

教堂深处的一扇门里忽然闪现出一点影影绰绰的灯光。我走向那里,继续叫:

"唐晓!"

砰的一声,我听见身后的大门合上的声音。我立刻转身,可是身后那一丝一丝从大门外面射进来的日光已经完全看不见了。大门合上了。完全的黑。

我害怕地叫道:"纪言!"然后我向着门口的方向跑过去。我一直跑,直到我摸到了大门,纪言不在。我忽然明白过来,门是纪言关上的。他在外面。他把我关在了这里,他做了个圈套,捉住了我。这里根本没有唐晓。我没有继续大喊大叫,吵闹并不能使憎恶、痛恨我的人原谅我、宽恕我。我只是机械地拍打着大门,对着外面说:

"你是要关着我,直到我同意跟你去见段小沐吗?你做梦,我死在这里也不去!"

纪言果然就在门外面,他立刻回复我:

"我只是想让你安静下来,让你知道一些事情。"

我和他都没有再说话。我相信这破旧的教堂并没有完全失灵,它的灯和大门以及陈设都是完好的,因为纪言说完那句话之后,整个大堂里的灯,忽然都亮了起来。我终于看清楚了这教堂内部的陈设:半球状突起的顶子上有奶油色的八角花吊灯。四面都有大椭圆的窗户,上面有被涂得花里胡哨的玻璃。正前方有那个叫作耶稣的人的塑像,他的前面是一张长方台的桌子。桌子是这间房子里面的唯一陈设。我当然就向着桌子走过去。

走近桌子我看到了一只牛皮纸的大口信封。我知道这应该是纪言有意放在这里给我看的。

我于是就打开了它。里面有一沓照片。我拿出来,借着灯光看。

女孩的照片,从七岁到十九岁。还有她和纪言的合影,从小女孩到妙龄少女。

七岁的照片上,我能清晰地认出,那个女孩就是段小沐。七岁的她,面容和我最后一次见到的她毫无分别,狭瘦的脸,灰紫色的两腮。眼睛里的东西即便是在照片这样的静态下,也能看出来是不停流动的,像两个很轻易就能溺死人的漩涡。然而照片上的她还是和当年的她有分明的不同——照片上的她架着双拐,歪歪扭扭地靠在纪言的身上。我终于悟出纪言让我看照片的用意了。我明白过来,段小沐架着拐杖是由于我在那次摇秋千的事件中,弄断了她的腿。纪言让我看这些的目的是让我认错。在这样一个时刻,我并未感到愧疚。

因为我始终认为这是一场彼此对抗、彼此争斗的战争。那么战争的双方都要承担战争的后果。须知这些年来,我的心绞痛和我的幻听从没有离开过,何况她也同样把右腿的疼痛施与了我,不是吗?为此我放弃了舞蹈。也就是说,这个魔鬼,她从未从我的身上走开。我们已经是两败俱伤。

我心里乱得很,只好接着看照片。

八岁的段小沐换了一身衣服,还是架着拐杖,站在纪言的旁边。

九岁,十岁,每年一张照片,唯见段小沐换了衣服,不变的姿势,不变的拐杖。

十八岁的相片上,段小沐坐在台灯前,正在缝制东西,——她手中捏着的那个小东西正是纪言的书包上挂着的那个小玩偶。原来是她绣了送给他的。

直到十九岁的这张,段小沐已经完完全全变了模样,单看这一张,我已经不能认出她。她看上去仍旧是个病态的姑娘,苍紫的脸色,狭瘦的脸庞,没有一点水分的头发,可是她有一双非常明亮的眼睛。眼瞳里聚满了夏夜的萤火虫一般的光亮,眼底是沉静的褐色,看上去好比有一条深深的大道在眼睛里面,一直通向未知的桃花源,非常引人入胜。

我必须承认,这样的一双眼睛,无论在谁看来,都是美好以及可以信赖的,你无法把她和魔鬼联系起来。

此时我已经坐在了教堂的地上,那些照片颓然地散落在我的腿上,以及地上。我的手里始终拿的是那张她十九岁的照片。我犹豫不决地一次一次地把手抬起来,仔细看着这双眼睛,这双眼睛像深深庭院里的馥郁芬芳的紫罗兰一般,明媚的香气把整个庭院里的阴翳都压下去了。她的样子已经完全颠覆了我心里原先那个魔鬼的形象。

我想夜晚已经到了。可是我无法确定。这教堂不能透进一丝的外面的光,只有遥远的顶子上挂着一盏不断有灰尘抖搂下来的灯。教堂的夜晚格外可怕,我感觉那个叫耶稣的人在走近我,他的身后好像还跟着很多的人,我是平躺在地上的,他们凑过来,像围观一个病人一样地围住我,观看着我。他们也许是切开了我的心脏,我的心脏肯定是黑了去,烂掉的——此时我的心脏又疼了起来。我仿佛感到身体里的部件都掉了出来,我是空心的,我是穿透了的。声音也像穿了线的风筝一样,被遥远处的人牵动着,从我的两只耳朵中间飞来飞去。我终于,掉下眼泪来。

纪言,我如何能不恨你呢?你将我关在了我最害怕的地方,你将我投入黑穴里,用她的照片来刺痛我,我现在仰面向天,却不敢睁开眼睛,那明晃晃的教堂吊灯下,我仿佛被它罩住了。我在它的炙烤下,已经是风干了的。

整个夜晚我都被关在这如洞穴如坟墓一般的教堂里。我没有力气再去门口叫了,我只是躺着,听我的腕表嘀嗒嘀嗒的,像山洞里的泉水一样流淌出去,我真的要干涸了。

门再打开的时候是次日的清晨,我感到曦光泼洒在我整个冰冷的额头和面部,像是要浇醒这个昨夜酩酊大醉的酒鬼。可是我仍旧不动,平躺在那里。我能感觉到有渐渐走近的脚步声,细碎而小心,不睁开眼睛我也能够判断出那是纪言了。

纪言在我的身旁坐下,他很久都没有说话,我也不开口,还是这么躺着,我手里捏着的是段小沐的照片,我已经没有什么力气了,如果有的话,我也许还会把那张照片捏碎了。

纪言把我扶起来,我的整个身体都软软的,仿佛已经不能坐起来——他只好用手在后面撑着我的背:

"对不起。把你关起来这么久。"

我把手里的照片松开,忽然间有了一股很充足的力量。我突然举起手,一个耳光扇在纪言的脸上。纪言没有理会我这只打他的手,也没有理会他红透了的半张脸。他只是捡起那张照片来,然后缓缓地说:

"跟我回去见小沐,好吗?我把你领到这间教堂里是希望你在这里反思你做过的事情,希望你在这里忏悔,然后你能回心转意,跟我回去见段小沐。"

我摆脱了纪言那只在我身后支撑我的手,然后摇摇晃晃地站起来,向教堂的大门走去。这是鬼房子,我得立刻出去。

我头也不回地出了教堂的门。站在荒芜的山脚,却看不见前行的路。

他很快跟上我说:"跟我走,我带你下山。"

我重新回到学校宿舍的时候已经是中午。走进房间,我就看到了坐在书桌旁、神情不安的唐晓。我按下心上的火,一头栽在自己床上。可是没有几秒钟唐晓就站起来,走过来,在我的床边坐下,头探着看着我。她小声试探着问:

"姐姐,你怎么这时候才回来呢?你,你,整夜都和纪言在一起吗?"

我再也不能忍受她这样的提问。我猛然坐起来,几乎是咆哮地说:

"你究竟想怎么样呢?你既然那么在意我是否和他过了一夜,你干什么还要告诉他我在哪里呢?"

她低头不说话,等我又躺下恢复了平静,她才抽泣着说:

"姐姐,你可知道,他的任何要求我都无法拒绝。"

16. 逃

我从那次在教堂被囚禁之后,陷入了绝境。是的,绝境。

我不敢正视所有的镜子。那当然应该是我的脸。可是如果我再对着它看得久一点,它那明亮的玻璃平面中显现出的,将是一双火炭般嗞嗞烧着的眼瞳。它们从破碎的瓦块中钻出来——天知道我干净的屋子里怎么会有破碎的瓦块。女孩的目光把我的在镜中的身体一点一点撬起来,使我变得如哈哈镜里的娃娃一般整个身体扭曲。那双眼睛不断不断扩大,逐渐占据了主要的位置,把我从镜子里一点一点挤了出去。——当我再看去的时候,镜子正中的位置是她的眼睛,赫然地长在我的脸上。

魔鬼已经深入我的骨髓并且渐渐修改了我的容貌吗?这是作为我把她从秋千上推下来的报复吗?更恶的梦此刻正在来抓住我的途中吗?

我和唐晓住的那间学校的宿舍很大,刚刚搬过来不久的时候,唐晓就买了一面特别大的镜子,——几乎有整面墙壁那么大。唐晓喜欢对着它跳跳舞、练练唱歌的口型。在一个猛然醒来的清晨,我迷迷地睁开眼睛,看见那镜子里摆满了我的脸,我的脸,可是却长满了她的眼睛。她那葡萄色的瞳仁,沾染了些许曦光,明晃晃地旋转流动着,像个胀满了灾难的漩涡。它不该是我的脸庞,我蓦地坐起来,从床头柜上抓起一盏玻璃灯罩的台灯就向那面大镜子砸过去。镜子迅速地产生了一个缺口,然后它像被加工的一条鱼一样,鳞甲状的碎片一片一片地散落下来,哗啦哗啦地掉在了地上。我身旁熟睡的唐晓被惊醒了,她坐起来,惊惧地看着那扇破损的镜子,还有在地上滚爬的电灯泡,小碎片。

"你怎么了姐姐?"她叫。

"嘿嘿。"我感到满足和快意。

我的耳际又有了遥远的声音,段小沐在喋喋不休。我忽然又感到了烦躁不安。我从床上翻身起来,赤脚在卧室的地板上走,一直走到那些碎玻璃上,仍旧坦然地不躲不避地踩着它们过去。立刻有血从我的脚底溢出来,仿佛我的脚下聚过来一片彩霞。流出的血使我镇定下来:

"嘿嘿。"我踱着步子,像个优雅的疯子,缓缓地放着自己的血。

我一直处于无法走出的低潮,和唐晓也在冷战。她走近我,无论是兴奋地,还是怯怯地,讨好地对我说话,我都不睬。其实看见唐晓柔和的小脸,我真的是忍不住要原谅她的,可是我知道我只要和她好起来,她还是会把纪言带进我的生活里。她不能离开他,她早已沦为他的一颗卫星。她转得神魂颠倒却无知无觉。所以我仍旧坚持对唐晓的冷淡态度。

可是纪言已然是我生活里无法避开的影子,他又一次地出现了。那个下午他又没有参加他们那个小乐队的排练——留下唐晓在破旧的舞蹈教室里等他,然后他在我下午出去买杂志画报的时候尾随我。

他在我们已经离开学校很远的时候追上了我。他说:

"上一次我是急于把一些事情告诉你,所以只有引你去那个教堂。对不起。"

"可我害怕教堂你知道吗?"出乎我自己的预料,我竟然没有大喊大叫,而是哭泣起来,回答他竟然也用了很脆弱的声音。

"心里不安才会害怕教堂。做了错事才会害怕教堂。"

"你是一定要我承认错误,去段小沐的面前道歉吗?可我是做不到的。"我对他说话的语气已经没有先前那么强硬了。

"这已经不重要了。并不是要你去道歉的。"

"那是为什么?"

"她想见你的。有话对你说。"

"做什么?骂我?要我哭泣着道歉吗?"

"说了,不是去道歉的。"

"那又是做什么?"

"她有心脏病,你知道吧?"

"心脏病?"我非常惊讶,这个问题我很疑惑,我只是记得我的心脏会无端地疼的,这是她给我的,她压住胸口,眼睛盯着我,我就疼起来。

"是的,她有很严重的心脏病,要动手术。"

"她自己说的吧?"我轻蔑地说,怀疑这是段小沐博得别人同情的一个谎。

"是真的。"纪言用一个格外深沉的表情,证实了他敢担保这是真的。

"好吧,心脏病,又如何?"我退一步问他,仍旧不明白纪言为什么和我说这些。

"杜宛宛,从小到大,你是不是总是隔一段时间,就会感到心脏疼?回答我。"

我愣住了,从未预料到纪言会问这个问题。他竟然知道我的心脏会疼。我从来不知道有个人会知道我心脏疼的事情,那么他知道我心里住着魔鬼吗?可是他又怎么会相信魔鬼就是段小沐呢?

我没有回答他的问题。既然他知道了我的这些事情,我很企盼他能同情我,怜悯我。

噢,纪言,你能了解吗?我的身体里长满了毒蘑菇一样地无可救药。有人侵犯我的心,有人侵犯我的耳朵,有人剥夺了我的跳舞和唱歌的权利。有人逼迫着我离开郦城。

纪言见我没有说话,就继续问:

"那么你告诉我,你为什么放弃了舞蹈呢?"

我愕然地看着他,他似乎掏空了我,我的所有秘密都在这个黄昏的天幕下被拉出来示众。他继续问:

"放弃跳舞是因为你的右腿会阵阵刺痛对吧?"声音紧促,充满压迫感。

"你怎么会知道的?"我终于忍不住,被击垮一样地软声哑然问。

"因为这些都是段小沐告诉我的,这些是她的感受。"他的声音缓和下来。

"她?她怎么能体会呢?"我觉得这是骗人的答案,我绝不相信段小沐能有和我相同的感受。

"因为你和她的感觉是相通的。她感到疼的时候你就会疼,她说话的时候你耳朵里就会有回声一样细微的声音传来。"他那刚才一直紧紧地皱在一起的眉毛渐渐疏解开。他正在用说服力极强的声音告诉我这样一个荒唐的答案。

"很好笑。"我表现出赞许的态度,还点点头。我想他是疯了,怎么说出这样一个连小孩都不会相信的解释。

"是真的。我也花了很长的时间才相信,可是这是真的。段小沐有先天性心脏病,所以你心脏会疼。段小沐从秋千上摔下来之后,右腿断了,所以你的右腿也疼。你们是相通的。"纪言表现出极度的耐心,不厌其烦地说服着我。

"好吧,相吸相通是吧?你说我们是触感相通的对吧?"我恶狠狠地说。

这个时候我们是在一条宽阔的马路旁边,一幢正在施工的楼房的前面。尘灰在我们之间缭绕,我们看上去都是这样的粗糙和手忙脚乱,在闹市的街道,说着一些神神鬼鬼、生命相通的胡话。纪言,我想到此为止吧,可以结束了。

我回身看看身后——正合我心意的是,裸露着钢筋和白水泥的房子的旁边堆满了砖头和碎玻璃。我转身跑过去,抓起了一块尖三角形的碎玻璃。

接下来的事情是我和纪言都感到非常吃惊的。我高高地扬起那块玻璃,然后把它插进了我的手臂里。它像锋利无比的餐刀一样,麻利地切割着我的肉。对的,我是一个疯姑娘。可是我凶猛而勇敢。

玻璃上蒙泽了春天的雨水一样,立刻浸染在红色里。我的整只右臂都麻酥酥的,在半空中摇摇摆摆。我恶毒地念着:

"好吧,我们是相通的。那么要段小沐痛死,要她痛死!"我一边说着一边紧紧地攥着那玻璃。纪言惊呆了:

"你疯了吗?你疯了吗?"他奔过来,用两只手分开我的两只手,一只手紧紧地捏住我流血的右臂,帮我止血。可是我仍旧挣扎着,在空中摇摆着右臂。他和我像打架一样缠在一起。而我渐渐地虚弱下来,没有了挣扎的力气。眼前的都不再清晰,所有的东西都飘进雾里。街道上的汽车在我的眼前横飞,红灯被人踩在脚底下……最后我晕倒在大马路上,嘴里还不停地喊着:

"段小沐痛死,段小沐痛死。"

17．不速之客

"啊！"

这个傍晚段小沐正在靠窗子的床边给裙子绣花。她的身边堆满了要绣花的麻布裙子。忽然她感到正在穿针引线的右手臂一阵刺痛。她起先不明白这是怎么回事。她把右手臂抬起来,仔仔细细地看了一遍——没有任何伤口,连一个针眼也没有。然而右手臂却越来越疼,越来越重,抬也抬不起来,而且仿佛是在流血一样发出汩汩的声音。

灯光渐渐在段小沐的眼睛里簇成一圈又一圈模糊的光晕,膝上的裙子和手里的针线也不再清晰,只有手臂像一个出风口一样,涌出了身体里的所有生气。段小沐在昏过去的前一刻,闪念般地想到：

亲爱的宛宛,一定是你受伤了,是不是？

夜晚那个推门进来的不速之客是小杰子。他敲了很多下门,可是没有人应声。他就推门进来了。这里已经是他来去自如的地方。房间里亮着灯,段小沐就斜躺在床上,紧紧地闭着眼睛。

睡着了？小杰子凑过去,看着倾斜地躺在床上、熟睡状的段小沐。

这是第一次,小杰子看见入睡的段小沐。这也是第一次,他好好地、认认真真地看看她。她没有架着她那黄色漆都掉光了的笨拙的双拐,她没有像只企鹅一样晃晃悠悠地走路,此刻她只是平躺着,在祥和的静态里。他也第一次发现,段小沐已经长大了。她不是小时候,纤细得可以忽略的段小沐了。她不是一枚梆梆硬的大头针了。她还是很瘦,也不怎么好看。然而奇怪的是,她凹陷的双颊却带着冬天在火炉边烤过的暖红色,颈子长而纤细,她就像浮在水面享受阳光的天鹅。而且这十多年作为一个教徒的清静生活,使她从头到脚都蒙着一层浓密的亮色,像是镀了阳光一般光艳。

他看着她,这是第一次,他发现她是一个有看头的女子。

他走近了她。他看见她薄薄的连身裙里伸出来的纤细的腿。她的右腿格外纤细,弯曲着,藏在左腿的下面,宛如一个初长成的丝瓜般害羞。他把右手放在了她的左腿上。然后缓缓地缓缓地向上移动,一直到右手隐没在她的裙子里面。是此时此刻的小杰子因为想起了十岁那年他将手伸进她的裙子里,覆盖在她干瘪的小腹上,而重温了这个动作呢?还是他只是随着慢慢爬上来的直觉而这样做的?不得而知。可是可以看出,这个时候的小杰子是有一点动情的。他现在面对着一个无比善良的女子,善良的女子从十三岁开始不断地施恩于他,她的善良终于在这么多年过去之后,使他记住了一点。他的动作很轻,甚至为了避免手心那些粗糙的褶子碰着她,他用了他的手背。他似乎是第一次懂得为别人着想了,他不想吵醒她。

随后小杰子就站起来了。他是一个不大需要爱的人,他也不喜欢享受什么爱。何况面对的又是段小沐呢?这个有着大头针一般滑稽的形态的病态女孩。

爱情这回事对于小杰子这样的一个人来说,是一个非常漫长的过程,枯燥而乏味。他更加喜欢堆砌麻将那样有节奏的活动,或者打扑克的时候甩牌的快意。他来是有重要的事情的。没错,钱。他盯着段小沐看了一会儿,决定还是不叫醒她了。这个时候他当然已经不是抱着不打算吵醒她的好意了,而是他觉得,根本没必要叫醒她。多次来借钱,他已经对于那个抽屉的钥匙放在哪里了然于心。所以他的下一个动作就是走到书橱的旁边,拉开最上层的玻璃,然后从一个小铁盒里拿出了钥匙。他走到抽屉跟前,打开。

钱,钱。

他站在抽屉旁边犹豫了一会儿,他在考虑他需要的是多少。

自然是越多越好,越多越好。

他不再犹豫,拿起了所有的钱,一分不剩。他关上抽屉,把钥匙放回原处,然后他带着钱走了。

段小沐醒来之后,发现自己的右臂仍旧是疼。她把膝盖上的那条裙子拿起来又放下,拿起,放下,却终究一针也缝不上去。右臂一次又一次,像失去重心的木偶一样,重重地跌下去。

好几天过去,手臂仍旧疼,段小沐只好把急着完成的那些裙子送了回去,她猜想自己几个月恐怕都不能做这工作了。而且,她也不能上学了——她高中毕业之后,没有考上大学,可是对于继续读书的强烈渴望,使她决定暂时在一个自修班读书,明年再报名参加考试。

现在她连自修学校也没办法去了,倘若是寻常人的手臂不能抬起,即便去了学校不能写字,可是终究能去听课的,可是段小沐就不同了。她的手是用来架双拐的,手脚并用才能完成走路的动作,因此现在她是连走去学校也不可能了。

阴雨天气连续三天,段小沐都只能待在家里,坐着,躺着,念《圣经》,读读书。第四天的时候有人敲门。

来人是以李婆婆的儿子——小茹阿姨的叔叔为首的几个李家的亲戚。不知道为什么连李婆婆葬礼都不出席的他们忽然就找了来。和蔼温驯的小茹阿姨不在里面。这几个人都没有和悦的颜色,个个气咻咻的。李婆婆的儿子和死去的李婆婆一点也不像,他是个粗声音大力气的中年壮汉。他说他最近刚从外埠回到郦城,才知道母亲死去好多年了,而段小沐现在住的房子是李婆婆生前留下来的,当然应该归李家的人所有。他来的目的正是要回这房子。

"你要搬出去!越快越好。"吼叫。

段小沐用左臂撑住身体缓缓地从床上坐起来。她总是知道她的命运是多舛的,不一定什么样的惨事正从前方迎面走来,可是她却从未想到过她竟然连这房子,也要失去了。这间屋子,是李婆婆的,也是她的,是她和李婆婆共同的家呵。离开这里,那么她将再没有任何归属。她一直都在悬空中,漂流中,可是这里,可是这里收留了她,成为她十几年以来的家。她不能,不能失去这个属于她的小小井底。要知道,有些井底之蛙尽管面对的是头顶的一角天空,它也是满足的,因为对于它来说,再没有比这更安静的安身之处了。

"求求你们,让我留在这里住吧,我不能离开这里。求你们了!"段小沐从小到大还是第一次这样乞求,从小到大她总是遭遇到突如其来的灾难和变故,所有的事情都由不得她就已经像定时炸弹一样爆炸了。这是第一次,她觉得自己有挽回的能力,她无论如何不管怎样也要留在这间屋子里。

"不行,这房子是我们家的。你这是耍赖啊!"他不依不饶。段小沐看着他,他怎么会是李婆婆的儿子呢?他的眉眼间的凶气正是李婆婆生前最厌恶的。

"这房子请留给我,你们有什么要求我都答应。"段小沐觉得自己可怜极了,仿佛是沦为一只争抢骨头的狗。可是就是变得再猥琐,再卑微,她也要这间房子。

"还有一个办法,你付房费吧。每月一千块。"

他显然是讹诈,段小沐很清楚,这间简陋无比的旧房子怎么值得花一千块。可是段小沐觉得只要能留在这房子里就好了,多少钱都是值得的。和李婆婆同住过的这间房子,现在对于段小沐来说,已经是无价之宝。

"好吧,一千块。"

"那么好,你听好,明天一早我来拿钱,如果没有,你立刻滚出这间房子!你可要明白,很多人要租我这房子呢!"男人得意的样子使他更加丑陋了。

他们走了。

段小沐坐在床上,仰望着窗子里看到的一角天空。她缓缓地移到书柜旁边,从牛皮纸信封里拿出钥匙,再挪到那只抽屉前面,打开,这个时候,她才惊异地却发现一分钱都没有了!发潮的抽屉里完全是空的,什么也没有,除了一只死去的蛾子的尸体如茶叶末一般贴在抽屉的一角。

段小沐猜想一定是小杰子来过了,在她昏迷的时候。她似乎已经对他的一切都能感知,可是她还是不能让自己恨他。她只是想,小杰子一定又遇上麻烦了。她竟立刻为他担心起来。段小沐倒吸了一口冷气,空荡荡的抽屉里传出了带有灰尘味的回声,一遍又一遍地响应着她。

次日一早李婆婆的儿子就闯进来要钱了。

段小沐恳请他再多给她些时间,她一定筹到钱。那男人冷冷一笑,反问她是多少时间。段小沐认真地算了一下,就算她的手臂下周能好,她要再去服装厂要裙子来做,裙子全做好怎么也要一个多月,然后送去,等待那里的人检查验收,最后再通知她去领工钱,这些怎么也要两个月。

"两个月。"段小沐坦白地说。

"两个月?少废话!我明天就要租给别人!"

段小沐还是不断地恳求,那男人也不理会她,甩手就夺门而出。没过多久,就有四个壮汉门也不敲就冲进来,打开那些橱子柜子,把里面的东西大把大把地扔进他门带进来的几只大纸箱里。不一会儿的工夫,他们就把所有的东西装进了箱子里,然后其中两个把箱子搬出去,另外两个走到段小沐的床边。其中一个像拎起一只猫一样把段小沐从床上抓起来,夹在胳膊下面,然后向门口大步走去。另外一个从床边上抓起段小沐的两根拐杖也跟着向门口走去。段小沐没有喊,她感到她的身体像一条落网的鱼一样是横着的,她眼睛里的世界也是横着的,她的心脏在这种横向的运动中像一只铁钩一样,从体内反抓住她,捏她,挤压她,她就要像萎败的花一样缩成一团了,再没什么汁水。

那人把段小沐放下来的时候,这女孩面色煞白的,眼睛紧闭。她被放在一只大纸箱上,听见哐啷一声,有人已经用新的一把大锁锁上了她家的门。然后那几个人都撇下她和纸箱子,走了。

纪言看到段小沐的时候,段小沐蜷缩着身体躺在大纸盒子上。夜晚的西更道街开始下雨,窄窄的街道上一个人都没有,连平时停在弄堂里的自行车也一辆不见了。雨越来越大,灯光被雨滴击得四溅,唯有段小沐,一动不动地躺在那只已经被雨水浸得柔软而凹陷下去的纸箱子上。

纪言怎么也想不到会变成这样。他只是在杜宛宛把玻璃尖刀插进身体里之后,立刻想到郦城西更道街的段小沐也会遭受同样的疼痛。他当然清楚段小沐离开手臂是连行走也不能的。所以他必须尽快赶回郦城,因为段小沐根本无法正常生活下去了。于是他把杜宛宛送去医院,立刻回到郦城。相较杜宛宛,段小沐更加需要照顾。他却没有想到,段小沐就躺在露天的街道上,大雨的天空下。

纪言把段小沐背去了西更道街的小教堂。她被住在里面的老修女们安排在教堂后面的一间屋子里。她发烧,昏迷不醒。吃了药以后还说着"让我留在这间房子里住"的胡话。

纪言在大家熟睡的夜里,又去了从前的幼儿园。秋千像从未停歇过一样地仍旧在蒙蒙的雨中荡悠。纪言恍恍地觉得它摆动得非常厉害,摇啊摇,就摆荡到了秋千事故发生的那天。他回忆起当时杜宛宛非常痛苦的表情,他回忆起她那么害怕他地跑掉了。甚至那件事情以前,一个夜晚,杜宛宛自己在秋千上一边荡一边哭泣。其实那不是纪言第一次发现她在秋千上哭泣了,之前有很多很多次,她都失神地坐在秋千上哭泣。那天她甚至把她最喜欢的五彩珠子都纷纷地从秋千上抛弃了,她对他说,有魔鬼。他也想到,前些日子,他去红叶谷找到画画的杜宛宛,设计把她关进那间黑漆漆的教堂里,然后他用残疾的段小沐的照片来刺激她,希望她在巨大的负罪感之下,能够正视段小沐的存在,并且能够为自己所做的事情忏悔。他永远记得他打开门的那一刻所看到的杜宛宛哀怨的表情。最后他也想起了杜宛宛握紧玻璃碴就插进自己的身体里,她完全像对待仇人的身体一样虐待自己的身体。纪言这时才明白,杜宛宛原来也同样地一直受着苦。她原本是一个乖顺的女孩,然而段小沐的出现,使她遭受了很多的痛苦,她感到杂音和心绞痛都困扰着她,而她又不理解这是怎么一回事,她只好用她自己的办法来抵抗这种她所认为的侵犯,她最后终于决定根除这个带给她痛苦的人。她做了,可是自始至终,她都很害怕,她逃走,想当一切都过去了并且永远不会回来。这些年她过得提心吊胆,敏锐而多疑,她一直担心段小沐来找她复仇。纪言又想到段小沐,她和杜宛宛完全不同,她从小就没有爱,却是伤害不断。她从小就有心脏病,她知道自己是个病人,所以她对耳边的隐约声音,只是当作一种病症。而后来,她信奉了基督,这使她凡事都会去想好的一面。所以当杜宛宛出现在她的生命里的时候,她觉得这是一种恩赐,这是上帝的安排——杜宛宛是她在这个世界上唯一的亲人,是她心心相印的小姐妹。她当然不会怪杜宛宛,她只是怪她自己,她自己使杜宛宛承受了无端的疼痛。所以在段小沐心里的信念不是复仇而是道歉,补偿。

纪言忽然想,不知道躺在落城医院里的杜宛宛的手臂怎么样了。

段小沐醒过来后很久都定定地看着纪言。然后她问:

"纪言,每月你都是月末来看我,这次怎么月中突然来了?"

"我这段时间课程不紧张,就回来看看你。"纪言这样答,他一直都隐瞒着他已经找到杜宛宛的事实。段小沐如果知道杜宛宛不肯来见她,她一心焦,肯定会执意去落城找杜宛宛。她们见面绝不是一件好事,也许杜宛宛会再次伤害到段小沐,也许段小沐的出现会使杜宛宛的精神遭受更大的打击。

段小沐不再说话,她只是大幅度地翻身,侧过身来,努力地把右臂抬起来,想碰一碰纪言。纪言看见她把右臂伸直并翻转,他失声叫道:

"别动你的右臂!这样很疼!"

他喊出来之后,立刻感到犯了错误。段小沐的右手看起来完好无伤,如果段小沐自己不说她的右臂很疼,任何人都不会发现她的右臂有什么异常。而他这么一喊,表示他早已知道她手臂疼痛。那么只有一种可能性,就是他是从杜宛宛那里得知的。这时候,段小沐苦笑了一下,她显然是故意活动右臂的,为的就是等待纪言的这一句话,于是她用十分肯定的语气说:

"纪言,你早就找到杜宛宛了,是吗?"

纪言没有说话,但却是默认了。

"她不肯来见我,是吗?"段小沐微微一笑。

"可我会说服她的。你不要伤心。"纪言立刻回答。

"没有关系,我不会怪她,我早已经放弃了手术。很想见她只是想再看看她。可是她来见我会很不开心,而我只想看到开心的她,所以不见也罢。"段小沐说得顺畅而无不快。

"病一定要治。"纪言坚定地。

"这不重要,纪言,但是你必须告诉我,宛宛到底出了什么事情?"

"她的手臂摔伤了。"他觉得是有必要撒谎的,告诉段小沐真相她会更加难过。况且他也绝不想把杜宛宛描述成一个冷血残暴的女子,那不是杜宛宛,杜宛宛其实在心理上是个远远比段小沐脆弱的女子。

"严重吗?"段小沐又问。

纪言摇了摇头。

"撒谎!纪言,我能感觉到,我的手臂疼得不行。"段小沐不肯相信,她努力抬起她的右臂,仍旧不能。

"小沐,你以后住在哪里呢?"纪言不再提那个话题。他也的确关心段小沐以后将怎么样生活。

"只要那些婆婆们肯收留我,我以后就住在这间教堂后面的小屋了。"

"可是你怎么生活呢,学校也不能去了。"纪言叹口气,他关于段小沐的担心是层出不穷的,这女孩永远活在不止的灾祸中。

"会好起来的啊。你啊,快回去好好照顾宛宛才是为我好啊,她好起来我很快就好起来啦。真的,纪言,回去好好照顾她。"

段小沐用点了光辉的眼睛注视着纪言,纪言感觉到她的话里似乎有更加深层的意味。

"照顾她。"

18. 自己长大了的项链

那天,在马路上,我把玻璃插进手臂里,然后在之后很长的一段时间里,失去了知觉。

醒来的时候我躺在日光沐浴的病床上。似乎很多人来过,床头有好几束花,香水百合,非洲菊。只是太妖冶了,浓浓的香使我透不过气来。

我的右手臂不能动,它像被捕获的动物一样被紧紧地捆绑住,不能动弹,不能呼吸。我想起昏倒前的一幕,那个是我吗?那个凶狠的,抓起玻璃,就刺进去的疯子。我以为那个受伤的人不是我,我以为那个是段小沐。我又要杀人啦。我又在谋害她呢。我把玻璃插进去的时候,甚至是充满快感的,我乐陶陶地以为这一次我胜利了。可我是怎么了?我竟不惜一切代价地要害她,甚至拿自己当作代价。

我知道是纪言送我来医院的。因为我滴血的身体被一颠一颠地托着,奔跑着送到医院。其实我很害怕纪言,真的,我很害怕他。因为他有使我不安、使我忏悔的力量。我甚至怕他胜于怕段小沐。我对段小沐能够采取些措施,以我的力量来还击,可是对于纪言,我是不能的。我在他的面前是个不折不扣的弱者。我从未觉得我欠着段小沐什么,可是我却觉得我欠下纪言很多,我注定要被他控制。

我刚刚醒来不久,门就被慢慢地推开了。进来的是纪言。他把两只手插在口袋里,晃啊晃啊晃到我跟前。我仿佛记得我第一次看见他的时候,他以一个消极而颓废的鼓手的形象出现在我的面前,那个时候我对他充满了好感,我以为他是一个敏感忧伤的兔子般温柔的男孩。那个时候我竟是有靠近他的欲望的,想在他的带领下,去看看他写在小说里的那种有小猪和金鱼,水草缭绕的潮湿生活。

可是此刻我以惊恐的眼神看着他,他的阴影渐渐覆盖在我的整个身体上——他有喉结有胡须有强烈的男人的气息,他已经不是一个小孩了。

他站了很久,才说:

"你醒了。"

然后他又说:

"再不要这样残害自己的身体。"

我终于哭起来。他接着说:

"你不要害怕我,我只是希望你能平息下来,懂得没有人要故意伤害你。段小沐她很爱你。"

我背过头去不理睬他,怎么我心中却是希望他来的?可是当我听到段小沐这个名字的时候,就无法遏抑地恼怒起来。

"段小沐的心脏病越来越严重,她早就应该动心脏手术了,可是因为没有找到你,她迟迟不能动那个手术。你知道为什么吗?"他像一个善良的老师规劝一个误入歧途的学生一样。

我转过头去看着他。他继续说下去:

"她问医生手术痛不痛。医生说很痛。她就不肯了,因为她说你也会感到无比的疼痛,这是她不想的,所以她说她一定要找到你,恳请你的同意,你如果不同意,她就永远不动手术。"

我背对着他的身体轻轻地动了动。对于纪言的这些话,我仍旧无法相信,尽管要对于他的真诚毫不动容绝非一件容易的事。因为在这些日子里,在纪言重新进入我的生活之后,我就一直感到很疑惑。我不能清楚纪言的立场,这些年里,我想,有多少日子纪言是和段小沐一起的呢?应该会是很多很多。他的书包上挂着她送的小人儿。他是一心偏袒她的,他也许就会为了帮助段小沐,为段小沐报仇而欺骗我。如果真的是这样,我是多么伤心啊。我希望中的纪言,应该像他六岁的夜晚在幼儿园的院子里发现我荡着秋千哭的时候一样地疼惜我,怜爱我,帮助我。可是现在,一切都无法确定,物是人非,谁又能了解谁的心呢?

纪言看出来我并没有相信他。他没有再说话。忽然他从口袋里掏出一件东西,然后他把他的那只手慢慢移动到我的左手前。我侧头看到,那是一串彩珠链。那彩珠微小而陈旧,颜色多而杂,看起来很过时的。他把它套在我的脖子上:

"这是你六岁的时候荡秋千,从秋千上扔下来的那些珠子。我答应穿好了再给你,可你很快就走了。我没有来得及给你。"我仔细看看那些珠子,很久很久,我才摇摇头,再摇摇头,给他一个很疏远的微笑:

"纪言,你骗人。这不是那年的珠子。那时候我捡到的珠子很少,勉强能够绕着我的脖子围一圈。可是现在我的脖子比那时候粗了那么多,怎么可能戴上这根链子刚刚正好呢?"

纪言站在那里也不做任何解释。只是看着我,带着一点郑重而严肃的笑意。

"难道项链自己长大了啊?"我忽然禁不住笑起来。他也笑了出来。

忽然唐晓推门进来了。她没有敲门,就这么突然地进来了。

我慌忙把身上盖着的被子向上扯,把那串脖子上的链子藏进里面。唐晓这时已经走过来,她应该是没有看见我脖颈上这条滑稽可笑的项链,走过来就笑盈盈地看着纪言说:

"纪言,你也在啊。"她说着就充满孩子气地踮起脚尖来,拍拍纪言的头顶,然后把脸凑上去,亲了亲纪言的脸颊。纪言的身体轻微地摇晃了一下,我感到我的心也跟着摇晃了一下。

纪言应了她一声,把那只刚刚给我戴上项链的手重新插进风衣的口袋里。他转身向门走去,头不回,再见也没有说一句,就这样走了。

病房里只剩下我和唐晓,唐晓已经失去了脸上挂着的微笑。她搬过一把椅子,坐在我的床边,就这样一动不动地看着我。我们两个人坐到黄昏都没有一个人开口说话。

之后三天里,纪言都没有来过。唐晓每天傍晚上完课就来。她对着我这样坐着,她发愣,面无表情,像一个着了魔的公主,只有睫毛一闪一闪的,仿佛下一次就要有眼泪跟着掉下来。我们仍旧不说一句话。终于,第三天黄昏的时候,她又这样坐着,我闭着眼睛,可她知道我没有睡着。她忽然就开口突兀的一句:

"这几天纪言有没有来看过你?"冷冰冰的声音,仿佛变了一个人。

"没有,怎么了?"说出这话我才发现,我的口气很焦急,唐晓一定能敏锐地发现我是很在意纪言的。

"噢,也没有什么,他这三天都没有去上课,乐队也没有去过。"唐晓轻描淡写地这么一说,仿佛与她毫无关系。可是她说完了,眼睛却一直盯着我的脸看我的表情,我想她一定看见我的忐忑不安,焦灼不堪。

纪言在第四天的下午终于来了。他非常疲倦。他说他去看段小沐了,然后他走近我,又开始了对迷途羔羊的呼唤:

"你知道吗?段小沐和你不一样。你弄伤自己的手臂,可是你立刻会被送到医院,接受治疗,你不用去做什么活,你现在躺在医院里无可担心,并且很安全。可是你知道你的任性和野蛮给段小沐带来多少麻烦吗?她离了右手,根本连走路也不能,她需要自己养活自己的,可是她现在,什么也不能做了。你要害死她吗?"

他很激动。我被这些话逼得缩在床头的一角。我想这就是他的立场了。段小沐是使他疼惜的姑娘,段小沐是使他怜爱的姑娘。他不允许我这个凶狠的姑娘来伤害她。我感到了我是多么的孤立,仿佛全世界都是和段小沐站在一起的,世界正是恍恍惚惚的一片。我记得三天前的纪言还在这个位置,把项链给我戴上。他还充满温情地撒了一个谎——不管他究竟出于何种目的,说这项链是我六岁的时候丢弃的。可是现在,他去见过段小沐之后,就完全地变了。于是我又挣扎着把自己的凶狠从心里掏出来,重新挂上脸庞:

"是啊,我就是想害死她的啊,你忘记了吗?我六岁的时候就想害死她了。这是我一直的梦想啊。"

他又心软起来。因为我能通过他的眉毛判断。他的眉毛像毛笔字"一"那么平直。他对我心软的时候,他的眉心会把两只眉毛拢在一起,眉尖上扬,非常惋惜,非常心痛的模样。我早已认得这模样。他把我从布满蜘蛛网的教堂里放出来的时候,他看见我把玻璃插进身体的时候,他坐在我的病床边,把项链给我戴上去的时候,我都能看见他这样姿态的眉毛。我正是在他每每流露出来的这种表情里,判定他对我还是有爱的。这听起来很好笑,杜宛宛对全世界都充满敌意,都充满戒备,可是我怎么能单凭他的眉毛就相信了他呢?

纪言忽然站起来,把我的蜷缩着的腿拉直,然后把被子盖在我的身上:

"你们真像,那天我看见段小沐的时候,她也是这个姿势,不过她是被大雨淋着,旁边也没有你这么多鲜花。你比她要幸运。"

他顿了一下,又说:

"这次你好了之后,必须跟我去见段小沐。"他的话没有商量的语气。他似乎很自信我会遵从他的命令。我已经没有能力再来反抗他的命令了。我就不再说话了。渐渐平和的两个人,中间暂时没有了恨和怨。只是好好地这么坐着,想些各自的事。

后来我就昏昏沉沉地睡着了,这一次竟然没有噩梦来袭,想必是我冥冥中知道纪言一直坐在我的床边没有走。

傍晚的时候,哐啷一声,唐晓推门而入,我惊醒了。纪言还坐在我的床边,天已经完完全全地黑了下来,我看见他夜色里青蓝色的影子笔直而略带哀伤。

唐晓冲到我的床边,我看清楚了她。她今天穿得格外好看。是一件我没有见过的新裙子。中间长两边短的玫瑰紫色的丝缎裙子,上面是一件海军领的白色紫色相间的衬衫。头发刚刚卷过,褐色的卷发软软地碰撞着海军领,比这一季的芭比还要动人。可是唐晓看起来精疲力竭。她显然不在一种开心的状态中。

"今天早上不是说好参加下午的露营活动吗?怎么什么都不说,就不去了呢?"唐晓指的是学校每年秋季的露营,晚上还有篝火晚会,男孩女孩们都会疯狂跳舞。

"临时决定,不想去了。"纪言也不回头,淡淡地说。

"你怎么能这样呢?这个下午你就一直待在这里吗?"唐晓怒气冲天,她早已失去了平日的优雅,大喊起来。

"是啊,不喜欢那个露营和晚会,就到这里来了。"纪言理所应当的语气更加激怒了唐晓:

"你在胡说!你是一心在想着她吧!"

唐晓的手指向我。我忽然像变成了被捉住的偷情女子一样,仓皇地抬起头看了一眼纪言,他正微微一笑,毫不介意的样子。是这样的吗?纪言为了守着我,错过了露营和篝火晚会。坦白说,这是一件令我动容的事情,潜意识里,我希望唐晓说的都是真的,尽管这样确实伤害了唐晓。

而唐晓,我非常敏感地感觉到她对我已经很不友好了。在她的话里,她已经用"她"这个词代替了"我姐姐"这个词。有很久,她都没有用从前时常挂在嘴边的"姐姐"这个词了。

我在他们的争吵中没有说一句话,我忽然看见这个气急败坏的唐晓,害怕起来。我一直都那么随意地对着她发火,可是这么多年,我从来没有感到过歉意,然而现在,我却不知怎的充满了愧疚。我忽然可以容忍她发任何脾气,允许她说各种狠话。我忽然觉得她很像我,从前是像我小的时候讨人喜欢的娇俏模样,而现在变成了像如今的我一样暴躁刻毒。我心里的害怕缘自一种恐慌,我在想,连唐晓这样一向温驯的人都变得凶狠起来,这个世界上将不再有温驯的人了,全世界的人都将像我一样恶劣而无药可救。多可怕。

僵持,可怕的僵持。在病房,在幽怨的女孩和令她着了魔的男孩之间。

终于,唐晓最后说:

"纪言,我有话要跟你说!我在门外等你。"门砰的一下关上了。

纪言暂时站在我身边没有动。我们面对着面,眼睛对着眼睛。忽然纪言就笑了起来:

"看着她那么生气,我觉得她和你越来越像了。"

"她喜欢你喜欢得发烧,得病了。"我接着说,我想唐晓发生变化完全是因为她的深情得不到纪言的回报,她就再也不能安守了,她开始跳起来,努力用自己的手去抓,去抢。

"是吗?"纪言患得患失地说,"那么我应该怎么做呢?"

"你别再来看我,好好地和唐晓相处。就是这样,皆大欢喜。"我坐起来,把枕头放在背后,有气无力地靠在上面,冷冰冰地对他说出这个我认为最佳的解决方案。

"非得这样吗?"纪言的语气忽然变得很软弱,他褐色的眼瞳里有着令我不能割舍的忧伤。

"非得。"我坚定地说,"有关段小沐的事我不想再提起。我想我们两个人还是互不干扰为好,我不会回去看她,除非你告发我,我被迫回去。"

"你知道我不会那么做!"纪言大声说,我的不讲道理使他变得愤怒,"如果我要告发你,何必等到今天呢?"

纪言腾地站起身来,推门出去了。他最后的动作绝望而气馁。这使我相信,他真的打消了带我去见段小沐的念头。

房间里很安静,走廊里却不是。我听见唐晓激烈地和纪言争吵着,过了一会儿便没有了纪言的声音,只有一个女声像剪刀一样,切割着这平静而安详的大幅夜幕。

那之后果然纪言没有再来探望我,唐晓也没有。只有我的妈妈,拿着一些乳白色的鸡汤,在黄昏的时候轻轻敲开房间的门。我睡在能看到窗外的病床上,在这个秋天的最后时光里,我终于可以停歇下来好好想想这些事。

一直以来,我都像在飞快地奔跑,后面有人追我一般的,我不能喘息地奔跑着。我为了摆脱而奔跑,为了躲避笼罩在我的上空的阴影而奔跑。

纪言的话,不管是不是真相,都是一件令人惊奇的事情。段小沐,她和我有着相同的触感吗?她可以和我同时异地感受着冷暖、痛痒吗?

我不得不承认,我被照片上她的那双动人的眼睛所吸引。也许别人看到那双眼睛觉得它和常人并无异常,可是我能感到,那是一种天生用来注视我的目光,就是说,那像一种语言,只有我能看懂,明晃晃地闪耀着,竟照亮了我阴翳的额角。

19．忍冬花

等我的右手完全好起来,能够写字画画的时候,已经是冬天了。雪是落城的宝贝,难得能见到,然而这个才是初冬的时节,天空就异常挥霍地撒下了好多的雪花。

我常穿着很厚的黑色呢子风衣,围一条淡紫色满是圈圈洞洞的围巾,就去冷飕飕的户外作画了。我刚刚康复了的右手格外灵活,于是我画了很多张画,都是有关雪的诠释。其实我非常害怕寒冷,可是我却异常喜欢自己在寒冷里面的样子,我的脸总是红得像一朵塑胶花一样地不真实,多可爱。

这段日子我一直是独来独往,心如止水的样子。我等待着纪言来找我,我想他还是会来的,一定会来的,我也说不清,可是我竟然已经对此寄予了期许。

我们之间的话题,一定无法躲开郦城和段小沐。我想最后还是会回到那个问题上去,我是否跟他回郦城去。对此我仍旧困惑着。

我的确不知道应该怎样面对段小沐。使我一直疑惑的是,到底是我在谋害段小沐呢,还是她早就以一个魔鬼的身份控制了我呢?所以我等着纪言再来找我,我等待着他能完全说服我,让我再无疑惑地回到郦城,或者我和他在这个问题上产生激烈的争执,最终到了无可挽回的地步,我便能恨起他来,从而成功地把他从心里赶出去。

然而我苦恼的事情是我和唐晓的关系。自从那次唐晓和纪言在走廊里发生争执以后,再也没有来医院看过我,直到我出院,重回学校才见到她。这是我的表妹唐晓吗?她穿了黑色的刚刚能包住屁股的超短裙,吊带只有一只带子的黑色紧身背心。黑色靴子,外面套了一件拖地的大风衣。这样的她,并没有什么不好看的,只是相隔不过一季,变化如此之大,让人着实吃惊:她的新唇彩是朦胧的白雾色,眼影是苍紫色,这些和她的一身黑色衣服配起来非常协调,再加上吞云吐雾的叼烟模样,像极了一个电影里的女特务。她的身旁还坐着男间谍打扮的人,正像电影里编排的那样,这个美丽的女间谍身边围绕着很多个男间谍。他们给她点烟,给她讲各式各样的黄色笑话,和她调情。她显得幸福极了,幸福得我无法去打扰,我只能绕路而走了。这是我妹妹,请允许我这样形容,她像忽然开窍的在风尘中卖艺不卖身的坚贞女子一样,忽然放开了胸怀,戳破了禁忌,于是享受到了从未得到过的"幸福"。我想这就是丧失爱情的女子,我能猜测到她之所以这样,大约是因为她亲爱的鼓手还是不能爱上她,这一番一番的事情过去后。所以唐晓当然也恨我。

她能恨起来,我本以为这是一生都不可能的事,但是现在我知道,她能够恨起来,非常严酷的那一种。

唐晓果然把她过去拒绝过的、婉谢过的爱都收了回来,她的周围总有不断的人。他们让我感到恶心,我完全都不想了解他们就武断地下结论说,他们根本无法和纪言相比——我不知道自己是怎么了,从前可以允许自己放浪形骸,允许自己去和乱七八糟的男子发生简短的感情,现在却完全不能看到唐晓这么做。

我终于感到了我作为一个表姐,已经付出的爱,我曾以为那是虚无的,可是事实上,我对她已经付出了太多的爱和关注。我希望她好好的,特别的好,让所有的人都羡慕。这是个始终如一的愿望。

日子刚好反了过来,唐晓有了无穷的男朋友,而我却是一个人,没错,这是我所希望的,我再也不需要那些高大健壮的伙伴们帮我撑起生活,再也不需要。

十二月的一个周末,我仍旧待在学校的宿舍里,我希望能够等到黄昏的时候,独个出去踩踩门前那片雪。唐晓又不在。我一个人睡到下午四点才被敲门声惊醒。正如我前一分钟忽然预感到的,这个人是纪言。我的头发蓬乱,面容呈现出久睡之后的失水、干燥。我的心原本也是干燥的,直到此刻那个预感使我的心渐渐潮湿起来。我叫他:

"纪言,纪言。"

——我们之间的那道门是半掩半开的,随着幽幽的风在我们中间晃动。风和这扇门仿佛拧成了线,扯住了我和纪言,他的风衣衣角被吹起来,高高地吹起,轻飘飘地拍打在我的腿上。我们就在这段小小的距离内,不发一言地站着,看着。

看着,站着。

多么久之后,甚至当我再也不能听到风声之后,我都知道,风和那日楼下窗外白皑皑的雪可以纪念那一时刻:两个把从前过往全部删掉的空心人,站在风里,他们想着一些那么动人的事。

纪言用哀伤的眼神看着我。然后他终于说：

"喜欢我的吧？"

我一惊，这个问题终于还是发生了，它像一朵将开未开的花，已经在我这里悬挂多季。现在他终于让它开放了，虽然我并不知道，究竟有没有到了花期，或者早已经过了花期。

我不说话。

他表示理解地点点头，又说：

"你过来。"

我很听他的话，向前走了两步，撑开了半掩半合的门，就到了他的跟前。我们从来没有站得这样近，这样近，我能看清楚他脸上的痣和细纹。他把头稍稍探下少许，就吻在了我的嘴唇上。

这是一个怎么样的吻？它紊乱而充满甜蜜，它像一种甘甜的汁液一样，以液体所特有的缓和流到我的嘴里。我想它终于发生了，爱情，至真至纯的爱情终于从仇恨中渗了出来。我掉下眼泪来，用手环住纪言的脖子。

忽然我听到了熟悉的声音，已经在我不经意间站在了我和纪言的旁边，是唐晓，是伤心愤怒的唐晓。唐晓大声吼道：

"杜宛宛你是在做什么？你不要碰纪言！你放开他！"

我慌张极了，我虽明明白白地告诉自己，我并没有做任何不堪的事情，可是我仍旧非常慌张，这一幕发生得完全像一个妻子被捉奸在床一样地狼狈不堪。我松开了他。我和纪言面对着面，唐晓就站在我的左侧，我们一直都没有动，就仿佛是在做一个谁动上一步，就会死掉的游戏一样。

再次先开口的还是唐晓,唐晓冲着纪言进了一步,用手抓住纪言的手臂,大声地问纪言:

"纪言,你解释给我听。这又是为什么?"

纪言想了想,还是没有说出我们相爱了的事实,我想他和我一样,不愿意更加决绝地伤害到唐晓。纪言什么都没有解释,他转身下楼去了。唐晓立刻跟着他冲了下去。只有我,还站在风巡回、人徘徊的门口。我还站着,能听见一点点唐晓和纪言的争执声,越来越小,渐渐听不见了。

我回到屋子里。渐渐地回想起刚才的一幕。上一个时刻发生的事情都可以被掏了去,被抹了去,可是那个吻却不能。那是一个再简单不过的仪式,它非常的潦草而急迫,可是它却有着重要的意义,它宣布了我们的相爱。

它和我从前所有蓄养的爱情都不一样,从前的仿佛是宠物一般在我的掌控之内,我喂它、梳理它,打它、奚落它。而且任意时刻我都可以考虑是否抛弃它。可是现在,忽然有一只野生的兽闯了进来。它异常美丽,可是脾气古怪,阴晴难测。它对于我来说,是完全陌生的,我不知如何喂养它,怎样照顾它。只有一点我非常清楚,我一定要留住它,它是极其美好的东西。

事情已经发展到了离温暖和酷寒都只有一步之遥的程度。现在我非常明白,我既然爱了纪言,我就必须随他去见段小沐。也许那是一件非常简单的事情,纪言站在我的身后保护我,十多年过去之后的段小沐也不再是那个折磨我的魔鬼,我们的会面很快结束,而我彻底得到了纪言的原谅,他将永远牵着我的手,不再分离;可是也许,也许这本来就是一个陷阱,我跟随着纪言去见段小沐之后,才发现纪言爱的是段小沐而不是我,——天知道我为什么会有这样古怪的念头,总之如果真是那样,那么段小沐一定抱着我伤害她的旧怨怎么也不肯放过我。纪言和她是站在一边的,仅仅是他们这作为情人的身份就足以伤我至深,何况他们绝不会饶了我。我从来都不聪明,我对待事情总是以一种过激的态度。我慌张地爱,慌张地恨。我把爱酿成了醇甜的陈酒,用它浸泡自己的心肺,我把恨铸成了滚烫的火钳,用它烧透敌人的胸膛。这些都固定在我的体内再也无法消驱,像营养一样被吸附进我的血液里,像疤痕一样被刻画进我的皮肤里。我想这些可以很好地解释为什么我能恨段小沐如此长久,为什么又在忽然之间爱纪言如此激烈。真的,我从来都不聪明,我也从来禁不起美好的东西对我的诱惑,现在我靠近温暖和酷寒的机会各是百分之五十,可是温暖却在我的心里像个发酵的面包一样越来越大,越来越释放出喷香的甜气。

我经受那个吻的那一天,没有出门,没有按照原计划,去踩一踩门口的雪,而是把自己困在这间窗帘拉得严严实实的屋子里面。

我的画板像块破裂的地面砖一样,紧紧地贴在地板上,冬日的严寒使它冰冷冰冷的,上面含蓄地画着男子的侧脸和他有些自恋的手指。而我则像块从天花板上飘落下来的尘埃一样,轻飘飘地贴在床上,似乎随时都有被吹起来的可能。我一直这样躺着,闭着眼睛或者睁着,看着天花板或者窗外的冬景,望见窗外的天亮着或者黑了,午夜到来了。我迷迷蒙蒙地睁开了眼睛,在一阵突然而至的开门声中。唐晓回来了。她的睡床在我的对面,她把牛仔色的绣花背包向床上一扔，然后她欠着身子在床边坐下。她看起来非常疲惫，我猜想也许她在异常生气的状态下一个人去马路上闲逛了整个下午。她半天都没有说话，也躺下，看起来正在严肃地想些事情。我不想使我自己这异常关注她的表情被她发现，我就侧过身子面向墙壁，再也看不到她了。后来我听见她坐起来的声音。我翻身一看，她已经下了床，蹲在地上认真地看着我的画。她咯咯地笑起来。说真的，唐晓一直是个非常令人着迷的姑娘，可是她的笑从来没有像此刻一样充满了感染力。唔，不是感染力，而是穿透力。也许穿透力还不够恰当，应该说是杀伤力。我听见曼陀铃般悦耳的笑声，它蒙蔽了我的耳朵，我被这吟吟绕绕的笑困住了，宛如被一只有力的手压住了胸口，已经不能呼吸。她拾起画板走到我的床边，以一个舒服的姿势半跪下，脸俯过来，嘴巴对着我的耳朵说：

"这个是纪言吧？"

那幅画是我在很迷惘的夜里画的，我当时只是信手拿起了笔，并没有想着要画哪个人。然后我的笔上的颜料就像开了闸的水一样泻了下来，流到画板上就是一个男子的脸。现在看来，认识纪言的人都能很容易就看出，这男子是纪言。可是我还是不想对着唐晓承认说是。我没有回答她。她的明知故问使我异常紧张。所有的神经都在提醒我，现在的唐晓已经变得乖张、暴戾，我需要躲闪，避免伤害。

她仍旧笑嘻嘻。忽地甜甜地叫起来：

"姐姐。"我猛然一惊，这是我很久都没有听到的称呼，我爱她的，唐晓，泪水已经蒙上了我的眼睛，我终于得到了勇气，我凝视着她，和我生活了十几年的小姐妹唐晓。

她用手抚摩着我的脸,这是她在最爱的、最敬佩我的时候都没有做过的动作,我闭上眼睛,我相信着那些古来就有的道理,姐妹间是不记仇的。就在我完全信任她,并相信我们已经言归于好的时候,她的手指甲忽然尖利地刺进我脸部的肌肤,深深地,像一个丧绝人性的猛兽一样地凶狠,面部的疼痛像藤蔓一样地爬上来,覆盖了我的整个脸。她又说:

"姐姐,请请从纪言的身边滚开,永远地滚开。"她的声音非常平静,却像一团龙卷风一样卷裹住我的身体,我的疼痛已经扩散到全身。我从那一刻就知道,我永远也不可能和唐晓言归于好了。因为她和我一样,能把恨一分一寸地刻入骨头里,这将伴随着她一生一世。何况,我真的能从纪言身边"滚开"吗?按照我对爱的深沉而凝重的态度,我必将永远爱着纪言,即便他骗了我,害了我,更何况是旁人的阻挠呢?所以我和唐晓再也无法相爱了。我们之间的爱被一个男子所阻隔,我们被这个男子消磨着,再也没有力气去爱旁人了。

冬天刚刚开始,我想总有更加严酷的在后面。深沉的爱之花在这个时候就不合时宜地开放了。面对早产儿我们应当更加宝贵才是。我总是说,无论如何无论如何总有可以越冬的花。

20．相聚的屋檐

从那之后我很多个周末都没有回家。通常我一个周带到学校来的衣服不过三件，所以现在我就只有三件衣服了。颜料就要用完了，多余的钱也没有。可是我一刻也不想离开这里，我不想让那个来找我的人扑个空。我就像空空的痴痴的花一样，从昼日到夜晚地支着脖子等着那个赏花人的到来。上次他来的时候，亲了亲花朵，这些令花朵永生难忘。

校园并不很大，我却从没有遇见过纪言。唐晓每天夜晚归来，晚起晚睡。她喜欢在很深的夜里打电话——那些话究竟是说给电话那端的人的呢，还是说给我的，我始终不知道。她总是说他们的乐队今天又排练来着，非常愉快，她总是不厌其烦地强调说，非常愉快。她是想让我听明白，这整个晚上她都和亲爱的鼓手在一起。可是我却总是怀疑她在撒谎，她自始至终都在她自己的梦呓中。

又是下雨的傍晚，我感到非常伤感。两个周我未曾见到纪言。现在的我像个孤儿一样无家可归，身无分文。我只是很想很想见到纪言，见到他我就有了家，我这样想着，安慰着自己。于是有了力量和勇气。

在选修课的时候，我去了他上课的教室找他。那门课去的人很少,我在门口就看到了他也不在。可是我看到了他的背包在,于是走进去,在他的位子旁边坐下来。他的日记本赫然地放在桌上,是一个咖啡色铜制外壳的美丽的小东西。我握住它,急不可耐地想知道里面写了些什么。最重要的是,有没有我。

我再也不顾了,我打开了本子。里面的每页并没有日期。只是乱纷纷地继续着一些零碎的话。可是我还是敏锐地发现,那的确是写给我的。他写道:

"啊啊,亲爱的,我们如何纪念所有长耳朵的童话呢?"这让我想到了我和他重逢时候的景象,他带着敏锐的耳朵,忧伤的表情,像一只遭到伤害的兔子一样走过我的身边。他是多么令我心仪。是的,为什么欺骗自己?我和他重逢的第一天就仿佛是带着今生前世都说不尽的情,早在那个时候我就迷恋上了这个鼓手,故人,伤害我疼爱我的人。他又这样写下去:

"我今天看见一个似曾相识的姑娘。她的眉眼都是打了霜一样冷冰冰的,只有温存的脸是旧时嬉笑的模样。忽地我震颤了,她是秋千上的宛宛。有关她做过的事情我从未忘记,我也想过我再见到她的时候要诘责她,训斥她,抓她回去向小沐道歉。可是,在这些事情都还没有做之前,我就首先爱上了她……"

"……童年的最后一幕并不符合童话的安排,她把血腥抛下,逃走了。我望着倒在血泊里的小女孩,摇摆不休的秋千,最后一次看着她跑走的身影,我只是知道,故事再不能像童话写的那样,最终王子和公主未能快快乐乐地共度一生,他们带着仇怨分开了,永不能相聚。她就像灰姑娘一样在不得已的时刻仓皇地逃走了,可是她却没有给我留下充满希望的水晶鞋,而是一大片的血和受伤的人儿这样的残局等着我来收拾。"

"……把她关进教堂里并非我所愿。只是希望她能迅速觉醒,我们便能抽去我们中间的怨恨,好好,好好地相爱。当她在教堂里面哭喊的时候,我的心立刻布满了裂纹,就要彻底碎了。我希望天上的神好好地保护她,我坐在教堂门口一夜未眠,只想陪着她共渡难关。我想一切都会好的。她将蜕变成完全善良的姑娘,我们便可以好好相爱。今天的事情我对不起她,可是我想对她说,以后,以后的很多很多个日子里,我会好好补偿你的。"

"她的手今天受伤了。可怜的姑娘已经被我折磨得失去理智了。她把玻璃刺进身体里了。我抱着她奔向医院,我想,我爱她,她知道吗?这对她重要吗?会对她产生一丝一毫的帮助吗?我未能一直在床边看着她,很强的责任感驱使着我要回郦城看望小沭,可是我去的这些天从来不能安宁,宛宛似乎总是在叫我。声音凄厉,充满绝望。我一刻也不能等地要回去。"

"我再一次伤害到了唐晓。其实她和她的表姐很像,同样有着分明的个性,有时激烈有时温顺,这些都是我非常爱的。可是我再也不可能转移一丝的爱到她的身上,宛宛不能用任何相似的人代替,她是我不能不爱的小公主,小可怜。原谅,原谅,唐晓。"

……

……

我难过极了,再也看不下去。大约是想留下一个凭证似的,我忽然"嚓"地撕下了第一页,把它塞进我的裤子口袋里,就跑了出去。

我表面非常平静,可是内心非常激动。我装作若无其事地出了校门穿过马路,在对面买了一支雪糕坐在马路沿上很快很快地吃下去,因为我的体内全是涌出来的热气,源源不断。然而我的内心却不能因为一支雪糕平静下来,我还是非常激动。我从没有像这个时刻一样强烈地想见到纪言,立刻,必须。于是我呼的一下,从台阶上跳起来,发疯似的跑向马路对面。

有非常强烈的直觉指引我来到他们排练的舞蹈室。破木头门上的玻璃是破碎了的,我从那里望进去,看到纪言和唐晓都在。唐晓在唱歌,眼睛却不在面前的歌本上,而是分寸不动地望着纪言,含着花开似的默默情谊。纪言好像在专心地对付着他的鼓,眉毛紧蹙,稍稍流露出勉强忍受的表情。我一直看着他,等着他抬起眼睛。那首歌结束的时候,鼓手重重地吸了一口气。不知怎的,我觉得他是被逼迫着坐到这鼓架前的,这个逼迫他的人自然是唐晓。我望着鼓手的疲惫心疼极了,不禁在心里暗暗地责怪唐晓。正在这个时候,纪言看到了我,他抬起头来,卸下重负般地冲着我笑。然后他离开鼓架,走到唐晓的前面,他是背着我的,我不知道他说了什么,可是我看见唐晓的笑盈盈的脸立刻变了颜色,愤怒无比地看着门外的我。然后她"啪"的一下,把架子上的歌本重重地摔在地上。纪言还在她的面前,又对她说了些什么,她才点点头,放纪言出来,脸上带着恋恋不舍的深情。纪言从破木头门里走出来,随即把门带过来,仿佛是要坚决分割开里外两个世界。然后他用低沉的声音对我说:

"我们去别处说话。"

我就跟随在他的身后,口袋里还是他日记本上的撕下来的那页纸,现在我更加喜欢叫它情书,暖暖和和地贴着我的腿,我感到非常非常舒服。

雨水把我们淋透了,他的衣服薄薄的,现在已经紧紧地贴在背上,他的背非常清晰,清晰得我仿佛能看清楚他所有的骨骼。此刻的我也像一只鱼一样完全浸泡在水中了。

我们出了校门,还是去了马路对面那个我刚刚去吃过雪糕的小摊。我们站在它的绿色塑料棚子下避雨。他问我要吃点什么。

"雪糕。"我说。

不知道为什么,这样冷的天,天空飘下来的雨却始终没有变作雪,而是无可救药地发展为暴雨。雨的声音非常大,我们如果现在开口说话,是谁也不可能听见谁的声音的。所以我们两个都没有说话,只是吃着雪糕。他看见我很快地吃完了一支,空空的两只手感到无处可放,眼睛茫茫地凝望着外面的雨。于是他又问我还要吃什么。

"雪糕。"我又说。

就这样,我在屋檐下面一支接一支地吃着雪糕,我一手紧握着雪糕,另一手攥着所有吃下去的雪糕的包装纸,它们五颜六色的,印着滑稽的小人儿,它们让我想起了我小的时候用来折跳舞小人儿的玻璃糖纸,那些也是花花绿绿的,那个时候,纪言也是在我的右边,他对我说:

"杜宛宛,你叠的小人儿真好看。"

多少年过去了,我们终于又回到了生活的同一个戏台,这个下雨的傍晚在一个破烂的屋檐下,我们吃着雪糕想着心事,彼此都想靠近,我们终于又相聚。我想起不多时候之前我看过的那篇纪言的日记,他说我们离开了彼此,王子没有和公主过上快乐的日子,他说我像午夜之后惊恐万分的灰姑娘一样遁逃了。可是现在曾经闯过大祸落荒而逃的公主又回来了。她是这样的狼狈,可是她不管了不顾了,她只知道她是不能离开王子的。

我忽然在大雨中大声地冲着他喊:

"你读过欧·亨利写的一篇叫作《二十年后》的小说吗?"

他看着我,没有说话,示意我继续说下去。

"唔,我忘记故事中那两个男人的名字了,"我皱了一下眉,努力地想那两个名字,可是还是没有想起,"姑且叫他们约翰和彼得吧。"

他点点头,于是我继续说:

"约翰和彼得小的时候是非常非常要好的朋友。可是到十岁的时候,约翰一家要搬去别的城市了,两个小孩都不舍得彼此分开。一个下雨的夜晚,他们在一个早已打烊了的商店门口道别。他们相约二十年后的今天,他们要在这同一个屋檐下相聚。于是他们就分别了。"我抬起头,看见纪言皱着眉头很认真地在听,我想他非常明白我绝对不是一个擅长讲喜剧故事或者笑话的姑娘。我是十分十分悲情的,他知道这个故事定然没有好结局。

"二十年后的这一天,又是一个雨夜,彼得早早地就在那个他们约好的屋檐下等待。这时候远远地走来一个巡逻的警察。他手中的手电筒的微光使他看见了站在屋檐下的彼得,于是他就走上去问他:'先生,这么晚了,又下着雨,您怎么不回家去?'彼得回答:'我在等待我的朋友,二十年前我们约好了今天在这里会面。'警察又说:'二十年前?先生您瞧,天已经这么晚了,又下着雨,我想您的朋友不会来啦。'彼得摇摇头:'他一定会来的。'警察看彼得这样固执,只好走了。不多时又一个人来了。"我说到这里停顿了一下。纪言立刻问:

"那个人是约翰?"

这个时候雨已经小了很多,纪言和我已经靠得很近了。他看见我正看着他,他就张开双臂,抱住了我。我们就这样相拥着,缓缓地走进雨里,故事还未结束:

"那个人径直走到彼得面前,激动万分地说:'彼得,我就是约翰呐。'彼得开心极了,他们两个人拥抱在一起。彼得仔仔细细地打量着约翰,忽然他把约翰用力推开,大声喊道:'你不是约翰!约翰没有你这样高挺的鼻子。我永远记得约翰的模样。告诉我,你到底是谁?'那人冷冷一笑:'我的确不是约翰,我是警长山姆,我现在正式通知您,彼得先生,您因多项偷窃抢劫罪被捕了。'彼得深深地叹了口气,诚恳地说:'好的,我跟你们走,可是警长先生,请您允许我在这里等来我的好朋友约翰再走。'可是警长却摇摇头,说:'您不用等了。'随即警长掏出一张小纸片递给彼得。彼得颤巍巍地打开,上面写着:'亲爱的彼得:我准时来到我们会面的地方,可是当我发现你就是那个在逃的通缉犯的时候,我伤心极了。我实在不忍心亲手抓你,所以我就匆匆离开了,原谅我……'"

故事说完了,我苦笑一下:

"纪言,你觉不觉得我是那个通缉犯彼得,你是警察约翰?你是来捉我回去的,在十三年后。"我紧紧地攥着他的T恤衫紧张地说。是的,这早已是不争的事实,我是贼,他是兵。

他在下着雨的天幕下荒凉地一笑。然后抱紧我,再紧一些。

究竟抱得多么紧,可以消除一个兵和一个贼之间的隔膜呢?

那之后很长一段在雨中的路,我们两个人都没有开口说话,只是紧紧地拥抱在一起。一直到我们走到了我住的宿舍楼下面。然后他目送我上楼去了,一切都非常平淡,什么都没有言破,可是从那天起,我们就做了彼此的爱人。

谁也没有提醒谁,没有法则没有道理,爱情就像园丁疏忽下未能剪去的乱枝一样,疯长疯长的。

21. 教堂的暮色时光

段小沐在傍晚的时候,架着双拐一步一颠地回到教堂后面的小屋子里。她会路过肃穆的教堂,大门像一个有着宽阔肩膀的巨人一样,宽容地欢迎着所有人的到来。教堂的斜坡的房顶上总是落着一片洁白的鸽子,它们煞有介事地看着所有来这里祷告的人,它们也许还不懂得信仰,心里正奇怪着这些人为什么如此虔诚地聚在一起。六点的时候,教堂正面嵌在顶端的钟会响起来。惊起了那些刚刚被信仰感动了一些的鸽子们,它们"扑扑"地飞去了。段小沐仰望天空的时候总是觉得也许明天它们会变成了信徒。这个姑娘总是平白地对世界充满了希望。横空出世的希望总是一次又一次地延续了她脆弱的生命。

夜晚段小沐交替做着两个梦。

第一个梦是这样的:她站在敞着大门流着风的教堂门口。她倚在门边,望着教堂正中跪拜的小杰子。没错,是小杰子,并且带着他从未显露出来的哀伤忏悔的表情,他默默地承认着他过去犯过的错。她就站在门边,她在他行完仪式之后飞快地跑过去,把那枚刚刚还贴在她的锁骨下面的十字架给他戴上。他们跪着,抱在一起,黑洞洞的教堂到了深深的夜仍旧未点灯,可是他们抱着,并且能清楚地看到彼此的眼睛。这是在很多个冬日的清晨段小沐驱赶不散的春梦。她愣愣地坐在床边,听见了教堂清晨响起的钟声,穿破了她那像亮铮铮的气球一般的梦。她非常寒冷,并且她十分清楚,小杰子从未来过。

第二个梦和那架幼儿园深处的秋千有关。她被一些蒙蒙的雾带进了幼儿园,她看见杜宛宛端坐在秋千上面缓缓地荡着。杜宛宛看见段小沐来了就从秋千上跳下来,冲着段小沐跑过来。段小沐钩住杜宛宛橡皮泥一样柔软的小手指头,牵着她跑啊跑啊,——在梦里她是一个腿脚灵便健步如飞的姑娘。她们向着一个遥远的小山坡跑过去。她说那里有一大片樱桃林,她要带杜宛宛去看。在天黑下来之前她们终于来到了樱桃林的前面。那里是一片和季节无关的生机盎然,宛如仙境一般地昼夜明媚。她们牵着彼此的手,都在想着,将有怎样美好的幸福在前方等着她们呢?段小沐醒来之后立刻感到这个梦像个断线的风筝一样消失在远方,事实上,杜宛宛没有回到过郦城,而段小沐也从未看到过那样的一片樱桃林。

可是无论如何,段小沐愿意相信这两个梦带着好的征兆。她觉得总有一天,霞光会照亮她的小屋子,那个黄昏,不仅鸽子还有其他的所有生物懂得了信仰,听到了福音,它们一起聚在这里。而她将急匆匆地赶往大门口迎接到来的小杰子和杜宛宛。

然而真实情况是,每天每日她都在充溢着寒气的房间里不断地咳嗽,她的胸口像是风干的石灰一样被固结成坚硬的一团。而且越来越干,她觉得她的胸口就要崩裂了。这些日子她非常渴望耳朵里生出杜宛宛遥远的声音,她是这样地想念她。可是她的耳朵也像石灰造的一样成为麻木的一块硬物,什么声音都不再清晰,甚至连教堂的嘹亮钟声。这些当然使她越来越清楚自己不断地被可怕的病魔缠住,希望虽是一直有的,可是却仍旧能感到身体越来越轻,将像一根纤细的草一样被连根拔起,于是越来越远离这个世界。

段小沐在一个下过雪的傍晚重新回到西更道街。厚厚的雪上是杂乱的脚印,她回头去看自己的足迹的时候更是可笑,一个脚印还伴随着两个小圆形的印记。这是她特有的足迹,她在原来那个小杰子常常等她的路口等待小杰子的时候,想着,即便不能遇到小杰子,也但愿他走过这里的时候能够看见她留下的脚印,知道她曾来这里等过他。天又黑了些,雪又下了起来。她站在被一棵树遮蔽着的墙根下,一动不动地,雪已经重新描画了她的眉毛、头发,还有全身那原本靛蓝色的衣服。现在她是个白色小人儿了,无怨、无悔的白色小人儿。

路灯都亮起来的时候她等到了他。不,应该说,不是他,而是他们。他的身边有一个穿着橙色瘦长呢子裙子的女孩。她的头发是最新时尚画报上日本女孩的卡其色,眼睛上面的紫色眼影在夜色中如不眠的萤火虫一般跳跃,她仿佛是个浑身安装聚光灯的发条娃娃一样,匀称的脚步不断推动着她身上的光辉向前,再向前。她当然是个手脚健全的健康姑娘,此刻她和小杰子正在小跑着前进,他们的脚步声非常和谐。小杰子的脸被这个萤火虫女孩照得亮堂堂的,他正以十几年来段小沐从未看到过的柔情看着身边的女孩。等他们都跑远了,落满雪的小白人儿才从树后面咯噔咯噔地走出来,她轻轻地冲着小杰子远去的背影叫着:

"小杰子。"

她这样轻微地叫了一声他的名字,她并没有打算让任何人听见。一圈一圈的白色气体随着他的名字从她的口腔里飞舞出来。

这是我的爱,她这么想着。

黑色的脚印在昏黄的路灯灯光里,在白茫茫的雪的映衬下显得格外清晰。段小沐远远地看去,她的脚印已经完完全全被刚刚跑过去的他们的脚印覆盖了。谁都不能知道这个夜晚她曾来过这里,等候过他。她那些白色的爱也已经被空气吞噬了,谁又曾看见呢?

在段小沐的右臂康复之后,她并没有立刻投入她心爱的刺绣工作中。这段时间她有些迷惘,她总是在问自己,赚许多钱做什么用?——当然是需要赚点钱的,她不能总在教堂里接受别人的接济,这些段小沐当然是清楚的,可是她一个月所有的支出加起来也并不多,她只要做一份简单的工作都能赚够。有关她的手术的事情,她早已完全放弃了。她不要为了挽救自己的生命再次伤害到杜宛宛。所以手术的钱她现在不用再去想了。原本她辛苦赚钱还有让李婆婆过上好日子的心愿,可是现在李婆婆已经由上帝照顾了,她再也帮不上她什么了。唯愿早些和她在天堂团聚。其实在段小沐的潜意识里,她从前那些日子里不断地加工裙子还有一个目的——她知道小杰子需要钱,非常需要,随时需要。她非常明白,只有她有钱,小杰子才会来找她,而她才能见到小杰子。这使她在过去很长一段时间里,都对钱充满了好感,她觉得钱能使她见到她爱的人,钱能带给她爱的人快乐。而她是多么的在意他的快乐。

然而现在,小杰子不知道她住到了教堂里面,或许他也不再需要她的钱了。她就不再那么喜欢钱了。这是段小沐一生中最颓废的一段时光,她照常去自修班,听课或者发愣,下课之后她要在回家的路上耽搁一个多小时,那其实是非常短的一段路,可是她喜欢绕路到西更道街上走一圈,就顺着那矮矮的墙根,走到熟悉的十字路口,然后原路回来。她能看到很多玩耍的孩子,他们和她记忆的小时候一般模样,男生总是顽劣,一肚子坏水。女生总是百依百顺,总喜欢贴在男生身边。有一天,走过一群玩耍的孩子们身边,她蓦地听见似乎有人叫了一声:

"大头针!"声音并不是向着段小沐而来的,应该是一个男孩唤他的同伴的。

她立刻转身对着那群热闹的孩子,大声问:

"谁叫'大头针?'"她的声音非常凄厉,吓了孩子们一跳。一个光头卷着裤腿的小男孩挺了挺肚皮,冲着段小沐嚷道:

"拐子,你别多管闲事!"

段小沐艰难地用拐杖在雪地里重重地捣了两下才站稳了。她哀求着:

"你们告诉我,谁叫'大头针'好吗?我只是想和她说句话。"

孩子们都有一会儿没有说话,忽然有一个小女孩向前走了一步,应了段小沐:

"姐姐,我叫'大头针',你找我什么事?"段小沐端详了那个小女孩一遍,她身上穿着一件面袋一样懈怠松垮的外套,她的身体很瘦,两只小胳膊蔫蔫地奄在身体两侧,她虽矮小脖子却格外长,头也非常大,还梳着个蓬蓬的童花头,头顶却被压得平平的,的确和大头针的形态有些相像。

段小沐冲着这个女孩儿笑起来。她感到亲切极了,这小姑娘一定像极了她的小时候。她问她:

"我很喜欢你的名字。是谁给你取了这个名字呢?"

小孩子们面面相觑。他们当然知道"大头针"是个带有讥讽嘲笑意味的绰号,怎么却被眼前这个瘸腿姑娘说成了好听呢?小女孩儿自己也有点受宠若惊,这个绰号当然不是她自己欣然接受的,她心里也暗暗地为这个绰号感到自卑。可是现在却被人说做好听了,她真的有一点兴奋了。她还没有来得及回答段小沐的问题,一个脸特别长、长着一对招风耳的男孩抢先答道:

"是小杰子哥哥给她取的。"

段小沐一颤,她走到那个小女孩儿的跟前,用手轻轻地摩挲着她的头:

"小杰子哥哥常和你们一起玩吗?"

小女孩儿摇摇头:

"也不是,他很忙的,可是他很厉害的,他是我们的头儿。他教会我们很多东西呢,比如爬墙,偷……"

"闭嘴!不要和陌生人说这么多。"那个光头的小男孩儿连忙截住了"大头针"没有说完的话。

段小沐知道小杰子在教这些小孩做坏事,他还是那副样子。她摇了摇头,皱了一下眉毛,可是心里却还是恨不起来。她不再和小孩们说话,只是碰了碰"大头针"的脸,然后转过身去架着拐杖走了。

身后的小孩子们还在嚷：

"瞧她走路，多好玩啊！"

段小沐从西更道街返回教堂的路上忽然感到了些许的温暖。她想小杰子给那小姑娘取名"大头针"一定是用来缅怀她的。他记得住这个绰号，就应该记住段小沐的。

"嗯，他一直都还记得我。"

段小沐想到这些，就在扬扬的雪中笑了。

22．管道工和他的爱情

下面要说的是一个管道工和段小沐之间的事情。这个人如果写在故事里，怎么说也应该算男主角二号，可是在段小沐临了的回忆中，她一直向上帝述说的是，她这一辈子只有一个爱人，就是小杰子。所以如果根据段小沐心里的想法，管道工就只能算一个男配角了。不过管道工一向是个非常和蔼谦逊的人，他是甘于做配角的。

管道工只是希望他的戏拉得长一些，他能够在段小沐的生命中跨越一定的长度。

管道工高中毕业之后一直负责西更道街以及周围两条街包括教堂在内的管道维修。到现在有四年了。同一条管道，有的在四年里竟坏了十多次，好在管道工是个非常有耐心的人，他为了一条管道付出的劳动，即便是那冷冰冰的脆生生的管道们，也应该感动了。

这年冬天因为雪大，雪水冲着树枝树叶到处流淌，很多的管道里都塞进了这些东西，结果梗塞住了。所以管道工在这个冬天特别忙。他那天到教堂来疏通教堂后面的排水通道的时候，本来是只预备了三十分钟时间。那天是农历的小年，他妈晚上要包饺子，他打算早收工，赶快回家吃刚出锅的热饺子。

下水道其实比他预想的还要好修，被堵的一节恰好离排水管的一端不远,他用了不长时间就找到那个位置。而且堵塞的东西也不是什么坚硬的石头之类的,不过是一块冰块。他用热水烫了一会儿冰块就化成了水流了出来。这些不过用了管道工十分钟的时间。他干完之后就站在那里看,看教堂里的人们在祷告。他虽不是第一次来教堂,可是看见祷告仍是新鲜。就在这个时候,他看到了从学校回到教堂的段小沐。管道工读书的时候语文成绩就非常差,唯一读过的著名小说是《查泰莱夫人的情人》,那书是他的同事非要介绍给他看的,据说里面有些"好看"的东西。不过他在后来段小沐离开他之后,竟然一个人端庄地坐在教堂的大堂内写起了类似回忆录的东西。而且那本东西最后被他写得很长很长的。有关第一次见到段小沐的情形,他是这样写的:

"她是架着拐杖走路的,特别瘦的一个女孩儿,脸很白,嘴唇有点发紫,头发可长了,没扎起来,就这么披着。她走起路来一颠一颠,上上下下的,让看着的人就想跑过去扶着她走。她算不上好看,可是看着特别惹人爱。"

管道工的字典里没有那样一个词,可是他想表达的意思,大约是"我见犹怜"。

段小沐就在那个寻常的冬日下午走过管道工的跟前。管道工也承认他或多或少是因为喜欢段小沐的那副令人怜爱的模样才上去搭讪的,但是他绝对没有什么不良的居心。他上前去跟她说的第一句话是:

"你是来做祷告的吧?"他那时候对于基督教的认识基本为零,他也是有些好奇的,决定向这个可爱的女信徒打听些情况。如果

"管事儿"的话他也来拜拜这个神仙。段小沐看着他，微微一笑：

"也是，也不是，我的家就在这里。"其实段小沐笑是一件非常寻常的事情，她见了人就会笑，样子很可亲。但是这个笑容在管道工看来却非同寻常。他想她笑了证明她对他的第一印象还是很好的。这使管道工非常激动。然而段小沐所做的这个回答使他大吃一惊。他原本就有点迷上她了，现在她的这句话就顺着他的迷恋变成了无比奥妙的解答：

"什么？你住在这里？你，你是神仙吗？"他圆睁着眼睛，吞吞吐吐地说。其实管道工骨子里是个非常浪漫的人，他听过的故事虽然不多，可是他对于故事的信赖却是无人能比的。比如，他在这个时候就很自然地想起了天仙下凡的故事。段小沐听到这个滑稽的问题就又笑起来：

"不是的，我只是在教堂后面的平房里暂住，我可不是什么神仙啊。"

管道工恍然大悟。他猜想段小沐大约是个修女。不过他还没有见过这样年轻的修女，郦城的基督教会并不强大，修女也多是一些很老很老的小脚老太婆。唯有她们才是最热爱这里的人。

接下来发生的事情使管道工觉得他像爬上了云彩一样轻飘飘的，他觉得自己就要像个神仙一般地升天了——因为段小沐忽然低头看见他的手上长满了冻疮，她很心疼的样子。于是就带着他去她的家，她只是用点护手霜给他涂一涂，她以为管道工总是很忙的，她以为接下来他还要不停地干活，然而她不知道其实他马上就要回家了。她轻轻地说：

"就几分钟,我马上就可以给你包好。"

她把护手霜涂在他的手上,缓缓地晕开,然后再用手指肚轻轻地拍打。在这一小段治伤的时间里,管道工了解了段小沐其实是个寄居在教堂里的孤儿,她无亲无故,又是个跛子,可是在说话中仍然流露出她对生活的感激。这些让管道工非常感动。她还是一个善良的基督徒,是一个非常棒的小裁缝。

末了管道工要走的时候,他用他长满了冻疮的手紧紧地握住了段小沐的手,他激动万分,却不知道该对她说什么。最后他终于开口说:

"今天是小年,你吃水饺了吗?"这个问题显然是明知故问,段小沐的小屋子里的炉子是冰凉的,上面的锅子里面只有早上剩下的面条,现在已经变成厚厚的一团。所以他问完了就涨红了脸。

"没有吃,我忘记了今天是小年。"段小沐平和地笑了笑。自从李婆婆去世之后,她除了会过李婆婆的忌日之外,几乎省却了所有的节日。

管道工点点头,表示理解。然后他就走出了段小沐的小屋子。

大约晚上九点多的时候,有人来敲段小沐的门。来人就是段小沐今天才认识的新朋友,管道工。管道工一进门就冲到正对着门的饭桌前面,把他手里提着的白色塑料饭盒放下。他拉她过来看。她就看见饭盒里挨挨挤挤地盛满了水饺。薄皮的水饺在灯下面锃亮透明,透出了里面蔬菜的新鲜的淡绿颜色。这是段小沐从李婆婆死后就再没有吃过的食物。它们此刻正缓缓地散发出一股段小沐久违了的人间烟火的味道。

她是多么感谢她的新朋友。

"可是你怎么进来的啊?"段小沐奇怪地问,教堂的大门在每天晚上八点的时候准时关闭。

"爬墙呗!嘿嘿。"管道工说,他手长脚长的,翻墙对他来说是轻而易举的。

"这样不好,你以后要进来就敲大门,我能听见的,就会去给你开门。"

他看着她的脸,他不由自主地又把她当作仙女了。

从那之后,管道工和段小沐就成了非常要好的朋友。管道工再忙也准时在每个傍晚段小沐从自修班回家的时候在教堂门口等着她。他也渐渐地随着她走入教堂中祷告。他的祷告却是从来不敢出声的,他怕外人听到,特别是段小沐。因为他总是做着同一个简单的祷告:

"神啊,您让小沐喜欢上我,让我们以后都能生活在一块儿吧!"

每天他做完这个祷告都舒服极了。他到段小沐的房间里坐一会儿,每次他都想方设法地带点新鲜的东西给她。有的时候是吃的,比如一串子香蕉,比如几个通红通红的柑橘,还有他妈妈煮的花生、炖的仔鸡。也有的时候是用的东西,他给她买了一支更好的护手霜,还有一副兔毛边的手套。有一天他问她平时扎不扎起头发来,她说上课的时候就把头发束起来。他第二天立刻给她买来一只淡紫色荷叶边的发带,绑在她的头发上格外打眼。他甚至还买来一块电热毯铺在她床上为她驱寒。

尽管如此,管道工并不觉得自己给予了段小沐什么东西,相反的,他认为段小沐却给予了他更多宝贵的东西。他渐渐地懂得了基督教也开始翻看《圣经》。老实说,《圣经》是他所读过的书中最难懂的一本,幸而段小沐总是把它们讲成一个又一个的小故事,他才听懂了,并且慢慢地悟出了里面渗透的大道理。他也越来越相信上帝,——段小沐是上帝存在的最好见证,不然一个身体残缺的孤儿怎么会有这样一颗坚强的心灵,这样迷人的典雅气质呢?

他相信像段小沐这样善良的女孩儿一定是镀了神的光彩的,而在他和段小沐的关系越来越亲密的时候,他终于相信他在上帝面前祷告是灵验的。

23．爱的探望

然而，爱情虽然有着神的祝福，却也并非一帆风顺的。不久，管道工发现了有个隐形的人在他和段小沐之间。那个人力大无穷，他牵了段小沐的爱就走，无论是生拉硬拽还是什么，段小沐都是这样的心甘情愿。

第一次段小沐提起小杰子的时候是个大雪夜。管道工给段小沐带来一份郦城的晚报。段小沐认真地阅读着那份报纸。当天的头条新闻是"郦城一少年盗窃团伙被抓获"。不知为什么，看了这个标题段小沐心里就紧紧地被揪了起来。其实很久以来的这段时间里，段小沐都非常留意有关犯罪少年的新闻消息。她从来没有和任何人说起过，可她早已经习惯了在每日的祷告中一定说到让小杰子走正路的心愿。现在她抓着这张报纸，手抖得厉害。直觉让她知道有些事情已经发生了。她已经没有心情一字一句地把这则新闻读完了，她的眼睛开始一扫几行地寻找他的名字。终于，她看到了"楚某"两个字。"楚某"两个字穿进她的眼睛里之后，她就再也没有力气去看其余的字了，——小杰子是叫作"楚杰"的。她闭上眼睛，仰起脸。管道工觉得段小沐很不对劲，他就走近她，把一只手放在段小沐的肩膀上。这个时候段小沐的眼角已经掉下了一颗眼泪。虽说基督教徒是一个最敏感而感情丰富的人群,他们总是更加容易流泪,然而在管道工看来,段小沐应该算作是最坚强的教徒了。从去年冬天到今年的春天,在他们相处的这一段日子里,这还是段小沐第一次哭。所以管道工变得很慌张了,他知道肯定是一件非常大的事情发生了。他也不敢去问,只是一直低头看着她仰起的脸。终于段小沐缓缓地说:

"你认识小杰子吗?"

"那是谁?我不认识。"管道工老实地回答。随即他看到段小沐冷不丁地笑了起来:

"他就在西更道街住,是个小盗贼,非常傲慢。他一直都以为所有的人都认识他呐!"段小沐摇摇头,露出在嘲笑小杰子的表情,可是脸上现出的更多是一种疼惜。

沉默了良久,段小沐猛然睁大了眼睛,问管道工:

"今天是几月几号?"

"3月2号。"管道工回答道。

段小沐听了之后立刻感到了一阵宽慰。她点点头,似是自己沉吟又似对管道工说:

"小杰子是3月28号的生日,他现在还没有满十八岁,应该不会判很重的刑。"

后来的一段时间里段小沐每天都自己买晚报,买了之后也来不及回家,她就架着拐杖在路上翻看起来。可她一直都没有再看到他的消息。

管道工慢慢地知道了一点从前的事。他知道小杰子从小就做尽了坏事。他偷窃抢劫甚至还绑架。他非常爱赌钱，可以说他偷钱的目的并不是直接去享受，而是把它们撒在赌场上，以此作为一种享受。即便是输个精光他也感到畅快。可是段小沐就是喜欢他，从他还是个小坏蛋的时候就喜欢他。她赚很多的钱给他去赌，她每次都架着拐杖走很远的路去帮他交赎金，然后在回来的路上他们一言不发，各自回自己的家，他连句"谢谢"都不想对她说。这些让管道工感到非常迷惑不解。在管道工简单的心灵里，爱情是非常正直的，就像童话里面说的，通常是"王子拔出宝剑杀死了怪兽，救了美丽的公主，从此公主爱上了勇敢的王子"。所以他怎么也不理解为什么如此善良的段小沐却把她的爱情花在一个混蛋身上。管道工也经常感到自己是配不上段小沐的，因为自己只是一个没有文化没有钱财的体力劳动者，他也隐隐地感到会有一个人把段小沐从他的身边带走，可是他从来都觉得那个人应该是非常优秀神勇的。他甚至想到那个人应该是佩着宝剑骑着白马的，然后这样的他把段小沐带走了，并从此给她无与伦比的幸福。可是他现在得知他的情敌是个盗窃犯、小痞子，他是多么地不心甘呵。他终于忍不住问段小沐：

"小沐，你究竟喜欢他什么呢？"

段小沐摇摇头，她六神无主地说：

"我也不知道。"

晚报上一直没有再出现有关小杰子的新闻。段小沐终于在一个夜晚走去了小杰子家。管道工就在后面跟随着她。春天已经到来了，西更道街两旁的柳树又发芽了。春风总是卷了一些风沙迷住了眼,管道工揉揉眼睛,看到一群小孩子在前面玩耍。段小沐停下来看着他们。他不知道她在迅速寻找着一张女孩儿的脸。她没有在,"大头针"小姑娘没有在,段小沐失望地继续向前走去。

西更道街再一拐弯就到了"辕辄门街"。小杰子家就在"辕辄门街"从头数去第二个大门。大约十多年前段小沐就知道小杰子的家住在这里。可是不知道为什么,她连拐到这条小胡同里来看一下的勇气都没有,她是担心她转过西更道街的路口拐到这条街的时候,小杰子的头冷不丁地跳出来,他还是带着他坏意的笑,和她离得非常近。她害怕这样突兀地看见他,她将没有时间来整理她的表情,她便失去了她一贯的安和平静,她对他的爱将暴露无遗。这是她第一次拐上这条街。"辕辄门街"远没有西更道街繁华,因为它只是一个幽幽的死胡同,只有这一边可以拐去西更道街,再没有别的路了。此时她已经看到了小杰子家的大门。门上的对联应该是五年以上没有翻新过了,红漆基本掉没了,大半的字也已然看不清楚了,段小沐只是隐隐地判断出两个字是"耿直"。

开门的是楚家奶奶。她是个非常善良的人,而且脸皮很薄,自从小杰子出事之后她基本已经不在西更道街走动了,她怕极了出来见人,她怕极了别人提及她的孙子。她是到这个年纪才信了佛的,现在天天在家里念经,请求佛祖让她唯一的孙儿做个"耿直"的好人。她连见到段小沐这样的晚辈也露出一副难为情的样子。

"他关在东郊的看守所。他的号码是4457,"楚家奶奶咬着嘴皮一字一顿地说,"4457,4——4——5——7。"楚家奶奶拖着念经的长音不断地说着这个号码,生怕段小沐记不住。

东郊有两座荒山,到了五月就通体变了个绿色,每座山头看上去都是个敦实的立体三角形,活像几个诱人的粽子。段小沐此时正坐在去往东郊看守所的公车上。她愣愣地望着膝盖上放着的一包带给小杰子的东西,不动也不和邻座活泼的中年妇女说一句话。她觉得自己骤然长大了,她对此异常地恐慌。这并不是一个善良的教徒对一个失足青年的惋惜和怜爱。这也并不是由青梅竹马的儿时玩伴而发展来的一场深刻的友谊,至少现在看来这些都不是,这分明地是一个刚刚成年的少女对青年男子的爱。炽热而熟透,谁又能消驱谁又能视而不见?这就是她的爱情,一个跛子,心脏病患者,一个无亲无故只能依恋上帝的可怜人的爱情。她从来都不知道,也没有料到,一个病人的爱情能长成这样的壮硕,已经到了比她的病更加无药可救的地步。

"也许是爱情先把我折磨死。"段小沐在公车上暗暗地想。忽然她的心脏就剧烈地疼痛起来。她把双手叠在心脏的位置,轻轻地拍打。她恳求上帝一定让她捱过去,让她可以顺利地见到小杰子。

可是心绞痛仿佛是刚刚苏醒的蛇,吐着芯子,步步逼近。她感到疼痛正在愈演愈烈。她一度绝望了,她怀疑自己是不是能够到达看守所,她甚至怀疑自己会不会咚的一声倒下去,这一带很荒凉,周围连小型诊所也没有一个,她不知道自己如果这么倒下去了,还可不可以被救活。可是她不想死去,她要见到他。她求神让她可以撑住。

就在她几乎要昏死过去的时候,她微微张开的眼睛猛然一亮,窗外的山坡上是一大片茂密的樱桃林。正是五月,擎向天空的树枝上已经坠满了通红的果实。一棵接一棵的樱桃树连成了一片,就像是一朵低低的烟霞,悠悠地在山谷间缭绕,仿佛预示着什么美好的事情正要降临。段小沐在她尚没有完全失掉的知觉里,不禁感叹这片樱桃林的奇妙。她缓缓地抬起一只手,贴在车窗的玻璃上,似乎是要触碰一下那诱人的红樱桃。她也同时感到了它们的芬芳。她记起来了。在她的梦里,她曾抓着杜宛宛的手跑去过这样的一片樱桃林。原来真的有这样一个地方,多么不真实的美好。

她竟没有察觉,自己已经完全睁大了眼睛,她的心跳也渐渐慢下来,趋于正常。当她意识到,潮汐般的心绞痛已经退去,她仍旧无恙的时候,车子已经开过了那片樱桃林。她把头探到车外,努力地把那片樱桃林看仔细。她要记住它,她要记住这里。她想她还会来的,她要站在这里等着幸福降临。

很久之后,她都坚信,是这片樱桃林挽救了她的生命。

终于来到了看守所。和她想象的非常不同,小杰子并没有憔悴的面容忧郁的神情。他甚至还比过去胖了一点。也许是因为从前赌钱的时候总是昼夜不息地"劳作",反倒是现在,生活变得格外地规律,吃饭时间、睡觉时间从来没有移动过半分钟,他就在这种"安逸"的生活中长胖了。心情也很好,因为睡足了觉,整个人看起来容光焕发,头发也剃得短短的,一根一根都精神抖擞地直立着。

也许应当趁这个时候描绘一下小杰子的容貌,因为这是段小沐除却小时候与小杰子玩"捉媳妇儿"的游戏之外和小杰子距离最近的一次正视,儿时那次小杰子还很小,而且段小沐那个时候惊慌失措,眼睛根本不敢去看小杰子的脸。所以,这是第一次,她可以好好地看看他。她第一次发现他应该算是一个美男子。他有一张下巴尖尖的长脸,眉毛浓黑而粗短,眼睛不大却因眼瞳是一种奇妙的浅黄棕色而格外明亮。不过他一点都不高,也许刚刚高过段小沐一个头顶,但是因为身体非常壮实,还是给人一种非常勇武的感觉。段小沐看着,看着,目光就落在他的右手上。他的手掌非常厚,手指粗短,手指肚格外地圆。这手虽然放在身体的一侧,五指却各自伸向不同的方向,整只手最大限度地张开,仿佛随时准备着抬起来就给人一巴掌。这只右手,它都干过些什么呢?段小沐的脑中飞快地闪过这样一个问题。它抓过扑克牌摸过麻将,它打过人脸捶过人的胸脯,它乐陶陶地接过钱又不甘心地递钱给别人,还有,它曾神不知鬼不觉地伸进女孩的衣服里……段小沐轻轻地晃了一下头,她得赶快把这问题从脑子里赶出去,它正像一颗烂水果一样不断地向外分泌腐烂的汁液。

想想也好笑,这么多年以来,这还是第一次她把她爱的人看清楚,从前她甚至不能清楚地知道她的爱人的模样,然而这似乎对她一点都不重要,她可以不了解他,不看到他,爱还是照旧生长的,像一棵在没有害虫没有坏天气的情况下顺利长大的果树一样的清洁和茂盛。她有时候想想,觉得是上帝给了她这样一个甜美的伊甸。

她对他说:"我从楚奶奶那里才打听到你在这里,就来了。"她说出来之前是在心里犹豫过的,但是说这样一句总好过问"你还好吗"这样的话,她不喜欢把这样宝贵的爱情像裸子植物的种子一样暴露在外面。

其实小杰子看到段小沐还是有一点激动的。因为自从他来了这里之后就没有人来探望过他。他妈前一年就跟着一个来郦城做珠宝生意的独眼商人跑了,不过还好小杰子手快,在他妈还没跑之前就撬开她的首饰盒,偷走了所有的首饰然后躲了起来。不过事情总是有得有失,因为偷了这些首饰不能回家,他也没能再见妈妈一面。不过他知道他妈不会怪他,因为他妈很快会有更多的首饰,她可以把自己打扮得像一棵圣诞树一样光鲜,这一直是他妈的梦想。他爸爸绝对是个顶大的废物,焊接厂的工人早就不做了,将要五十岁了还住着自己母亲的房子,并且每个傍晚都打发他八十岁的母亲去买菜,几十斤的面粉也是老太太扛回来,每个星期吃两顿水饺是他不能更改的习惯。最近他忙着续弦,和西更道街梁家的小寡妇打得火热。他说以前的事都不要提不要提,这次我找的可是一个良家妇女(梁家妇女)!

所以小杰子来看守所的事情只有他家奶奶一个人关心。可是老婆婆腿脚都不好,没有办法来看她的孙子,只好打来电话。电话里的小杰子没有半点难过,还笑嘻嘻地问:"我爸还和梁家寡妇好着来么?"听他奶奶说他爸已经住过去了,他还哈哈地笑:"这老东西终于不在家啦,奶奶你也可以松口气了。"这应该算是小杰子有生以来讲过的最有情谊的一句话了。因为到了这个时候,他才觉悟一些有关爱和关怀的问题。他进来这里之前,也有几个关系不错的女友,她们喜欢腻着他撒娇,然后掏他的钱去买镂空的真丝胸罩或者去郦城最有名气的"芭莎莉"美发屋做个那年最流行的"玉米穗",有的人还得到一件小杰子偷回来的意大利首饰。然而自从小杰子进了看守所之后,她们从来没有来看过他,电话也没有一个。小杰子终于明白了女人大抵是高不过他妈妈的境界的。有天做梦他还叫着:"我要卖珠宝,我要卖珠宝!"

就是在这个小杰子最感到凄凉的时候,段小沐来看望他了。还给他带来很多饼干、水果,还有新鲜的蜂蜜。其实还有一些讲生活道理做人原则的书,不过这些在小杰子眼睛里是可以忽略不计的。她现在就坐在他的对面。她坐着,就使人暂时忘掉了她腿上的残疾。她现在看起来很端庄。纯白的脸像从前人们挂在门楣上祈福的小布偶一样明亮而可以信赖。她穿了一件紫底白色小碎花的衬衫,是板板整整的旧样式,可看起来却有点小媳妇的成熟饱满。小杰子一时间忘记了她是谁,只是痴痴地看着。他们都没有说什么话,他的看守所的生活,她的作为基督教徒的学生生活,都是丝毫没有重合并且相距遥远的。她让他看得有点不好意思了,她匆忙地提起一个话题说:

"我见到现在那些在西更道街玩耍的小孩们了,他们都管你叫哥哥呢。"

"那当然,他们都跟着我混的,上墙爬树都是我教他们的,还都争着跟我去做'大事'呢!"这是小杰子非常得意的事情,他说起来眉飞色舞的。

段小沐心里想,他还是从前的样子,没有丝毫改变,她是希望他赶快改好的,所以有点失望,可是她还是必须承认,这样的小杰子是使她感到无比亲切的。

24. 病榻以及不能触及的身体

段小沐从看守所回来之后,忽然感到和管道工非常的疏远。她仿佛被小杰子带去了从前的时光,那是和管道工毫不相干的,管道工完全是个陌生人。可是段小沐不能无视这段时光,也不能无视善良的管道工的存在。他给了她丝丝缕缕的温暖,他来代替她的那只瘸腿,使她能站得更加稳固。在管道工的安慰和支持下,段小沐又开始了加工裙子的生意,不过现在她轻松了许多,送货拿货的事情全都是管道工一个人做,她只需要坐在床上专心刺绣就行了。管道工心里是这样盘算的,他想和她一起用最快的速度凑好做手术的钱,然后送她去做手术。他常常能看到她很疼,还默默地自言自语,似乎是在对一个陌生的也许根本不存在的人讲话。他觉得她的病越来越严重,上次陪她去医院开药的时候,医生再次让她加大了服药的剂量。

五月间的一个夜晚,段小沐坐在床上绣裙子,忽然就失去了知觉。——其实她的心里还是隐隐地有些感觉的,她觉得杜宛宛和她的距离忽然近了起来,一点一点地近了起来,那个美丽的姑娘明澈地出现在她的眼睛里,她想很开心地笑一下,可是却僵硬地被疼痛捆成了一团,渐渐地不能说话不能看见。管道工再抬起头的时候,他心爱的人已经像一只失水的鱼一样弯着身子,皮肤越来越干。他看见她手里拿着的针刺破了她的手指,血正无知无觉地流失。

段小沐住进了医院。仍旧是那座医院,六岁的时候她摔断腿被送来的医院,就是在这里,段小沐开始了她作为一个跛子的生活。现在她又回到了这里,她就想起了那些过去了的事。她竟有着在幼儿园的小床上午睡的幻觉,她浅浅地睡着,耳边有清风拂弦一般的杜宛宛的鼻息。她知道她睡在不远的床上,于是她爬起来,从自己的小床上跳下去,奔到杜宛宛的小床边,抓住她的小手,亲吻她的小脸。杜宛宛被她弄醒了,她张开长睫毛的美目,看着段小沐。段小沐示意她和她一起走,于是杜宛宛就跳了下来。她们用小手指钩住小手指,散着头发就向外奔跑。

"姐姐,我们将去哪里?"杜宛宛眨眨眼睛,侧过头来问奔跑着的段小沐。她唤小沐为姐姐。段小沐很坚定而快乐地说:

"我们去樱桃林。"

段小沐惊叹自己的这种幻觉竟然这样地清晰深入,连她们之间的对话她都记得这样清楚。她在那之后曾反反复复地念着,她和杜宛宛是在一个白云天逃跑的,她们手牵着手,像一张伸展开的网一样向前方捕捉幸福生活去了。

现在是多少个日子过去了?管道工一直守在段小沐的病榻边。他每天都给段小沐带来可口的食物,当然还有晚报。他居然默默地感激起段小沐的这场病来。因为它使他又重新和她靠得很近。从前他总是不敢好好地看看段小沐,他怕他的眼神惊动了安和的段小沐,他怕段小沐感到丝毫的不适,所以他总是很快地把他的眼睛从她的身上移开,去看窗外一棵乏味的树或者一朵萎靡的花。可是现在,他可以好好地看着她了,在她睡去的时候。他怎么看也不厌烦,她身上总是蒙着一种淡红色的迷离的光。她看起来永远都被什么东西捧着,宠爱着。管道工认为这东西是辽阔的来自天宇的爱,她一直是蒙神照顾的,所以她看起来总是非常非常的高贵,像一颗永不落地的饱满果实一样地完美而可亲。他羡慕她,他觉得她拥有魔力一般紧紧地吸引了他,可是他却不能,他之于她,是很渺小的,是沉埋于土地之下的。然而就是在她睡去的时候,他觉得自己慢慢地从土地里面爬了出来,缓缓地升起来,直到能够俯视她的脸。他感到了前所未有的满足感,就是这样,就是这样地看着她。

可是管道工最终还是未能满足于这样地看着她。他还不是真正让圣灵住进心里去的人,他的自然欲望还是跳了出来作怪,此后他一直为此惭愧不已。

那天段小沐没有发出心脏疼的呻吟,也没有过早地陷入睡眠中去。她一直睁着眼睛,还比平时多吃了一些东西。她的脸现出春暖花开的温红颜色,她还一直和守在旁边的管道工说话。她说了很多的话,和她近来的梦有关。这是第一次,她完完全全地把她和杜宛宛从前的事情说给管道工。不过她略去了秋千事件——她知道管道工是个非常冲动的人,很可能的,他知道了要冲去找杜宛宛算账。所以段小沐只是说,杜宛宛全家都迁去了落城,从此她就只能在心里默默地感受杜宛宛的一举一动了。管道工听得非常激动,因为这是他听过的最奇妙的一个童话,竟然有这样一对毫无血缘关系却彼此牵连的姐妹。他忽然想起了有的时候段小沐在梦里说的一些话,它们是多么地动情,原来正是说给她那遥远的小姐妹的。管道工眼里闪着亮动的东西,用他的手紧紧地抓住她的手——他无法分辨这是一个不由自主的动作还是一个趁机的预谋;因为这的确还是他第一次抓着段小沐的手。他说:

"小沐,等你病好了,我带你去落城找你的小姐妹,好吗?"

这是怎样的一句话?它带给段小沐的欢乐简直可以用段小沐的一切来交换。一直以来,段小沐都渴望着这样一句话,不过从前她是希望纪言能对她说这句话的,她期待着有一天纪言会对她说,要带她去落城见杜宛宛。可是她知道那样会给纪言带来很大的麻烦,纪言平日都住在学校里,他还要上课、考试,根本没有时间来照顾腿有残疾的段小沐。所以她只能期望纪言把杜宛宛带回来见她。可是她等了很久,杜宛宛还是没有来到她的面前。她理解杜宛宛不肯来见她。于是只好继续等。病的袭来总是使她不断地想到远方的杜宛宛此时可好,病的折磨使她暗暗地想到"时日无多"这样的话,她觉得自己再也不能耐心等候了,她必须见到她,她必须拥抱她,她愿意用她所剩的全部余生来和她和好,和她相亲相爱。

段小沐抓住了管道工的手,嘴唇像花瓣一样拼成一个醉人的笑容。那是初夏的天气,她穿了断开的睡衣睡裤,便已觉得热,于是她把身上的薄毯子慢慢推开,透透气。

管道工注意到段小沐的腰露在外面,像一柄月牙形的美玉一般闪着冷白的光。他本是想帮她把被子稍稍盖上些,可是他却看到了那块美丽的肌肤。那缎白的光多少给了他一些不安,他怔怔地忘记要做什么。

管道工其实是没有丝毫邪念的。他并不是个成熟而激烈的男子。他还停留在感动童话的阶段,而段小沐更加是他不敢冒犯的公主。所以那其实只是一个什么也不是的充满温情的动作——他把他的右手轻轻地放在了段小沐露在外面的肌肤上。这其实对于他来说已经是一个到了极限的动作,他不可能再多做什么,因为他还没有向段小沐求爱。他是个规矩的男子,他只是因为一时的热爱和冲动,才把手放在了她的身上。

那是一个停顿了一段时间的动作。在那段时间,管道工心神不宁地低着头,不敢看自己的手,更不敢看床上的段小沐。他正想着她会说些什么,却感到段小沐的震颤,他猛然抬头一看——段小沐的眼泪已经落了下来。他吓坏了,心里直怪自己不好,慌忙把手抽了回来:

"对不起对不起,小沐你原谅我,我没有什么坏念头,你别哭。"

泪水却是怎么也赶不回去了,她不看他,只是哭,像一只折断了脖子的天鹅一样把垂下来的头紧紧地缩进自己的怀里。

"对不起对不起!"管道工知道自己闯了大祸,他连连说,却仍得不到她的原谅,她背对着他,一动不动。

管道工忽然感到自己很羞耻。他终于坐不住了,起身冲出了病房。他想下雨最好,不然也得泼些冷水在身上,浇醒发热的头脑。

病房有四张床,段小沐却是唯一的病人。现在她躺在空无一人的病房里,她知道他已经跑走了。

坦白地说,她也并不觉得管道工的动作很过分。管道工是非常喜欢她的,这个她知道。所以他想来安慰并保护受伤的她,于是他情不自禁地把手放在了她的身上，其实那只手要落下来的时候她就看到了，她以为她能够承受这个动作，这只是一种好心的安慰，她这样对自己说，然而当那只手真的落在她的身上的时候，那接触的一刻，她竟然像触电一样受到猛然的一击，她无法控制地立刻泪如雨下，她不得不转过身去，和他远远地分开。

她终于明白，虽然管道工对她是这样的好，但是她仍旧无法忍受他碰自己一下。她的身体早已被小杰子的右手禁锢了，她不能忍受别人的手碰到她。她一直只渴望小杰子再来到她的身边，那只她熟悉的右手轻轻地碰着她，她沉迷于他的右手，他的右手仿佛是来搭救她的，她无数次想过，如果还有这一次，小杰子将他的右手伸向她，她一定义无反顾地伸出自己的手，紧紧地抓住他的手，那是援手，她说，不管它从前做过多少坏事，盗窃抢劫，可是它将永远地牵引住她。

又回到十岁那年的西更道街。小杰子笑嘻嘻的脸。他叫她："大头针，大头针！"她竟然觉得这名字像是皇帝赐给他的嫔妃的封号一样，她一定要恭恭敬敬地接受并且谢恩。他把他的右手伸进了她那被风吹得飘飘扬起的衣服里。那个动作是颐指气使的，那个动作仿佛是他的恩赐一般。那只手在她身上留下看不见的行迹，可是现在她才知道，他的手像锋利的犁，轨迹将深陷进她的皮肤里，那已经成为永远不能祛除的印记。

她是他的。

这一刻段小沐明白了她的身体再也不可能接受任何人的触碰，除非是他，他在她的心里是帝王一般威严。段小沐想，这是一件多么可悲的事情，虽然她从没有想过要和其他的男子相爱，可是她越来越感到她对小杰子的爱是畸形的,是一条横亘在她面前的绝望大道。

她在空荡荡的病房里睡到半夜就醒了过来。她梦见小杰子的右手从长满了荆棘的铁榍里伸出来,她就站在他的前面,一动不动,视死如归。可是无论如何小杰子的右手都不能碰到她,怎么也不能。她于是就这样一生一世地在他的面前站着,身体慢慢地被风干,成了身上满是纹裂的一尊石像。

醒来的时候,她忽然想到"贞节牌坊"这个词。

25．神的府邸

从冬天长成的爱一直壮大,转眼,我和纪言走到了春天面前。

其实我一直不清楚我应该怎么形容我们之间的关系。我不喜欢用什么"恋人""对象""男朋友"之类的词来形容我们之间感情。我从来不和任何人讲起我的情感问题。说起来,我没有一个同性朋友,女孩们都不喜欢我,因为我傲慢娇纵,又炽热又冷冰,这些竟然让我长成了一个引人注目的女子,男孩们喜欢悄悄地在背后讨论着我,而这使周围的女孩子们非常妒忌,她们在潜意识里一定诅咒着我,希望我出丑或者失去一贯的骄傲。

唐晓从前当然是我唯一的女性朋友,不过现在看来似乎也不确定,从前我们能做成朋友是因为我们毫无利益冲突,但是当纪言作为我们之间的利益冲突出现的时候,我们的友谊就像偷工减料的建筑物一样哗啦啦地塌掉了。这是一场用下脚料搭建的友谊,什么风雨也挨不过,所以我现在想来,觉得我们之间好像从未产生过真正的友谊。然而这是一件多么让我忧伤的事情,也许是源于亲情吧,总之无法否认,我的确是这样地爱我这可爱的表妹。

至于我的异性朋友,也是不曾有一个的。从前那些在我身边转来转去的男孩,我更乐意叫他们做"情感玩伴"。事实上我还是个孩子,对于"过家家"的游戏还在痴迷。在孩子时代的结末,最高级的一种"过家家"就是随意从你的周遭拣出一个男孩,和他迅速发生一段恋情。我之所以一度痴迷于这个游戏,是因为人毕竟是群居而非独居的动物,在我独自住在学校没有一个朋友甚至连一只宠物也没有的情况下,我就必须投入这种游戏中,在我的身边制造出总是有一个人陪伴的假象。自从纪言到达我的生活以后,"过家家"的游戏就再也不需要了,曾经站在我旁边的"玩伴"都可以像过季的娃娃一样被扔出去了。所以我现在只有纪言。因此我不会把"男朋友"这样的词用在他的身上,因为那是一个充满限制性的词,比如相对于"男朋友"应该还有自己的女性朋友,甚至知己等等。可是你知道的,我什么都没有,我只有纪言,只有他来填充我心里所有的空间。所以我只是叫他"纪言"。"纪言",这个词在我的心里是这样的多义,任何痛苦快乐激动压抑的时刻我都把这个名字掏出来,它是我的通行证,适用于任何情况下。

纪言喜欢陪我去写生。我们还是去"红叶谷",山坡上的春天总是使我不能免俗地想到一些有关希望有关未来的东西,比如我竟然开始想象我们的婚礼。

"婚礼应该是这样的:我们穿着累赘的衣服从仪式上逃跑,然后我们一路跑到这里,我头上的白纱已经不见了,裙子下面的蕾丝边沾满了泥土,漂亮的水晶鞋已经磨平了高跟,爬山的时候呀呀地唱歌;而你,你在我们爬到山腰劳累不堪的时候,把你那漂亮的西装上衣脱下来,跟摆小摊的人换了两瓶矿泉水,我们就继续爬了。我们那个晚上就住在山上,这样离天空近一些,所有天上的神灵都看见我们并且祝福我们……"

纪言忍不住笑起来:"喂,等等,好好的,我们为什么要从婚礼逃跑呢?干什么要把婚礼弄得那样狼狈?像一场逃难一样。"

我们两个都在笑,忽然纪言就严肃起来:

"你喜欢的这样的婚礼其实应该在教堂里举行,那样的交换戒指和亲吻是我非常喜欢的。"

我那个时候正是万分激动,冲口而出:

"好啊,那我们就去教堂!"

话说出口以后,他怔住了,问:

"真的吗?"

我这才忽然知道我刚才是说了怎样的一句话。我一直是多么憎恶教堂啊。这些年来,我一直坚定地认为教堂是一个和伤害我的段小沐联系在一起的意象,它充满不洁的预谋,充满火山休眠期一般的安和的假象。我当然记得那次就是在这座山上,纪言把我关在了教堂里,散落的段小沐的照片把我深深地嵌进了她的生活里,她排山倒海地来到,我的躯体像一片被撕破的网,她的眼睛像锋利的针器一般,凌厉而轻易地在我身体上的洞里穿梭。我从来没有相信过神。但是我是相信命的。我知道冥冥之中有些东西拉动着每个人的肉身走向不同的方向。但是至于那是怎样的一些东西我却不愿意去多想,不要对我说起上帝,他不在我心里住着。

然而现在我是怎么了?我竟然对他说,我们要去教堂结婚,我们要让神见证。那昏天暗地、让我不得安宁的地方难道能给我永生的平安吗?难道我从来不承认的上帝能给我最真挚的祝福吗?

我此刻的脸色非常难看,我多么希望纪言没有听见我刚刚说过的话。多么希望教堂是一个根本不存在的地方,谁也找不到。

纪言显然看出了我这一刻的变化,他抚一抚我的头发,轻轻地说:

"其实教堂一点都不可怕。从来都只有善良的人住在那里。你可以不信奉神,可是你至少把它当作一个使心灵安静的地方吧。"

这是我的纪言,他才是我的信仰。我真的乱了阵脚,我知道我不能反抗他,我已经和从前的杜宛宛不同了,我已经丧失了对他说"不"的能力。他早已成为我的领袖。

"去这山底下那座教堂好吗?"纪言的轻柔声音还在我的耳边缠缠绕绕,我们却已经走到了那座教堂的门口。如果那个上帝真的存在,那么他应该知道这一刻我是多么害怕他的殿宇。我紧紧挽着纪言的手,仿佛他是能升天而走的,我却将深陷在炽火中的地狱一般的,所以要紧紧紧紧地抓住他,如果他能飞起来那么请带着我一起。

教堂里面还是黑洞洞的。侧面的一扇贴着红绿颜色薄纸的窗户破了,一缕被紧紧束住的纤细的光投射进来,然而这里终归是黑的。四个墙角的半圆形碧绿色容器上结满蜘蛛网。我不知道它是干什么的,问:

"这是做什么用的?"

"盛圣水的。"

"圣水?"其实我并不确切地知道什么是圣水,但是我觉得这似乎并不重要了,因为它现在实在是狼狈不堪,再也看不出它曾担当着多么神圣的工作。

那天晚上我们没有返回学校,就坐在黑暗的教堂里,紧紧拥抱着。我们并不怎么说话,只是听见夜晚的山里特有的风声,还有动物的叫声。我们不需要灯,不需要任何机器的玩意儿,完全如两个古代人,生活在一片视野里只有彼此的寂静中。忽然觉得这教堂是一座城堡,我和纪言的城堡。王子在这里把他的灰姑娘脸上的灰尘揩净,给她换上干净美好的衣服,把她的手领在自己的手中,他脸上带着桃花般的微笑。

这的确是相当大的一个转变。从此我们时常来这座教堂,就是这样在尘土里抱着,他给我说着那些久远的神的故事,直到渐渐的,我已经非常确定它们的存在。

纪言送给我的第二份礼物是一本《圣经》(第一份是那条笨拙的项链),英文,连绵不断的抒情的字母一点一点把我牵到天父的面前。这整个过程完全是通过一个人(纪言)、一本书《圣经》、一个地方(教堂)实现的,快得难以置信。夏天的时候我已经做到睡前诵读《圣经》,认真做祈祷了。

人们都说,逆境中的人更加容易被领到了上帝的面前——抓住并依靠这个救世主,可是我却是在对我来说从来没有这么好的顺境中。正是因为这样,我才需要祈祷,我总是祈祷我不能失去,不能失去纪言呵。

当然不得不说到我和唐晓更加恶化的关系,我越来越觉得,这是我没有办法挽回的,向神祈祷也不能。

唐晓已经搬回家去住了,也就是说,她为了避开令她厌恶的我,甚至甘愿每个早上花去一个多小时的时间从她家赶往学校。

她旷课的情况更加严重了,她喜欢在一堂课快要结束的时候,从前门进入坐满了人的阶梯教室,让所有人都来关注她。她穿着嚣艳的衣服,像只步态傲慢的孔雀,在众人的目光里,尽情地展示着自己斑斓的羽毛。

但是她却仍旧讨人喜欢,谁都得承认,她越长越美了。

当然也有时候我和唐晓在某个中午或者傍晚同时出现在我们的宿舍里。她坐在我的对面抽烟,一根接一根。她已经不再抽那些给女孩子用来表演的 Light 的香烟,她要特别浓烈的。她当然也注意到我此刻所看的书是《圣经》。这个时候我觉得我们是在进行着一种对抗的,但是没有任何对白。她一直抽烟,目光只是看着她的脚——她俯视的目光总是非常忧伤的。等到她抽够了烟就拿起门后面的扫把把一地的烟头扫起来,然后走到我的床的里面,把寝室朝南的窗户打开,那个时候我们离得非常近,我深深的呼吸中充满了她身上的香水味道。这是她的新变化,从前的唐晓也是香香的,但是那是她作为少女的迷人的体香,从她的头发里和脖颈下面散发出来,连我这个清心寡欲的女子也不禁贪婪地努力吸吮着。

现在唐晓用味道十足的香水。很久之后我知道了她身上的香水是 Gucci 的"envy"。她所做的这一切在我看来像是一种攀岩运动,越来越高,高高在上,无论如何也要在我之上。

我在开始信奉神的时候并没有考虑过伟大的神究竟会引领我去

向什么地方。我不知道他最后把我带回了郦城。开始的时候,对于神和教堂的接近完全是为了纪言。很久之后我终于明白那是一种讨好,事实上这永远是一场我处于下风的爱。当我仰面膜拜神的时候我也在膜拜我的纪言。我唯有抓住神的手才能接近纪言,我们才能面对着面或者背对着背,如此的接近。

后来我完全变成了一个被神改装过的人,我再也凶狠不起来。

让我仍旧回到那改变了我的教堂,厚实的灰墙和纤细的十字架。那教堂就像一个举起一柄宝剑呐喊的武士,如今我真的相信了它就是庇佑我的神。是的,它也是爱神。让我和纪言一辈子就守着这座神的殿宇吧。

夏天的时候我画了一幅叫作"神的府邸"的画,就是这座教堂,还有在铁门外面蔷薇花丛里的男孩。男孩戴着一顶咖啡色的鸭舌帽,挺拔的鼻子和微微扬起的下颌上落满了太阳和星辰交错的光辉。隐隐约约的天际上有几片若隐若现的荷花色翅膀,那是天使们的,他们梭形的身体像线轴一样一圈一圈将天宇之间缠满了爱。爱,是的,这里没有夜晚只有不断循环的光辉,这里没有硬邦邦的恨只有绵绵不断的爱。

纪言多么喜欢这幅画啊,他让我紧紧地抱着那幅画,把我们拍成了美丽的翻转片。夏天的时候,"神的府邸"被纪言拿去参加了一个叫作"生涯"的地下酒吧的油画展览,酒吧里的人都是纪言的朋友,他们惊奇地看着这个跟在纪言身后的小姑娘,她带着涉世未深的腼腆。——说来真是奇怪,自从我和纪言在一起之后,自从我信奉了神之后,我从前的狂傲气沧桑感都被洗去了,我像个一尘不染的纸灯笼一样充满了新火苗的炽烈,只是我一直认为这是一个一戳就破的假象。因爱而伪装的假象。

我的画被放在正中央,画面上的教堂在大家明亮的目光里熠熠生辉。喝彩声像云朵一样缠绕着我和纪言。那天我们站在酒吧里的昏暗的报纸卷灯下,所有人都知道我们都是神的孩子,一对璧人,明眸善睐,神采飞扬。我穿着一条紫色层层渐深的吊带纱裙,莹莹的嘴唇总是充满期待地张开,像钻石一般璀璨。啊啊,我就像一尾刚刚上岸的人鱼一样,终于登上了人类的陆地。那真是跨时代的一夜,我在这个叫作"生涯"的地方获得了新生。此时此刻我觉得我和纪言是完全一样的了,我终于和他站在了距离神一样距离的地方,就好像人鱼精花了上千年的时间终于修炼成了人的模样。

神仙眷侣。

那天我们从地下酒吧"生涯"出来的时候,已经是第二天的清晨。神的孩子仍旧毫无睡意。我们的胃里填满朗姆酒和芝士蛋糕,然而更多的是所有的人对于我们的嘉许和赞美。他们都喜欢杜宛宛,作为纪言女朋友的杜宛宛,我觉得身体有了质感,我再也再也不是一只纸灯笼了。

我们一路唱歌,纪言不知从什么地方捡来一根笔直笔直的树丫,双手就像击鼓一样有节奏地挥舞着。我感到周围的每一方寸空气都像蜜糖一样地黏稠。

忽然纪言说:

"宛宛,跟我回郦城吧。跟我去看段小沐吧。"

我立刻静止了,鼓声和歌声都不知去向,留下我们两个孤单单的孩子站在路灯柔和的目光下。我的心乱极了,段小沐的名字就像一串飞舞起来的气球一样直冲向我的心壁,咚咚地撞得乱响。

"宛宛,这些信神的日子里,你是不是觉得内心非常平安?再也没有害怕耳边萦绕的那些声音和心绞痛是吗?"纪言停止了向前走的步伐,抓住了我的手,我们就站在这个月色撩人的夜晚,空旷的马路中央。

的确,这些日子以来,也许是因为和纪言相爱的缘故,也许是因为总是默默地在心里祷告的缘故,我竟然忘记了耳边那常常响起的段小沐的声音,我也竟然忽略了曾经令我难耐的心绞痛。我的心再也没有因为这些来自段小沐的声音和疼痛而躁动不安或者癫狂不止。是的,这些日子我一直非常安逸,我知道那些声音还在,心脏也还在一阵一阵地散发着疼痛,然而它们都只是发生在我的躯体上而不曾延播到我的头脑里。我竟然做到了无视它们的存在。这真的难以置信,这对于我而言生来俱有的痛疾忽然被隔绝了。我应该狂喜不是吗?我应该庆祝不是吗?

我据实对纪言说:

"是的,这段时间以来,我很心安。"

"那么你懂得了吗?"他以宽容的微笑示我。

"什么?"

"其实一直在你心里的魔鬼并不是段小沐而是你的心魔。"

"心魔?"

"没错。记得我曾经告诉你的吗?奇怪的事情的确发生在你和段小沐这两个毫不关联的人的身上。你们的触感是相通的。起先我也不敢相信,但是这的确是真的,我认识了你们十几年的时光了我不能不相信了。我知道这个事实的时候也曾为你和她感到伤悲。段小沐有先天性心脏病,所以她遭受到的痛苦也传递到了你的身上。我承认,这对你非常不公平。可是这能怪谁呢?小沐有错吗?宛宛,你心平气和地想一想,病痛并不是她能够支配的呵,她也无力阻止这些疼痛传递到你的身上。她也很懊恼很自责,可是除此之外她又能做些什么呢?宛宛你不能把错都推到她的身上!"纪言的身体像块解冻的冰块一样散发出一团又一团哀伤的空气。

我听他的这些话就像吃下一株无限长的水草一样,必须不停不停地吞咽,它纠纠缠缠地把我的五脏都捆束起来。可是我应当是如何的一种表情?如何的一种心境呢?已经有很长一段时间,我们都有意地回避着有关段小沐的一切。我们都清楚,当她再一次从我们之间升出来的时候,我和纪言那还略显孱弱的爱情会立刻化为乌有。于是我们都绝口不谈段小沐,我们都小心翼翼地呵护着我们爱情。

直到今天,我们终于重新回到了这个话题上。回想这一段刚刚过去的时光里,纪言的爱,上帝的庇佑,竟然使我几乎全然忘记了段小沐——这个像瘤像癌一样在我身体里肆虐了近二十年的女孩儿竟然被连根拔起了,我不知不觉之间早已和那些牢牢缠住我的病痛绝交。我长长地舒了一口气,像一只一直警觉的动物终于松弛下来,原谅了与它日夜作战的天敌。

六点钟的阳光把这个城市的柏油地板擦亮。我看到熹光在挤压我们,使我们更近,更加近地靠在一起。是的,我们被紧紧地挤在了一起,我们之间没有任何空隙,再没有段小沐那像蝉翼一样的单薄的身躯隔在我们中间。

　　我还没有来得及向他表达我的想法,我们就开始亲吻了。亲吻,和人间所有的亲吻都不同。它细致缜密,它巧夺天工。我忽然充满了愧疚,我无法忍受我的嘴唇竟然用来吻过其他很多男子。他们与我的生命都是不相干的。可是我却把嘴唇像一颗水果一样随意丢给了他们。

　　男孩现在就在我的面前,我鲜润的嘴唇像一朵莲花一样在柔软的荷叶上摇曳多姿。我抱住他的头,我的手指在他的头发里体会着芬芳。他的整张脸就像一面灼灼闪光的镜子一样反射出我的脸,请允许我说,那是像心脏一样鲜红像玫瑰一样芬芳的一张脸。我们的脸映衬着彼此的脸,我们的嘴唇在彼此的海洋里波腾浪涌。

　　我还有什么理由再拒绝纪言呢?我有什么理由再计较在爱情面前微乎其微的段小沐呢?我有什么理由再拒绝回到郦城呢?

　　有一个无法更改的事实,我和纪言在郦城相识。尽管幼儿园秋千上曾发生过一场牵连我和她的灾难,可是那秋千上也发生过我和纪言最先的故事。有关珠子项链和第一次抚慰受伤心灵的故事。

　　灰姑娘是从那里逃走的,她必须再次回到那里,才能和王子完成他们圆满的故事。

26．被拔掉了牙齿的狗

我和纪言决定在暑假到来的时候回郦城。

在学校放假前的最后一天,我在上课间隙和唐晓在教室门口相遇。她是一直站在门口等我的。我们都没有说话,并肩走到了操场上。

唐晓已经有很多天没有来上课,也没有回过宿舍。我在这个上午的最浓密的太阳光里看着我的表妹时,我感到我是这样地想念她。唐晓穿了一件蓬蓬袖在手腕处束口的白色衬衣。一条六分束口的马裤。她看起来多了几分英气,像个中世纪拿一柄长剑的武士。不过这并不妨碍她有一张出色妩媚的脸。她用黑蓝色的眼影膏填满了整个眼眶。她的黑色嘴唇里露出蚌壳里的珍珠一般璀璨的牙齿。太阳是这样炽烈,我看到模模糊糊的太阳光花落在她的头发上,我有一些眩晕,她的头发竟是瓦蓝瓦蓝的。

"你和纪言要去郦城是吗?"她一动不动地站在太阳底下,她的肌肤是冰凉白皙的,没有一滴汗珠在她的脸上凝结,她像女神一样,是太阳也不能侵犯的。

"嗯。"我想我面对唐晓,至少能做到的是诚实,我从来都不想隐瞒她什么,纵使她像现在这般咬牙切齿地恨我。

"你去见那个叫段小沐的吗?"她咄咄逼人,眼睛一刻也不肯从我的脸上移开。

我有些诧异她是如何知道的呢。难道是纪言吗?我感到唐晓正像一柄伸入我身体里的窥探镜一样越发深入地发掘着我的秘密。可是我还是诚实地说:

"嗯。"

"曾经把人家从秋千上推下来,现在要回去道歉是吧?"她一点都不肯松懈地继续发问。这个问题终于触到了我最深的痛处。我吸了一口气,终于问:

"这些都是纪言告诉你的吗?"

"你别误会纪言!你不是很爱他吗?为什么还要怀疑他?这不是他告诉我的,是我偷看了他的日记。他因为很难过所以把这些事情都写在了日记里。"唐晓因为我怀疑了纪言而几近尖叫起来。

我真的感到了惭愧。我怎么竟然是这样地不信任纪言,我竟以为是他把我的这些事情都告诉了唐晓。

原来是那本日记。我再次想起那个令我感觉甜蜜的日记本,我竟忽略了纪言写下那些日记时的痛苦。他写的时候一定痛心疾首,他怎么能接受他心爱的小姑娘做过这样一些事情呢?

"那么你们回来之后你能不能把他还给我?"唐晓忽然变了一种恳求的口气,她在太阳底下不停地颤动着身子,像一只失去飞翔能力的蝴蝶。我的表妹,我亲爱的表妹她此刻是多么的可怜,她竟丧失了她向我宣战以来一贯的骄傲。她重新又是那个依靠着我的小妹妹了。我想走近她并且亲吻她,可是我想那就代表着我同意了她,我将让出我的纪言。亲爱的表妹,如果纪言是件物品是个宠物或者仅仅是我的男朋友,我都会让给你。可是他不是,他是我如今的一切,他是我活命的一切。他把我一路送到神的面前,他给了我善良的心以及忏悔的灵,他抓着我的手一步步把我送向高而宽阔的地方。我不能不能不能和他分开。

"唔,恐怕不能,我不能和纪言分开。"我一边说一边走向她的面前,我的手抓住了她的手,我抱住了她。我抱住这个用中世纪盔甲一般的衣服乔装坚强勇敢的女孩,我用温润的手指抚摩着她束起的长发。

"姐姐,"她终于这样叫我,"你不是教给我要对任何事情都凶狠,要硬起心肠吗?你不是教给我不要动情吗?可是你,可是你为什么做不到呢?"她温顺地伏在我的怀里,她歇斯底里地问着我。我竟然对她说过这样的话,是多久以前了,我怎么一点都不记得了?以前那个头发像是被烧着了一般焦灼的女孩,她究竟说过多少这样癫狂恶毒的话呢?

亲爱的妹妹,在没有和纪言重逢之前一切的确是这样的。我的确是凶狠并且在别人看来是高高在上的。那个时候我觉得人间的一切情感都不能打动我。可是我又遇到了纪言。我们不论是敌对还是相爱都是这样的牵牵连连不可分割。他让我相信了上帝,他让我相信了爱情。天,我亲爱的妹妹你能相信吗?我竟像回到了一个小女孩时代,一心只憧憬着一个和他在一起的未来!

我们仍旧是紧紧地相拥。她在我的怀里平息下来,一言不发只是此起彼伏地抽泣着。

那天我和唐晓相拥睡在我们那间寝室里的狭窄小床上。她很快就进入了梦乡。她在梦里仍旧很亢奋,她咬着牙齿蹙着眉头哭喊。我把她的头放在我的手臂上,看着她在梦里挣扎。我想她此刻还是有这么多的痛苦,可是她会很快好起来的,她会重新是那个碧玉般光洁美好的唐晓。

第二天我清早赶去学校旁边的美术商店买颜料——这些是打算随身带着,回到郦城之后用的。我踩着从茂密的枝叶之间透晰下来的太阳光斑,心情从未有过的舒畅。我竟然禁不住开始猜测段小沐的生活。我对她有了陌生的好奇,我想知道,她是怎么生活的呢?她的耳朵里当真也会有我的说话以及呼吸的声音吗?

纪言说她从六岁起,就是一个基督教徒了——我终于明白,六岁起耳朵里开始出现的那种絮絮不止的说话声音,原来是她的祈祷。我忽然很想知道,她作为教徒的生活又是怎么样的?

重新回到宿舍,发现房门大开着——我猜想唐晓已经出门离开了。我有一些怅然,我不知道下一次,等到我再次回到落城,她会是怎样的呢?我伤了她的爱情,这于她,是一场多久可以康复的病痛呢?我想我要快些从郦城回来,我要陪伴她度过这一段伤心欲绝的时光,正如她也陪伴我走过了很多阴霾的日子。

可是当我走进宿舍,才发现并不是那样。完全不是那样——唐晓并没有离开,而是有来客。

穿着一件深蓝色T恤衫,一条Levi's牛仔裤的背影叠着一个穿着一条水红色长裙的身影。他比她高一个头,他把头探下来,吻着她。她是浅浅地闭着眼睛的,睫毛沉醉地眨啊眨的。他带着淡淡的柔情,还有一点小孩子被安慰的满足。房间拉着窗帘,风轻轻地吹进来,试探性地吹开了窗帘,吹起了他的头发和她的裙角。他们却是无动于衷的,这样地专心致志。

阳光均匀地铺洒在他们的身上,而我站在阳光未及的阴影里。

多么令人尴尬的一幕。我的爱人纪言和我的表妹唐晓在亲吻。我站在门边却没有被发现,我想我有足够的时间来考虑走进去还是就此悄然离开。

时间是上午十点,我慌张地转身奔跑出去,颜料一管一管地散落在楼梯上,我像末日前疯狂的动物,本能地跑着,只是懂得,逃,跑。

我走在落城的大街上,手上拎着一个颜料已经掉光了的空袋子,不断地鼓起一阵一阵的风。我就像童话里说的那个被妈妈派出去买面包圈的女孩珍妮,结果她遇到了小狗,面包圈全被小狗叼跑了,她手里牵着空空如也的袋子,站在明晃晃的大街中央。劲猛的阳光砸下来,忧伤无处可藏。

我想起一个喜欢的女作家书里所说的故事,曾有一只凶狠的野狗,到处袭击其他的动物以获取食物。后来它遇到了一个善良美丽的女子,她收养了它,喂它可口的食物。狗非常爱这个女人,它在她的面前非常温柔。可是美好的女子对狗说,我不喜欢你的牙齿,它们令我恐惧。狗很忧愁,不知道怎么办才好。女人说,我把你的牙齿都拔掉吧,我会照顾你一辈子的。狗为了获取女主人的欢心,就答应了。于是狗满嘴的牙齿都被拔掉了。可是不久女人就得病死去了。

狗是一只没有牙齿的狗,它应该如何活下去呢?

这个故事像极了我和纪言之间的故事。我就像那只野生的狗，我本来有着自己的生存法则，至少可以保证自己的安全。然而纪言驯养了我，他劝说我拔掉了自己所有的牙齿，放弃了自己的武器。可是最终他却离开了我，置我的生死于不顾。我信了他的话，我卸下了自己攻击的武器。我信奉了他指给我的神，我和他，像个虔诚的信徒一样，并排着站在一起祈祷。

可一切都是骗人的，这只是一场规劝，不是一场爱情。这是一个警察为了劝降一个贼人而做的分内的事，它完全是表演，省却了真情。

我失去了从前保护自己的屏障，坚硬的壳子被一层一层剥落，像一只蚌一样，当它裸露出最柔软的身体的时候，你却给了它最狠命的一击。

傍晚的时候，我仍旧在大街上游荡。我应当何去何从呢？

原来如此，事实上，丧家之犬并不可悲，可悲的是，这是一只失去了满嘴的牙齿的丧家之犬。

摸一摸牛仔裤的口袋，忽然摸到了一张小卡片。我掏出来——是纪言早先给我的，今天晚上去郦城的火车票。我犹豫了一下，忽然拦住一辆出租车，坐上，叫它向火车站开去。

我不知道为什么，自己会坐上了回郦城的火车。已经有十四年，或者更加久，我都没有踏入那个城市半步。我远远地丢开它，逃走，再也没有想过回去。可是就在最绝望的时刻，忽然萌发的冲动，让我想要回去看看我和纪言最初遇到的城市。那个给了我最阴霾的回忆的地方,忽然变成了心底一块最柔软的地方,总好过落城,落城已经成为一个伤心之城,只想快些离开。

夜车上,我看到依偎在一起的小情人们,我想到那本是我以为触手可及的幸福。

然而其实我的幸福呵,它是那么的遥远。

我坐在坚硬的座位上,等待着越来越大的风吹起我所有的头发,完全地糊住我的眼睛。

可是我仍是可以看到,看到对面的男孩和女孩在分吃一只苹果。她闹着,咬他的手指。他面含宽容和怜爱地看着她。

我想起我和纪言,我们的相处,很少有这样温馨的时刻。我们一直在一种争斗中相爱,总是那么暴力的,——我在他的面前杀人,他把我关在教堂里,我在他面前把玻璃插进身体里……

几乎没有一刻,可以好好地静下来,看着彼此,喂彼此一枚水果。现在我是多么后悔。如果,如果我可以收回我那些凶残的举止,纪言,我可以完全得到你的爱吗?

哦,纪言,你可曾真的爱过我?难道只是一场纯粹的规劝,你从未进入角色?连那些日记也是假的吗?

我跳下回到郦城的火车的时候,已是午夜。天空只有稀朗的星辰。这曾是我居住的城市,它还保留着我熟悉的气息,我可以辨别,那是一种熟悉的气息,非常熟悉,仿佛我未曾离开过。

道路已经完全变了模样。可是很多店铺仍旧是古旧的建筑——我猜测我走上的是一条老街。大大小小的房屋都睡在靛蓝色天幕下,仿佛可以听到它们发出那种古旧建筑特有的呼吸。

它们是这样的安驯,和落城的所有建筑都不一样。我想我真的应该找一个这样的城镇,速度慢悠悠的城镇,停泊下来,就一个人,画自己喜欢的景物或者人群。比如这老建筑,比如这里格外清朗的天空。我一直走,一直走,我猜测着我的幼儿园和从前的家可能在的位置,我觉得也许很快就能把它们从其他的建筑里拣出来。

我忽然有很强很强的愿望,一定要走到我的幼儿园。我要去看它,我要抚摩那架秋千,我要回到那里,那里是这一切开始的地方,我想如果我回到那里,一切将可以平息。

此刻我再也不害怕,我再也不害怕潜伏着魔鬼的幼儿园,谋杀的秋千。现在我再也无所畏惧。终于明白,一直心中有所畏惧是因为心中还有所期待。期待着能够从沼泽状的往事中搏杀出来,期待着还有美好的事在前面作为补偿地给我。原来,早在我心里,就是住着神的,我其实一直也在祈祷,我祈祷他收走我完全痛楚的过往,我祈祷着他给我一片新天新地。

心灰意冷的女孩终于再没有祈祷什么。她想坦然地回到逃离的地方。尘归尘,土归土。

终于找到。打了烊的冷饮店,路口,转左。终于找到。

当我摸索到幼儿园的门的时候,忽然像个婴孩一般地哭泣起来。有太多的委屈,在太长的时间里,一点一滴地郁结在我的成长里。童年,我多么希望能够拿出很多很多的东西,交换一个美好的童年。

谁都不会知道,童年是一座巨型的石头迷宫,这么多年以来,我竭尽全力,却仍旧怎么也走不出来。我哭喊过,我捶打过,我绝望得想要学会飞或者打洞。啊,这迷宫,它一直困着我,让我怎么也不能做一个正常女孩。

现在我站在这里,这里是我六岁的时候出发的地方。那个时候我眼底完全是明媚和清澈的颜色,穿着荷叶边蕾丝裙子的小女孩完全不知道是什么在前面等待着她。她从这里出发,可是十四年后,她才发现,她从来都没有走出过这里。她总是梦到这架秋千,从她的心底忽高忽低地飞起来。她用沉重的怨恨压住了恐惧和忏悔。她不能忏悔,她唯有拿起她的武器,一次一次做着攻破这迷宫的努力。

十四年过去之后,我还在原地。

这曾是我心爱的大门。它已经变得这么破旧。从我离开,到现在,它经历过多少次的粉刷呢?上面仍旧是我喜欢的动物们,我最喜欢的长颈鹿,杏核状眼瞳的小鹿,羞涩的刺猬,所有的所有的,都因为太多次的油漆而失去了活力,完全地干瘪,断裂,破碎,再也不能把任何经过的小孩子吸引过来了。

我抚摩着它,月光下我看到我所喜欢的长颈鹿,它橘色的脖子上泛起一层一层的皮,铁皮,我的手滑过去的时候,就很轻易地被它划破了。连它也在怨恨我吗?这一次的离开是这样的久,十四年。

我哭泣,如完全不懂人世原委的婴孩。从来没有这样的失声痛哭,把整个心肺都绞起来了。

我一步一步走到秋千旁边。月光早已铺好了一条乳白色的路,一直抵达秋千的前面。我的秋千,在夏夜的一缕一缕微风下撩起一个意味深长的浅笑。它已在月亮下面等候我多时了。

秋千曾经是我童年的时候最爱的东西,可是六岁以来我再也没有坐上过任何一架秋千。甚至游乐园我也很少去。因为在那里我必然能看到很多愉快的小孩在秋千上荡漾,我是多么害怕飞起来的秋千,就像我所居住的房间被掀起了屋顶一样,我将像躲藏在暗处的老鼠一样被公之于世,无处可躲。那个时候我不知道我会不会丧心病狂地冲上去,把一个貌似段小沐的女孩从秋千上推下去。

　　……我站在它的前面,正前方,看着它前前后后地向我驶过来,又退去,和我总也保持着不能逾越的距离。我比十四年前高了那么多,它在我的面前已经显得是这样的渺小。如一个玩具一般,我完全可以把它毁掉——如果说十四年前我没有能力销毁它,那么现在,我完全可以这样做了。它也已经老了,似乎因为衰老而萎缩了,像一个布满褶皱的老太太。

　　无法说清楚我和这架秋千的关系。我曾觉得它驱使了我:它自始至终都不动声色地看着我的邪念膨胀、膨胀,然后它悠悠然地在这里观看,直到我的欲念终于把我点燃了——它在一旁轻微地提示了我,于是它做了我的工具,它配合我,完成了那件事。它在我最怒不可遏、最歇斯底里的时候,悄悄地出现,帮助我做了那件事。它才是施了魔的,它用这件事控制了我,在后来的很多年里都可以摆布我。

　　不要再和我说什么道理,此时此刻,我已经是个疯狂的病人,我认定了它是施了魔法的,我一直被它愚弄着。

　　我跑过去,狠命地用自己的双手去扯它的铁链,企图把它们拉断。我要毁掉它,我要毁掉它,不是因为它是什么罪证,而是它一直都是个妖孽。我要铲除它!我用双脚去踹它的木板,用双手去扯它的铁链,一下两下,不断地。手开始流血,腿脚也失去了力气,它还是牢固地站在那里,晃来晃去,像个幽灵。我不能让自己停下来,我要消灭它。

我其实从未原谅过自己,对于童年的事。尽管用过很多的理由麻痹自己:我是遭到迫害的人,段小沐是魔鬼,我必须解救自己……所有的这些,都是借口,用以麻醉自己,不让自己跌入无边的痛悔中。

女孩在这个夜晚终于回到冷战了十四年的城市。她回到从前的地方,找到了在梦中在过去的岁月中一直横亘在她心头的秋千。她认定了它就是一直驱使她的魔鬼,她要铲除它,尽管事事都已无法改变。她带着对过去所做事情的深深歉疚,带着新失去了爱情的破碎心灵,在沉寂的黑夜里和一架秋千打架。她狠命地踢它,打它,不断地哭泣。它也不示弱,它荡回来,狠狠地砸在她的腿上,它用生硬而粗糙的铁链划伤了她……

女孩不断地踢打着秋千,委屈地哭泣着,直到后面一个异常温柔的声音,轻轻唤她:

"宛宛?"

她满脸泪痕地回身去看,她看到一个架着双拐的女孩带着一双可以洞悉她的一切的眼睛,站在一片没有阴影的月光里。

27. 宛宛的归来

段小沐出院之后和管道工的生活非常平静。管道工为了得到更多在教堂工作的机会,竟然当起了园艺师。照顾教堂里的花草也成了他的一份工作。他每天有一大部分时间是在教堂里的,早上他要和段小沐一起做祷告,然后把段小沐送到自修班门口。之后他返回教堂给教堂的灌木修枝剪叶。中午之前他会买些菜回来,给段小沐做好午饭,等小沐回来之后他们便一起吃饭,然后小沐午睡片刻,这个时候管道工就坐在浓郁的太阳底下翻看《圣经》,他打着呵欠,默念着《出埃及记》,但是他一定会在段小沐醒来之前重新变得精神抖擞。下午的时候他开始照旧做管道修理的工作,晚上他回到家的时候段小沐已经把晚餐做好了。他们吃完饭之后段小沐开始做功课,之后仍旧在那些刚出服装厂的裙子上绣花。说是绣花,其实早已不局限于绣花,事实上在这几年绣花的光景里,段小沐已经尝试过了各种图案,除了花草之外,还有镶着蕾丝边的花蝴蝶、发着抖的冬天里的小雪花片。

有的时候她绣着绣着,才发现自己已经绣了一架秋千,一个小女孩坐在上面一副沉醉的表情。是的,事到如今段小沐仍旧向往着六岁的时候幼儿园里的那架秋千,她仿佛又看到了那一刻,自己坐上了那架秋千,杜宛宛在后面帮她推秋千。那个时候她真的以为自己长上了翅膀,会飞了。她多么希望时光就停在这一刻,之后的一切从未发生过。可是即便之后的一切都发生了,她仍旧有些感激杜宛宛,因为是杜宛宛鼓励她坐上了秋千,是杜宛宛给了她这样一个机会,使她终于勇敢地坐上了秋千。尽管结果是这样的残酷——她拿一条右腿换了一次飞行,然而这次飞行却是让段小沐终生难忘的。

"你这样喜欢秋千吗?"管道工走到段小沐的身后,看见她又绣了一架碧蓝碧蓝的秋千,于是终于忍不住问。

"呃,是吧。"段小沐点点头。

那一刻他们都出神地望着棉布上的蓝色秋千,竟然谁都忘记了段小沐是不能坐秋千的。

在一个落日的云霞涨满天空的傍晚,段小沐回到教堂的时候,看到管道工在门口等她。可是不同的是,他一看到她,就抓起她的手,一步一步地带她绕到段小沐住的那间小屋后面。

现在段小沐看到了什么?她看到了一架碧蓝碧蓝的秋千。微微吹起的风使崭新崭新的油漆味道从空气中逃离,也使秋千一点一点舞动起来。这是她渴望的,这是她想要的。

她那掬满了喜悦的眼睛看着管道工,然后目光缓缓地移到秋千上面。她慢慢地移动过去,一点一点,向着碧蓝碧蓝的秋千。她又可以飞行了吗?可是可是她将用什么东西换得这样的飞行呢?

管道工看见段小沐走到很靠近秋千的地方停了下来。她一动不动。管道工觉得有些不对劲,他飞快地绕到段小沐的前面,他看见段小沐在哭。她感到她被这十几年的时光打得落花流水。如果一切可以回到六岁之前,那么一切都是好好的。那么她可以大步流星地走向她深爱的秋千。

"我是不能坐秋千的。"段小沐终于鼓起勇气有些懊恼有些惭愧地说。管道工心疼极了,他真的想飞跑过去,拥住段小沐。可是这是他不能触及的姑娘。就像段小沐不能拥有这架秋千一样,他始终也不能拥有段小沐。

这个夏天和往时很不同,她格外地思念杜宛宛。她会忽然坐起来,觉得内心有声势浩大的潮汐,她来了。

她会忽然在深夜觉得兴奋,一阵一阵地,不知不觉微笑,觉得甜蜜。因为她感到杜宛宛就要来了。

那是一个普通的仲夏夜,她早早地就上床睡觉了,直到有个完全清晰的意识冲破了模糊的梦境,呈现于她的脑中。

……女孩在走路,她从很远的地方来,风尘仆仆。女孩是这样疲惫,令她心疼。女孩像一只伤残的倦鸟,急匆匆地降落下来,呼啦呼啦地摔碎了翅膀,就伏在一块大石头上,剧烈地喘息不止。女孩的呼吸越来越近,越来越近,终于她们的呼吸重叠在一起。

她从床上腾地坐起来,跳下床去,她竟然忘记了自己的腿是不能走路的,没有拿拐杖就向门口跑去。她闪了一下,跌倒。用最快的速度爬起来,再抓起她的拐杖就向门外冲去。

她明确地知道方向。她知道她在那里。她向着幼儿园一颠一颠地走过去。这个时候,她感到了身体上的疼痛。忽然跌倒在地上。她的手很痛,腿也是。像是在打架。

宛宛,宛宛怎么了?

段小沐开始扶着马路沿一点一点向前挪动。她多希望有个人把她带过去,让她尽快看到宛宛——她知道她来了。她要快些见到她。

她来不及换一件得体的衣服——她曾无数次幻想着她们见面的这一场景,她要穿上那条她自己绣满了山茶花的亚麻裙子,把头发整整齐齐地束起来,然后她要搽一点淡淡的胭脂,因为她的脸太苍白了,这使她看起来很病态。

可是现在,这些都来不及了。这些都完全不重要了。她只要见到她就好。她要快些去营救她亲爱的受伤的小鸟。她怪自己没有完好的双脚。不能飞奔到杜宛宛的面前,不能立刻见到她,抱住她。她在路边一点一点地挪动,浑身越来越疼。她不知道另外一端,宛宛在受着什么样的折磨,怎么会这样痛呢?

……她终于挪进了幼儿园的大门。几乎已经是爬行。这样的艰难,这样的狼狈。她看到幼儿园的最深处,有一架摇曳的秋千,和一个面对着秋千站着的女孩。女孩哭泣着,狠命地踢打那架秋千,她的手脚一定受伤了,整个人几乎已经不能站立,像个木偶人,做着机械的动作,一旦耗尽最后的力气,整个人就会像一堆废木头一般地垮下去。

她要制止她。她现在就想冲过去,抱住她,如果她有一双完好的脚,她一定跑过去,从后面抱住她。和她一起哭泣。亲吻彼此。

可是现在她不能。她稍稍整理了一下自己的乱发,抖搂了裙子上的尘土,然后缓缓地用拐杖撑起身体,才轻轻地唤着她的名字:

宛宛,宛宛。

杜宛宛停止了她和秋千的战争。她慢慢地回过身来。

女孩,女孩,段小沐看到她对面的女孩有着令人惊叹的美好容颜。她有宽阔的额头、瓷白的肌肤、皎洁的目光——她比六岁那年更加像个公主。

她和她面对着面站着,从段小沐的影子可以看出,她架着的拐杖在抖,不停地颤抖。她的脸上是早已掩饰不住的兴奋与激动。她恨不能立刻走到杜宛宛的身边,轻轻地碰碰她的小手指头。——她真的不能,猛烈的颤抖,使她不能挪动半步。

杜宛宛站在那里,惊愕地看着这个支撑着勉强站立的女孩。她的眼眸是她熟悉的,她在照片上看到过这双眼睛,她在无数的镜子里也见过这双眼睛。它们是可以探进她的内心的,她曾为它们而感到恐慌,也曾为它们感到震慑。

这就是段小沐了。她恨了十四年,企图杀死的女孩。

可是她现在就站在这里,看起来如油画上的圣母像一样的安和。她以一个纯净得毫无杂质的微笑安抚着她,让她从刚才的狂躁中渐渐平息下来。

段小沐是真的可以感知到她的,不是吗?不然她怎么会在这样一个午夜回到荒废了的幼儿园。她们终于再相逢。十四年后,在这个她们谁都走不出去的迷宫再相逢。一个带着残缺的腿,一个带着破碎的心,重新回到原地。

杜宛宛仍旧目不转睛地看着段小沐。此时她的耳朵里已经可以清晰地听到她和段小沐两个人的心跳。面前的这个女孩,是如此的纤弱。她的右腿看起来像是一根连根拔起的胡萝卜一样悬在空中——这是她给予段小沐的,她让一个本来就有病的孩子更加艰难。她应该跑过去,跑到她的面前去忏悔,不是吗？

可是她还带着一些这么多年来郁积下的怨恨,带着她顽固的傲慢。她没有动,仍旧站在那里。

终于还是段小沐艰难地向杜宛宛挪过来,每挪一步,身体就是一阵更剧烈的颤抖,仿佛顷刻间就要倒下去了。她用一只胳膊夹住拐杖,把右手腾了出来。右手伸向前方,伸向杜宛宛的方向。

"宛宛。"她叫着她。

可是她还是没有走过来——她的身上太疼了,站立不住了,终于倒在地上。

她们的身上都疼痛难忍,都倒在了地上。她们却仍旧用目光紧紧地衔住彼此。

段小沐在地上缓缓地向杜宛宛再次伸出手,这一次,杜宛宛终于也伸出了手,她们都向前爬行,用最快的速度抓住了彼此的手。

杜宛宛忽然投进段小沐的怀抱里失声痛哭。

她说着：

"对不起,对不起,对不起……"

事实上,这是在她的心里早已承认的爱,可是她一直不肯走到段小沐的面前来,认领它。她现在终于来了,她在投进段小沐的怀抱的那一刻,她感到终于打开了事情的死结,也走出了迷宫。

时光永远会纪念这一刻。她们有生以来的第一次拥抱。她们把彼此归还了彼此。像她们原本的样子,生来俱有的样子。

杜宛宛一直在喋喋不休地说着话:

"对不起,对不起,对不起……"

直到她渐渐地在段小沐的怀抱里睡着了。从来没有这样安心过,她终于回家了。

第二天清晨,杜宛宛才醒过来,她听到了无花果树上叶子哗啦哗啦的响声,闻到了淡淡的青葡萄的香,她想到了小时候。她记得那是她美好的幼儿园,她背着粉红色的小书包,穿着桃红色的小衣服,锃亮的小鞋子从大门里走进去,她贪婪地吸着院子里新长出的葡萄的香甜气味,一直走到她最喜欢的蓝色秋千跟前……

她缓缓地睁开眼睛,发现自己躺在幼儿园的水泥地上,头却是枕在段小沐的腿上。段小沐笔直地坐着,一动也不能动。她为了让杜宛宛好好地睡,自己只能保持一个动作。她竟像一截木头一样坐了整整一夜。

杜宛宛坐起来。她看着她。如果说昨夜她和她的第一次见面是在杜宛宛精神还不太清醒的情况下,那么她现在终于清醒地和她对视着了。

杜宛宛想解释,想道歉,想哭泣,想站起来再逃走。她不知道她应该如何表达自己,此时此刻。她的手还在段小沐的掌心里,昨夜到今天,一直在。杜宛宛看着自己的手,看到手上全都是伤口,流过的血已经凝结,深紫色的痂留在手上,很像她从前画画的时候甩上去的一片一片的颜色。她久久地注视着那新生的伤疤,慢慢把另一只手放在这只手上,轻轻地在自己的伤口按下去。疼。她柔声问段小沐:

"你也会疼吗?"

段小沐点点头,眼睛里有未干的泪水——她昨夜一定一个人哭了很久,因为杜宛宛在梦里听见她哭了。

杜宛宛用双手环住段小沐,用手指指心脏的位置,很诚恳地说:

"这里,这里,我这里也会疼,像被鱼叉戳到了一般。"她把段小沐的手带到自己心脏的位置,把她的手覆盖上去:

"你听到了吗?这里有两个心跳,一个是我的,一个是你的。"

有的时候,我们并不知道事情的原委,当你自己忽然做出某件事的时候,自己才恍然大悟。就像这一刻的杜宛宛,她终于懂得为什么自己会在最绝望的时候跳上了回郦城的火车。她为什么要在漆黑的半夜摸索到这个破废的幼儿园。她是来找段小沐的。她在最委屈的时候、最彷徨的时候,潜意识的动作是向着段小沐跑过来。千里迢迢。

这是本能的不能抗拒的动作。

她们一直在幼儿园的地上坐了很久。说着从前的事。

李婆婆是什么时候去世的。

幼儿园是什么时候搬迁的。

杜宛宛是什么时候和纪言遇上的。

……

她们接受着彼此的故事,没有一丝理解的偏差,仿佛早就在彼此的生活里活着。奇妙的是,段小沐毫不费力地猜出杜宛宛和纪言之间的爱情。

"啊,那些都已经结束了。"杜宛宛淡淡地说,躲开了这个话题,"我扶你站起来,我们走吧。"

她们一起在教堂里举行了一个简单的仪式来感谢上帝让她们重逢。杜宛宛跪在教堂的耶稣像前,她向神坦陈了整个故事,并深深地忏悔。她甚至直言不讳地说到了她的杀人行为,她的逃跑。她久久地跪在那里,站在太阳斜射进的一块光晕里,不断不断地说着,以泪洗面。段小沐几次上来拥抱她,亲吻她,握住她的手随她一起轻轻地诉说。

管道工站在门口,他震惊得合不拢嘴。这是他听过的最离奇的一个故事了,比所有故事书里最曲折的故事还要曲折。同时,他对段小沐的敬爱又多了几分——这是一个怎么样的奇女子啊?她竟然可以原谅和接纳一个曾经企图杀死她的人。她还能把自己那么充沛的爱都给她。

晚上,杜宛宛睡在段小沐的小房间里。

"这是谁的裙子啊,绣花真是好看!"杜宛宛看到床边放着的美丽的绣花裙子,就惊异地叫起来。

"那是我绣的,"段小沐说,"为了赚些钱养活自己,我就做些给裙子绣花的工作。"

"真是好看。这个工作可真是有意思。其实如果你学习油画的话,也会很出色的。"

"我常听纪言说,你一直在画油画,而且画得非常好,还连连获奖呢。"

"呃,那只是我的一个闲来无事的消遣。"杜宛宛心里想,纪言还会在段小沐的面前常常提到她吗?他曾在意她吗?她每一次想起他,还是那么难受,难受得她想让生命重新洗一次牌,她可以回到六岁那年,她一定会留在郦城,和纪言,和段小沐一刻也不分离。

"不跳舞了?"段小沐从来没有忘记过,杜宛宛六岁的时候穿着华丽的衣服翩翩起舞的样子。

"不了。自从你的腿受伤之后,我的腿虽然没有残疾,但是经常会有一阵一阵的痛。所以有的时候我站也站不稳,更不要说是跳舞了。"杜宛宛没有什么感情色彩地说,那已经是很久很久之前的事情了,所以现在说起来,她已经不会感到很痛苦了。仿佛是在叙说一件与己无关的事情。

"那么唱歌呢?"

"也不了。因为,因为我的心脏跳动得不规则,我唱歌的时候总是喘不过气来,声音被截断被压住了。"杜宛宛把这些话都说出来之后,她感到很舒服。也许,也许早在很多年前,如果能够有这样一场谈话,或者哪怕是对段小沐的一场声讨呢,总是会使杜宛宛舒服一下,她们之间的误会也应该早就消除了。

"对不起。"段小沐一直知道的,杜宛宛对她的恨并不是没有来由的。她也猜测过她给杜宛宛带来的痛苦,现在知道,果然如此。她有多少次呢,祈求过神,让神把施加于杜宛宛身上的苦痛都放在自己身上。可是神还是让她分担了她的痛,或者正是因为这样,她们才有着千丝万缕的联系,怎么割也割不断。

杜宛宛知道自己是最应该道歉的。她应该对她说起那次秋千事件,说自己当时有多恶毒,以期段小沐的原谅。可是她不想再开口重温那次秋千事件。于是她不再说话,只是仔细地看着段小沐绣的那件裙子。她们都坐在黑暗的小屋子里,终于,段小沐缓缓地缓缓地走到了杜宛宛的跟前,她丢开拐杖,身体还在空中摇摇晃晃,可是她却紧紧地抱住了杜宛宛:

"亲爱的宛宛,我们走了多少曲折的路才走到这相遇的一天里。我们把从前那些郁结在心里的过去的事情都散去吧。我们要做一生的好姐妹。"

杜宛宛觉得这屋子里黑沉沉的雾气都散去了,明亮的东西直冲进了眼瞳。

她忽然想到,扯平了。她虽然失去了纪言,可是她终于回到了郦城,终于回到了小沐这里。

快要入梦的时候,她忽然轻轻地唤着段小沐:

"小沐,小沐。"

"嗯?"

"我再也不要离开了。"她喃喃地说。

28．教堂深处的姑娘

我回家了。我回到了我真正的家。

现在我看过去,看进从前十几年的过往中。六岁,六岁我杀人、背叛,把自己放逐到天边,傻傻的我以为这样是躲避了魔鬼。魔鬼,那个莫须有的魔鬼。我为此失去了和父母的亲近的关系,失去了我的家园,失去了晴空万里的儿童时代。事实上我应当比谁都要幸福,因为上帝给了我一个小姐妹,是真的小姐妹,一颦一蹙都和我息息相通。我们原本应该好好地生活在一起,像两个柔韧的植物一样在郦城的土地上长大。我把自己连根拔起,我也把小沐拔起,我们就这样飘荡着,在空气中干瘪。

一个夜凉如水的夏夜。我和段小沐依偎在一张窄小的床上。我们的心脏可以贴到心脏。我们的眼睛都在黑暗里闪着光芒,彼此呼应。这是神的安排,这一刻我们都非常分明地感到。我们都不能不说,我们定然是生来就安排要在一起的,因为再也没有一个时刻,能比我们这样躺在一起美妙。我们找到了长久以来缺失的那半,现在我们都感到很圆满。是的,夜光如水的房间里,我们找到了我们的圆满。

那真是一段令我一生都怀念的时光。

我们形影不离地生活在一起了。人生最大的幸福就是能够和一个有足够默契的人生活在一起。我曾以为唐晓是和我最有默契的女孩,大约是因为血缘的缘故。现在我才知道,小沐和我,有着令人惊叹的默契。这种默契就连双生的姐妹恐怕也会十分妒忌。

我们看似是完全不同的两个女孩,生活在不同的城市、不同的家庭。可是我们居然在很多小细节上保持着惊人的一致:

都非常喜欢吃鲜红的樱桃和翠绿色的芥末。

都喜欢在睡觉的时候嘴里含上一块会慢慢融化的糖(虽然明知道会导致蛀牙)。

都喜欢在安静下来的时候,右手在腿上乱画——她说她是在思考着可以把什么绣在裙子上,我说我是在想不如把它画进我的画里。

都喜欢在凌晨三点的时候醒来,并且一定要打开窗户才感到舒心。

都喜欢在不经意间用手抚摩自己的锁骨(自恋的小动作,当某个早晨我们一起站在镜子面前梳妆的时候,惊讶地发现彼此都有着这样一个动作,多年,自己却从未觉察)。

……

我们在每个清晨在教堂里散步,我喜欢攀上教堂四围高高的围墙去摘那些探出枝头的蔷薇花。或者还有梨子,长在教堂后面小路两旁的梨子。我爬上树去,拣大的摘下来——其实盛夏的时候梨子都还没有熟,青青的,一个手掌就可以盖过来。我摘下它们,就把它们兜在我的裙子里,笑嘻嘻地跳到段小沐跟前。每次我爬上树,她都会在下面微笑地看着我,我也喜欢在树上看着她。

她有一条腿不能落地,取而代之的是两根黄色木头漆的拐杖。她穿的是一件深紫色的连身裙,上面有白色的小海棠花,是非常精细的绣花,不知道小沐手艺的人,一定会认为那绣花出自有名的绣坊人家。因为右腿始终是弯着的,在长长的裙子中露出一个半球形的膝盖。如果她走路走得快了一点,就会变得一蹦一跳,上身是整个前倾的,总是给人一种马上就要倒下去的感觉。她显然已经习惯了也熟练于这种走路姿势,她全然没有顾及她的腿脚,可以说她走得很自信。可是我想任何一个旁人看到她的这种走路模样都感到心中一戳一戳地疼。

她一直都是让人心疼的姑娘,让人不能不爱。

我们一起在教堂每周的礼拜上唱赞美诗。这实在是一间很小的教堂,来的教徒也多是老人。所以教堂根本没有什么固定的乐队。每次都是小沐找到一些赞美诗的歌谱,印好了分发给每个来做礼拜的人。大家就一起唱起来。现在,每周日清晨教堂做礼拜的时候,我和小沐就会站在前面领唱,我们两个配合得很默契,不知怎么,我连最高的音符也可以触及,丝毫没有感到心绞痛的侵袭。这是令我和小沐都感到奇怪的事情。一直照顾着小沐的那个有趣的管道工说,因为我们是两个心心相印的人,两个被神看顾的小孩。当我们站在一起的时候,就会变得力大无比。所有的声音,疼痛都将被驱逐、被打败。我可真喜欢这个说法,因为它让我相信,小沐的心脏病会好起来。

教会的老人都很喜欢我们,牧师也是。他给了我们两个相同的十字架,并亲手给我们戴上。

"唔,有部叫作《薇若妮卡的双重生命》的电影你们一定要看看。或者你们就像里面所说的,是双生花呢。"他惊讶于我们一起唱歌,一起工作时候的默契。

我们有两辆单车,我骑一辆,管道工带着小沐骑一辆,我们一起在郦城的大街小巷闲逛。郦城有长长的护城河,茂密的柳树长在两旁,我们骑车穿行的时候,长头发飞舞起来,和柳絮有一样美好的姿态。我和小沐都在蓄头发,说好都不剪掉,比谁留得长。小沐总是很羡慕我的长发,总是像含着一捧水般地润滑,她喜欢在每个清晨给我梳头发,她用的是一把软硬适中的木梳子,手指和梳子轻轻地在我的头发中穿过,发出细微美妙的声音。她说:

"宛宛,你不知道你有多么美丽。"

那天我们经过了幼儿园门前的大街。路口,然后是那家冷饮店。已经不是从前的那一家,店面扩大了,换了鲜亮的黄色招牌,在门口也摆放了许多大遮阳伞和白色桌椅。可仍旧是个冷饮店。仍旧可以令我毫不费力地想起从前在这里发生的事。

我仍旧无法喜欢这里。即便是今天,我和小沐已经亲密无间。可是走到这里,我还是想起了那个下着雨的夜晚。我爸爸领着小沐的手走进去,给她买了一份三色冰淇淋并用最关爱的目光看着她吃完。到了今天,我已经可以释然,我想我可以理解那个夜晚。然而我所伤心的是,我为此付出了我和父亲十四年来的感情。

如果我可以早些松开那些我紧抓着不放的,如果我可以早些释然,我不会把我和父亲的感情经营成这样。我的爸爸,印象中的他仍旧是穿着一件咖啡色的开身毛衣,安静地坐在沙发上,把小小的我环在他的怀里,给我念着一本故事书。我和他的感情仍旧停留在那一刻,我霸道蛮横地阻止了它的进步。现在我回到这里,这荒废了的爱才重新被提起,被擦拭。我难过地看到它,它是这样的孱弱。

现在,我已不可能回到童年,而爸爸也已经老去了。

就在单车经过冷饮店门口的那一刻,小沐忽然喊载着她的管道工停下来。我们停在了冷饮店的门口。小沐笑盈盈地对我说:

"宛宛,我要请你吃三色冰淇淋。我欠你一份冰淇淋。"

我看着她,继而她缓缓地说:

"你有个博爱的父亲,他曾在这里爱抚过一个孤儿受伤的心灵,"她一直看进我心里,"宛宛,你应该为有这样的父亲感到骄傲。"

我站在那家冷饮店的门口,想着我的爸爸已经老了,我们再也回不去了,再也没有办法补偿。就像六岁那年一样,我在冷饮店的门口失声痛哭。

那真是一段如泉水般轻轻流淌的生活。我们像古代的人一样地生活着。每天她绣花,我画画。我们坐在黄昏的天幕下,秋千的旁边聊天。就看着整座郫城在绯红色的云霞里,像个将要出嫁的新娘一般地静谧。

不过在那个时候,我还是会想起纪言。他好不好?此刻他正在落城的哪个角落,做着些什么。他和她在一起吗?他们也在黄昏的天幕下聊天吗?

我的纪言。我始终不能成为一个愉快的女孩。当我终于化解了和小沐多年以来的宿怨,当我终于释然地和她生活在一起,相亲相爱的时候,我却要面对我们之间残垣断壁般的爱情。它还在我的面前,破碎了,断裂了,可我仍旧无法逾越它。我仍旧无法绕开或者翻越。我必须天天,天天面对它。

纪言,你知道吗?在和你分开已经那么久以后,我还是喜欢在每个空闲的时候首先想起,纪言此时在做什么。我还是喜欢想起那些早就过去早就结束了的事。你来找我,穿着花衣服,站在穿风的过道里;你把我关进教堂里,可你没有离开,而是坐在外面守着我;你看我誓死不改,还把玻璃插进手臂里,你痛心疾首;你来医院探望我,带着一串不知从哪里找到的珠链,你骗我说这是小时候我们做的那串,可是傻瓜,你忘了脖子是会变粗的,人是在长大的;我们在"生涯"酒吧,他们都说喜欢我的画,你的脸上流淌着幸福的光,你为我感到很自豪;我们一起站在"红叶谷"山坡上的教堂里祈祷,我们站在阴影和阳光重叠交错的地方——我当时想到,世事都是如这阴影和阳光的交替一般变化难测,可是唯愿我们的爱如这从你我脸前拂过的微风,如我们所赖以生存的空气一般,永远围绕在我们的周围。你亲吻我,你亲吻我。我一遍又一遍地想起这些。

"我不清楚你和纪言之间究竟发生了什么样的事,但是我相信,那肯定是个误会。他爱你,我一直都知道的,非常确信。"小沐如果看到我失神地看着一处,她便知道我是在想念纪言了。

"误会？"我迷惘地应了一句。

可是我开始做一些冗长而危险的梦。我梦见我和纪言就这样彼此不见，再没有重逢。这种梦一想起来就会让我感到坠入无底洞一般，不停地下坠，没有什么可以托起我。

终究没有再相逢。

有一个夏日炎热的午后，我做了这样的梦：很多年后我在电视节目上看到他，他已经蓄起了胡子，穿黑色狭长的礼服，从领口到袖口都是一尘不染。他以一个成功的鼓手的形象出现，被拍照。他侃侃而谈他的成功经验，回答大家的提问也是游刃有余，其间他不断提起并感谢他那美丽的小妻子，他从前乐队的女主唱，唐晓。我貌美如花的表妹于是也在屏幕上出现，带着她最有亲和力的笑容。她说起丈夫的时候幸福得直上云霄……我在梦里也哭了，对着闪烁的电视屏幕哭泣。这个电视里的成功人士，会知道此时此刻，幼时青梅竹马的玩伴正坐在电视机前面为他落泪吗？她再也不可能有其他的爱情，她一直都还在爱他，笨拙的，不为人知的爱。

笨拙，不为人知的爱。

我醒过来，夏日午后，炎热的天气和过多的流泪已经使我几近脱水了。我匆匆地爬起来，套上一件宽松的裙子，就跑出门去。小沐在后面叫我，我也不理。我一直跑，跑到了火车站。可我真的要离开这里吗？我难道舍得小沐吗？我去找纪言吗？我去找到了他，可是然后呢，仅仅是为了证明我的梦是错误的，我们是可以重逢的？

我没有离开。我想就在这里坐下吧，在这月台边。等到想念的这一波浪潮过去，我就可以转头回到小沐那里，就当是一次心情糟糕的散步好了。

……伏在自己的腿上睡去了。被火车进站的时候所袭来的一阵风吹醒。再睡去,跌跌撞撞地入梦,看到他在和我再不能相遇的地方,做着一些与我毫无关联的事。我在梦和梦的间隔中,突然清醒的意识里,对自己说,要在黄昏前回家,不要让小沐担心。

黄昏真的到了。我按照事先和自己说好的,站起身来,转身离开这月台。火车呼啸而来,它其实是我敬畏的东西。我记得六岁的时候,我从这个月台,——也许就是这个位置,坐上了去落城的火车,那是我第一次坐火车,那是意义非凡的搬迁。我钻进这个大盒子,——它是有魔法的,我再出来的时候,已经在完全陌生的别处。所有曾经亲切的事物和人都不在了,我从这个盒子被拣出来,高高地衔起来,并带走了。

现在魔法盒子带我来了这里,而你在那端,纪言。

我转身,拍拍裙子,要回去。他在后面说:

"我来了。"

我停顿下来——我是说,整个身心的停顿,好比旧式的钟表忽然卡住了,完全不动了。

他走过来,伸出双臂,从后面抱住我:

"对不起,我来得这么迟。我不知道你会来这里。"声音沙哑,忽然长大了许多。

"嗯。"我说。

"也不算太晚。你坐在这里的时候,还心存着一点希望吧。"他继续说,故作轻松的。可是我觉得他哭了,我不敢回身去看他,仍旧背对着,用力吸着鼻子,不让哭泣的声音冲出来。

"原本以为只是赌气,以为还有机会解释,不知道竟是这么狠心地一去不回啊。"亲爱的鼓手叹了一口气,他始终用一种平缓的语速,仿佛是自言自语。

现在我不想开口说话,我只是想听着我的纪言说下去。我有多久没有听过他的声音了?这让我沉溺的声音。

"原本以为可以放弃,以为可以过没有她的生活。结果生活变得一团糟,根本没有办法继续下去。"他仍旧说着,越来越伤感。

"所以得知她在这里,就一刻也不停歇地赶来了。想问问她,可不可以再给他这可怜人一个机会。倘若她不答应,他可真不知道应该怎么办了。"

我没有回答。可我知道,他在我背后说第一句话的时候,我就已经原谅了他。正如他所说,我来到这里其实心中还怀有希望——我总是这样一个女孩,在很多时候,并不能知道自己的意图,只有跟从自己的潜意识,跟从自己的行动,然后等事情明朗之后,我才知道自己的意图。

他忽然用他的手抓住我的手,他的手是冰冷的,像清凉的竹笋一般,覆盖在我的手指上。我想我的手指也是寒冷的,我们自离开了彼此就都失去了暖和的体温。然后他把一个更加凉的东西套在我的手上:

"它是大一号的,即便你的手指还会长大,它也能套上,你别想跑。"我低头看到一枚银色戒指在中指上闪着繁星点点的光辉,即便周围是彻绝的黑暗,此刻也会被它的光照亮了。

纪言和我一同回到了教堂。小沐正站在教堂大门口等我们。她架着她的拐杖,靠在铁门上,看上去是这么单薄弱小的一个生命,却又是那么令人难以置信的顽强灵动。她在夜幕下闪着她那双和我相通的眼睛,亦如繁星点点。

纪言说是小沐给他打了电话。虽然我让小沐对我的行踪保密,但是在最后的时刻,在她觉得我快要因为思念纪言而崩溃的时候,她还是决定拨电话给他,她知道他是系铃人亦是解铃人。她完全可以了解我的感受。

她倚在大门边,看着纪言牵着我的手,从远处缓缓地走过来,她的嘴角露出一个略带狡黠的微笑。她是个精灵。

纪言还是执意要向我解释那场误会——他那个早晨去找我,只有唐晓在,唐晓知道我们要离开,恳求他用最后一次吻做道别。

他们都听到我跑出去的声音。纪言要追出来的时候,唐晓抓住他的衣服问他要怎么样才会离开我。

"除非死亡。"纪言说,他再冲出来找我的时候,我已经消失在校园里。

除非死亡,除非死亡。我抱着纪言,这次我们求了神,要紧紧抓住彼此。

29．致命的打击

一个下着雨的清晨,天阴着,段小沐去了东郊的看守所,这次有杜宛宛陪着她。

当然,她已经把小杰子的事情讲给了杜宛宛听。那段有关右手的开端略去没有说,至于为何进了看守所,她一直相信是他年轻不懂事,受到坏人教唆才做了错事。她认真地强调说:

"他其实是好人。"

"宛宛,这件裙子好吗,我穿它会好看吗?"段小沐把一件淡橘色的长布裙比在身上。这一天是小杰子释放的日子。她显得这样的开心和兴奋。非常早就起床来,把头发高高地绾起来,还在嘴唇上涂了淡淡的一层粉色唇彩。

她给小杰子带了新出炉的蛋糕、卤肉以及一只烧鸡,还有酒。她说,小杰子喜欢吃烧鸡,喜欢酒,他看了一定开心。

她们站在大门外面等他。天还在下雨,看守所外面是一片荒凉的草坪,落下了雨就吱吱地响,没有其他的声音,直到他走近了。

一别又是几个月。段小沐再次看到了小杰子。他的头发一直没有剪,散开可能已经到了肩膀——他把头发扎成了一束,露出了前额。他的前额方而饱满,流淌着硬朗的光。穿一件无袖的白色T恤,规矩的灰布裤子,一双巨大的黑色雨靴——那雨靴应该是看守所里的什么人给他的,一定不是他自己的,和他并不高大的身材相比,显得大得有些夸张。雨水肯定已经流进了雨靴,他走得很费力,也没有打伞,很快T恤就湿透了。

段小沐看得非常心疼。她撑开一把伞,夹在拐杖和自己身体的中间,就向着小杰子走过去,自己全然不顾淋在雨中。杜宛宛连忙跟着走上前去,为她撑着伞。

段小沐和小杰子越来越近,终于面对着面站住了。

"妈的,什么破天气!"小杰子看着她,低声骂了一句。

她在雨里忽然笑了。她觉得纵然是那么艰难的生活也没有把她的小杰子打倒,他还是原来那个他。

他们三个人因为雨的原因,滞留在看守所附近。他们走进一家小饭馆吃饭。段小沐拿出带给他的东西,烧鸡已经凉了,这让她非常沮丧。她看着菜单,细心地给他点菜,询问他吃什么,却全然没有注意到他的目光一直落在杜宛宛的身上。这是他第一次看到杜宛宛,这女孩和他从前见过的女孩都不一样,她一看就是来自大城市,和郦城的姑娘们比起来,她有着高贵而优雅的气质。她穿着一件半袖黑色中裙,罩在一条淡蓝色牛仔裤外面,没有什么其他装饰,头发在脑后轻轻地绾了一下。可是她看起来是这样的清爽可人,——这和郦城的姑娘完全不同,她们在每年都迫不及待地等待着夏天的到来,然后她们就可以穿上她们那露出手臂、露出双肩、露出后背,总之露出所有可以露在外面的地方的衣服,她们为此沾沾自喜,自以为这样就可以俘获所有男人的心。"她们完全是轻浮的。"在今天,当小杰子看到杜宛宛,他才终于得出这个结论。他一直看着她,问:

"你是谁?"

"这是我的小姐妹,杜宛宛。"段小沐含笑介绍道,"小杰子,我们要一只活鱼吧,你在里面一定吃不到。"她又低头看菜单了。

杜宛宛已经察觉到了他直勾勾的眼神,她努力地避开。她有些茫然了,为什么段小沐会喜欢这样的一个男子。她情愿相信段小沐喜欢那个勤劳善良的管道工,那会带给她祥和的生活,可是眼前这个男孩,他的眼神是这样的邪恶和不安分,有着强烈的占有欲和破坏欲。他让她害怕。是的,她觉得这是个危险的人,她想如果是她遇到这样的人,她一定会避开,可是她不明白为什么段小沐没有避开,而是把整颗心都扑在他的身上。

一道一道的菜端了上来,鱼、虾仁和绿油油的青菜。段小沐把它们都夹到小杰子的碗里。她想问他里面的生活是不是很苦,想问他之后的打算,但是她觉得那样会使他厌恶和心烦,所以她只是微笑着为他夹菜,也不开口说话。

整个吃饭的过程都非常沉闷,小杰子吃着碗里满满的饭菜,只是盯着杜宛宛看。他想,怎么会有这么优雅的姑娘呢?她怎么早也没有出现呢?

他脑子飞快地转动着,他想接近她,得到她。这成为他出狱后的第一个心愿。

这顿沉闷的午饭吃了很久。直到雨停,他们才坐车回到西更道街。

在路口,段小沐终于问小杰子:

"你今后如何打算的?"

"还不知道。"小杰子倚在一棵梧桐树边,脱下巨大的雨靴,倒出里面的雨水。他的脚被水泡得白而虚肿。这又令段小沐感到一阵难过,她想他需要一个人来照顾,需要一个女孩来照顾。她忽然觉得,她必须告诉他,她想要照顾他,让他不要再飘飘荡荡的。是呵,如果有个女孩照顾着他,他也许就不会那么游手好闲,不务正业。于是她鼓起勇气说:

"小杰子,你不要再去赌钱了,也不要再去和那些黑社会的人混在一起。我……我可以照顾你的吃穿,你有什么需要都可以告诉我。"

她无比温柔地说。这是她付出了多么大的努力才说出口的话,终于在这个重逢的大雨天冲口而出。此刻她的脸上正淡淡地晕开一层微微的红色,对于爱情的美好期待让她整个人看起来非常动人。

杜宛宛看出这是段小沐的表白。虽然她完全不赞同这样的爱情,甚至如果这个时候段小沐可以停顿下来,给她一点时间,让她说出自己的意见,她会极力劝诫,告诉段小沐这样一个人不值得她付出那么深厚的爱。可是段小沐没有给她时间,她急于向这个痞子气十足的男孩表白,那么她又能说什么呢?她觉得这样的场景自己还是应该回避,何况,何况小杰子那双一直盯着她的眼睛令她很不舒服。于是她决定先走开。这时候雨已经小了,下午的郦城天空开始慢慢

地放晴。她把手中握住的伞交到小杰子的手中,匆匆地抬起眼睛看了他一眼:

"麻烦你等一会送小沐回家,我还有事,先走了。"说完她转身离开,离开前她的手握在段小沐的手上,示意她不要畏惧什么,她总是和她在一起的。

段小沐得到了杜宛宛的鼓励,她想这也许是上帝恩赐她的一个绝好的机会,让他知道她的心意。让他能够接纳她。于是她继续说下去:

"我知道你在里面受了很多苦,那些都过去了。从今以后我一直都陪着你,好吗?"

小杰子看着杜宛宛远去的背影,非常沮丧,耳边又响起段小沐的声音——这忽然让他厌恶到了极点。他想如果不是她急于说这些,杜宛宛又怎么会走开呢?段小沐肯定早就对杜宛宛说,自己是她的,这令杜宛宛不能接近自己!该死!他骤然就爆发了:

"里面!又是里面!你生怕我忘记自己坐过牢是不是!每时每刻都要提醒我!我告诉你,我不用你来照顾,你看看你自己,你是个瘸子啊!你连自己都照顾不好,你怎么来照顾我呢?"他说完就把伞向地上一扔,掉头走了。

段小沐还站在雨中。她看着他穿着巨大的靴子,他的头发长了,束了起来,他的T恤被雨淋湿了。可是这些,这些都和她毫无关系了。他怎么可能接受她呢,她是个连自己都不能照顾的跛子呵。他是不会喜欢她的,他喜欢美丽的女孩,能跑能跳,像最欢快的小鹿。这个是她早就知道的,可是她怎么在这一刻却忘记了呢?她忽然觉得自己很无耻,一直以来,自己都在接受着管道工和纪言的援助,她完全是个需要别人来照顾的人,可是她在这个时候居然还对小杰子说,要照顾小杰子,她又凭借什么来照顾小杰子呢?

她从来没有这样绝望,纵然是李婆婆的死去,或者是从李婆婆的小房子里被赶出来。现在她才终于懂得了,她于任何人,都毫无价值。她是个没用的人。就像此刻,她站在这里,却连地上的一把雨伞都不能捡起来。多可悲。

大约是因为淋了雨,又失去了生活下去的信念,段小沐在回去不久就忽然病倒了。一阵心绞痛袭来,她就不省人事了。纪言和管道工立即把她送进医院。

事情来得还是太突然了些,医生告诉纪言和管道工,段小沐的心脏病已经恶化。

"手术?手术很多年前就应该做了!现在没什么用了。"医生摇摇头,拒绝了管道工提出的为段小沐动手术的建议。

什么都已经晚了。

杜宛宛也随着心脏的疼痛昏了过去。漫长的时间里,她处于蒙蒙的半清醒状态。她知道一定是小沐的病发作了。她想她一定要让小沐做手术,那能够令她很快地好起来。她还要劝说小沐放弃这段爱情。这段爱情已经把小沐消耗得不成样子。她挣扎着,让自己尽快地坐起来。她和身体做着斗争:

"我必须赶快好起来,好起来,我要救小沐,救她……"

杜宛宛陡然从床上坐起来。纪言就坐在她的床边。她一把抓住纪言的手：

"快让小沐动手术啊，我能感到，这一次心脏病已经恶化了，非常糟糕，必须赶快动手术！"她被纪言按在床上，纪言痛苦地摇摇头：

"医生说，手术已经晚了。"

"晚了？晚了是什么意思呢？不行，一定得动手术。我去和医生说。"杜宛宛变得慌乱，她不断地摇着头，从床上跳下来，就要冲门而出。纪言再次拦住了她。

"宛宛！宛宛！医生说现在一切都无济于事了！什么都晚了！她最多还可以活一个月！"纪言冲口而出。

"什么，你在说什么啊，纪言？"杜宛宛仍在摇头，她睁大眼睛，捂住已经绞痛成一团的心脏。她在掩耳盗铃，不是吗？没有人比她更加清楚段小沐的心脏病，这一次她意识到情况是多么严重。可是她仍旧不愿意相信：

"纪言，我们换家医院再去治，好吗？我们去别处，去落城，去更大的城市，肯定有医生可以治小沐的病！"

这个时候纪言已经放开了紧紧抓着杜宛宛的手，他淡淡地看着窗外雨后的一片残落的景象，用沙哑低沉的声音说：

"宛宛，你想过吗？小沐也许只想在这里，哪里都不去。我们应该想想怎么让她最后的时光过得快乐。"

"最后时光，最后——时光——"杜宛宛忽然定在了一处，她轻轻地念着。

30．甜蜜的安抚

一夜大雨打落了好多花,小沐仍旧昏迷着。我坐在她的床边,时醒时睡。忽然心脏疼得不能忍受,我不停地叫护士,我说,她昏迷着,不能叫,可是我知道的,她疼死了,她疼死了,你们快给她打麻药!

她们觉得我疯了,没有人相信我,也没有人理会我。她们不知道那个安静地躺在床上睡过去的病人其实有多么疼痛。

小沐醒过来的时候已经是另一个清晨了。她忽然抓住了我的手,——那时我坐着,把头伏在她的病床上,睡着了。

我猛然把头抬起来,看见她已经坐了起来。她眼睛直直地看着前方,轻轻地说:

"宛宛,他拒绝了我。他说得对,我是个没有用的人,我谁也不能照顾,我还需要别人的照顾。"

我的鼻子一酸,我搂住她:

"傻瓜,怎么这么说呢?你怎么会没有用呢。我们每个人都需要你啊。你是最坚强的,你一定能好起来。"

"我不要好起来。我好起来也只是给别人添麻烦。没有人需要我。宛宛,他不需要我。"她在我的怀里拼命地摇头。这是我所认识的小沐吗?她完全被打倒了。她完全被那个混蛋男孩打倒了。他究竟说了什么鬼话,让她深信自己一无是处,让她绝望到了极点。

"小沐,放弃那个男孩好吗?他一点都不好,他糟透了。你放弃他吧,他只会伤害你。他说的都是鬼话。"我斩钉截铁地说。

"可是宛宛,我爱他啊,我那么的爱他啊。不管他多么坏,不管他嘲笑我、愚弄我、贬低我,我还是爱他啊。"

我怀里这个可怜的女孩,紧紧地用双手抓住我的衣服,用一种哀求的眼神看着我。其实我知道的,不是吗,爱情是那么无可救药的一回事,可是我仍旧不想承认,我仍旧不想看着小沐被这徒劳的爱情打垮。

小沐醒过来之后的情况更让人担忧。她坐在床上,憔悴得几乎不能撑住自己的头。如果是纪言或者管道工来看她,她话也不说一句。仿佛他们都是透明的,在她的眼前可以忽略不计。她就那么坐着,眼睛看着一处。管道工拿来《圣经》念给她听,她也毫无反应。等到他们都走了,只有我和她了,她就会忽然抓住我的手,很紧张地问我:

"宛宛,小杰子来过吗?小杰子今天来过吗?"

我终于下了决心去找小杰子的时候,已经是一周之后了。这一周里,我亲眼看到小沐像一个迅速失去水分的水果一般,她什么也不吃,睡得也很少。心脏痛得不行也不叫一声。就那么僵坐在病床上。她原本就凹陷的两颊更加深陷进去,颧骨像破土的块根似的凸现出来,脸庞已经毫无圆滑的曲线。脸色是纸白的,透出阴青色,眼睛每刻都是红红的,带着总也擦拭不去的泪光。头发也不让我给她梳,也不洗,就那么干枯地披散着,还大把大把地掉下来。每次她伸出手抓住我的手的时候,我都不忍去看她的手。她的手上只有分明的关节和骨头,像雨伞骨架一般撑开,仿佛一碰就会断去。她的声音沙哑,她几乎是不说话的。她唯一说的话是:

"宛宛,小杰子是不是来过了呢?"

纪言的话没有错,现在一切都无济于事。我所能做的,只是让小沐最后的时光可以得到快乐。这比什么都重要。可是遗憾的是,这快乐我不能给她,管道工也不能,纪言也不能,只有那个叫作小杰子的男孩能。他是她的死结。

所以我拖着憔悴不堪的身体,一个人站在西更道街的尽头等小杰子——小沐曾和我说起,她一次又一次地在这里等待小杰子出现。

我靠在狭窄的小巷的墙边,看着熙熙攘攘的孩子放学,他们玩男孩捉女孩的游戏。一直等到天开始黑下来,我才终于看到小杰子从另一端摇摇摆摆地走来。他穿了一件非常紧绷的黑色无袖T恤,肥大的短裤,拖鞋,头发还是束在脑后。其实公平来说,他长得是很好看的,麦色均匀的肤色,浓密的眉毛,炯炯的大眼睛,还有坚挺的鼻子。可是我总觉得他眉宇间有一种邪气,仿佛随时都会惹出麻烦来。他在猛然的一抬头之间,看到了我。他愣了一下,狡黠地一笑,就向我走了过来,在我的面前站住:

"咦?你是来找我的吗?"

"是。"我说,看着他。我讨厌他说话时候的轻薄语气,讨厌他晃来晃去的眼神。

"什么事?"他侧过身子来,把一只手抵在墙上,这样我就站在了他的手和身体之间,这让我很不舒服。我向后移开一步,说:

"我可以拜托你一件事情吗?"我言语尽量客气,希望自己的诚恳可以打动他。

"说来听听。"他耸了耸眉毛,又向前靠了一步。他比我只高半头不到,现在他的下巴几乎碰到了我的脸,而他的鞋子已经抵住了我的鞋子。

"你救救小沐吧!她病得很厉害,就要死了。她很需要你,你能去见她吗?"我恳求道。

"我又不是大夫,怎么能救她呢?你去找大夫救她吧。"他眼睛俯视着我,一副很无奈的表情。我知道他是明白的,他明白小沐多么爱他,多么需要他,可是他还在这里摆出一副与己无关的可怜相。可恶!我真想掉头就走,再也不见这个人。可是我不能就这样走掉,我走了小沐就完了。我一定要把他带去见小沐。我非得这样做,为此不惜一切代价。于是我沉下心来,哀求他道:

"小杰子,你明明知道的,小沐爱你爱得不行。她是因为你才忽然变成这样的。你去看看她好不好,只有你去看她,她才会好起来啊!"

"呃,"他沉吟了一下,旋即说道,"要我陪你去看她也可以,你得答应我一件事情。"他仍旧满脸笑嘻嘻,下巴稍稍地低了下来,刚好从我的脸边掠过。我本能地向后闪了一下。

"什么事?你说。"我努力表现得很耐心。其实我已经快没有力气来央求他了。心绞痛同时也在折磨着我,小沐的郁郁寡欢也像一场寒流一般侵袭着我。我咬紧牙关,苦苦支撑着。我心里一直想着念着,我必须带他去见小沐。这是唯一能让小沐活下去的办法。

"你先答应,等我想好了再说。"他眨眨眼睛,狡猾地说——他的表情有时候也不是那么令人讨厌,毋庸置疑,他是个很有灵气的人,身上透出一种吸引人的东西。

"好吧,好吧,只要你肯跟我去见小沐,什么事都可以。"我深深地吸了一口气。我再也没有力气和他为了这些问题争论。现在我只想让小沐立刻见到他,好起来。

我和小杰子并肩走到病房外的时候,我对小杰子说:

"你要对她态度好些,知道吗?不能让她再伤心或者生气了。她现在经受不起了。"

他不理会我的叮嘱,只是深深地看了我一眼,一字一句地说:

"不要忘记你答应我的话。"说完,他大步走进去。

当他出现在小沐面前的时候,小沐刚好睡着了。他就走过去,站在床边。用手碰碰小沐的脸,又用一根手指轻轻地从她枯瘦的手指划过。小沐感到了那种温柔的触碰,猛然把眼睛睁开。

那真是奇妙的一刻。我如果不是亲眼看到,真的不能相信。我看到小沐的脸就在那一瞬间,迅速透出了明媚的粉色,乌云忽然移开了,我们从未曾见过这样绚烂的一片彩霞。小沐一定不知道,那一刻,她自己有多美。

她立刻要坐起来,手还抓着小杰子的手不放。小杰子俯下身子,用手托住小沐的后背,缓缓地把小沐扶起来,让她靠在后面垫起的枕头上——这令我非常吃惊,小杰子居然做出这样温柔的动作。我心中涌进一股暖流,我想小杰子还是有爱心的,他在这样一个关键时刻,终于还是伸出了他的手,把爱传到了小沐的身上。这爱就像血液一样,让苍白垂死的小沐这么快地红润起来。

小杰子没有对小沐说什么,只是回身对还在发愣的我说:

"给她准备的饭呢?"

我慌忙把盛着小米粥的保温饭盒和调羹拿过来,递到小杰子的手上。小杰子拿起调羹,舀了一小勺粥,放在嘴边,轻轻地用嘴碰了碰,尝试了一下热度,刚好。于是他才把调羹送到小沐的嘴前。小沐看着小杰子,眼睛里已经涌出了眼泪。她乖乖地张开嘴,把粥吃进去,眼睛还是直直地看着小杰子,看着他再舀一勺,送过来,喂她喝下去,然后再去舀……

我相信此刻小沐的心中溢满了幸福,我可以感到。我就站在那里,一动也不敢动,生怕惊动了这美好的一幕。

可怜的小沐,委屈而又幸福的小沐。她温顺地一口接一口地吞咽着粥,眼睛里掉出大颗大颗的眼泪。

就这样一勺一勺地,小沐把整碗粥都喝光了。小杰子回身把碗递给我,然后用命令的语气对小沐说:

"你躺下睡一会儿。"他说着,慢慢地把小沐身后的枕头放平,示意她躺下去。这个时候小沐忽然变得慌张起来,她更紧地攥了一下他的手:

"唔,你不要走,行吗?"她抬起苍白的小脸,哀求他道。

"我不会走。"他冲着她笑笑。她这才放心,安心地躺下去。他搬了把凳子,坐在她的枕边,手还是紧紧地被她抓着。小沐平躺在床上,眼睛微微闭着,——在那一条狭细的缝隙中,她悄悄地看着他。她的唇角是浅浅上扬的,这是她此刻沉浸在幸福之中的最好见证。我能感到她的心跳得厉害——这是很久以来,我第一次感到她的心在规则而强健地跳动,不再像一个病人。

小杰子安静地坐在那里,看着小沐,他忽然说:

"你不许再睁开眼睛看我,快好好睡,不然我走了哦!"他起身,做出一个要走的姿势。小沐连忙睁开眼睛,大声说:

"你不要走,不要走,我好好睡,我好好睡!"小杰子又露出了他惯常的狡黠的微笑。在这样一个时刻,他的微笑看起来确实是十分动人的,带着一点小小的得意,带着不容抗争的倔强。我终于开始有点明白为什么小沐会那么爱他。

于是小沐闭上眼睛不再睁开,小杰子用一只手紧紧握着她的手,另一只手轻轻地拍着她,他的身体轻微地摇晃着,哄她入睡。

这是多么令人欣慰和喜悦的一幕。我靠在门边,心中能够感到小沐的心脏跳得强健有力。我想她会好起来的,在小杰子的照料下,她是一定可以好起来的。

31. 一场交易

小沐终于睡着了,很多天,她都没有好好地睡觉,只是把自己搁浅在冰冷冰冷的思念里。现在,她终于得到了内心的平静,她知道他会一直守在她的身边,于是她才安心地入睡。小沐的一生中,又有过多少个这样平静幸福的时刻呢?

她入睡后,纪言和管道工一道去准备晚饭了。只剩下我和小杰子安静地坐在病房里。小杰子见小沐已经睡熟了,轻轻地松开她那只紧紧抓着他的手,悄悄起身,看见我仍靠在门边,就向我走过来,他从我的身旁推门,和我擦身而过,却就这样一言不发地走了出去。我于是跟随他走到病房外面长长的走廊上。

走廊里有斑驳的树影和夏天荷花淡淡的清香。风迎面吹来,他不说话,手插在口袋里,头也不回地迎风走去。我慌忙追上去:

"喂,你要干什么去啊?"

"回家去。"他轻松地回应我。

"什么?你要走?你答应小沐了,你要守在这里不走啊。"我焦急地说。

"我答应你来看她,我现在看也看了,她也睡着了,我为什么不能走呢?"他反问道。

"可是,可是,"我一时语塞,"你答应了她的啊,你走了她怎么办呢?她醒来看不到你,又会变成原来那个样子的!"他仍旧大步流星地向前走,我一边紧紧跟上他的步伐,一边把道理讲给他听。

他耸了耸肩,摇摇头:

"我可不是什么救世主。"

他终于把我惹怒了。我一把抓住他的胳膊,大叫道:

"你怎么能这样呢,你怎么可以这样啊?你知道吗?你走了她就完了啊!"我狠命地拖住他,不让他前行半步。我的吼叫使周围所有经过的人驻足观看。我又重新是童年时那个暴戾的杜宛宛了。可是我已经无暇顾及这些,我无论如何都不能放他走。放过他就等于放掉了小沐的生命。

他忽然停下来,用很小的声音,轻轻地在我的耳边说:

"你说过答应我一件事情,算数吗?"他的声音忽然极尽温柔,和刚才的冷漠判若两人。我愣了一下,点头。

"好吧,我们去后面的花园慢慢说。"他以迷人的微笑示我,又示意我松开紧紧抓着他不放的手。

我们去了后花园。

"小杰子,你告诉我,你究竟想让我做什么呢?"话刚出口,我的心中立刻浮出一种不祥的预感。

"我喜欢你。"他双手忽然按住我的双肩。我感到像是被一张迎面袭来的庞大的蜘蛛网罩在了下面。一时错愕,不知如何应对。这个男孩的眼神,从第一次和他见面,我就感到那是一种危险。我知道那眼神在跟随我,剖析我。可是我宁愿相信那仅仅是因为他对陌生女孩感兴趣,我没想到会变成这样。他说他喜欢我,如果这让小沐听到,小沐会多么难过啊。

"求你不要这样,我们是毫不相干的人。你现在应该好好对小沐,医生说她只能活一个月,只有一个月了,她在这人世,你知道吗?好好照顾她,给她快乐,求你了!"我费尽全身的力气,说出这些话,心里不断地告诉自己,再也不能出什么乱子了,要把他这些念头都遏制住,压下去。

"可是我没有义务这样做,不是吗?"他淡淡地说,与己无关的表情终于再次让我怒不可遏。怎么会有他这样的人呢,先给了小沐片刻的温暖,现在却要狠心地抛下她离开,置她于更深的寒冷中。他完全没有道义没有良知。他是个冷血的人。他不配得到小沐的爱!可是现在我在这里说这些又有什么用呢?爱是无法收回无可撤销的。对于病入膏肓的小沐来说,唯一有益于她的就是给她爱,让她可以好好地抓着这份爱,继续沉溺于这份爱。

我气得发抖,说:

"你到底要怎么样呢?"

"很简单,我喜欢交易。我们来做笔交易。"他双手抱住肩,叉脚站在那里,眉毛上挑,一副非常自信的模样。

"什么交易?"我立刻问。我感到自己已经站在了无尽高的悬崖前面,抑或是一个不可知的陷阱的边缘。

"我陪你演好这出戏,直到段小沐死。可是——你得跟我在一起。她死了之后你要跟我走。"他声音并不大,却字字清晰。这不是一个玩笑,没有人在笑。他早已收起了那张嬉笑的脸,现在他异常严肃。他的眉头仍是开的,看不出一丝凶险,可是张开嘴说出的却是这样可怕的话。

我们就站在医院人来人往的后花园,穿着病号服的男人女人在我们的身边经过,拒绝打针的小孩躲进妈妈的怀里哭闹起来。我们之间是一阵旷野里的死寂,我看着他的脸,和他的眼睛对视。

"好。"我说。听到自己的回答,我也感到震惊。我以为自己会给他一个耳光,可是那又会怎样呢?交易是在我和他之间,交易也是在小沐的生死之间。如果小沐醒过来,她看到一切都是一场空,什么都像没有发生过一样,或者说,一切都完全结束了,她会怎么样?一个还有不到一个月生命的心脏病人,再次全然失去了生命的希望,她会怎么样?

在当初去找小杰子的时候,我选择了自己去,没有告诉纪言,我隐约预感到小杰子不会欢迎纪言。现在更加无法让纪言知道。他们两个一定会打起来,事情只会越弄越糟。

但是,现在我最想做的就是冲去找纪言,不向他解释任何事,甚至不必说话,就拉起他的手,让他带我离开这里。带我回到落城去。是的,落城,带我走吧,带我走吧,纪言,我们早就不属于这个城市,也许我们早就该回去了。我和纪言离开,让小杰子再也找不到。可是这里有小沐,垂死的小沐。她还有一个月可以活。她是和我生生相吸的小姐妹。她的呼吸和我相连,她的心跳和我相连,她的喜怒和我相连。我和纪言如果就这样走掉,我便能摆脱这一切吗?她的呼吸仍旧会在我的耳边,她的哭泣,她的叹息。她在弥留之际所有的挣扎都会清晰地在我眼前心底出现。六岁那年的事,一直是我的心结。

每每看到小沐萎缩的右腿,看到她架着双拐走路的艰难样子,我就不能遏制对自己的厌恶。无论是年幼无知,无论是心绞痛的折磨,所有的理由都无法减轻我的罪过。为此我曾跪在耶稣像前发誓,今生今世,我都将好好照顾小沐,来赎我曾犯下的罪过。现在我知道,所谓"今生今世",不过只是一个月的光景了,我又怎么能丢开所有的誓言一走了之呢?

她是我的小姐姐。我要为了她而答应他。

在答应他的那一刻,我的脑子里乱极了,我只是不断地安慰自己,很快会好的,我不会真的跟他走,如果真的到了那一步,我非得兑现这个承诺,我会向纪言坦白这一切,我要纪言带我离开。是的,真的到了那一步,纪言会把我带走的,他不会让我被别人带走。

"好,就这么说定了!"小杰子丢下一句话,然后走回病房去了。

我还站在花园里,仲夏的傍晚,有很多病人走出来散步。他们都穿着白色的袍子,脚底下轻飘飘的。他们都像失魂的幽灵一般地在我周围游走,一遍又一遍和我擦身而过,带着黏糊糊的冷漠表情。轻微的风一层一层地吹起我的头发,眼前的水塘里有泱泱的荷花,荷叶涨满了整个池子,几乎要溢出来。

我蹲下来,在水塘的前面,我看见有孤单的小鱼,在清透的水底回转,游弋。我把手放在水里,想抚摩它冰凉的脊背。

我不知道是怎样走回小沐病房的。打开门,我看到纪言在,小杰子也在。

小沐已经醒了,她斜躺在小杰子的怀里,小杰子用手臂环住她,双手削着一个苹果,切下薄薄的一片,放在小沐的嘴里,小沐柔顺地张开嘴,吃下去。她眼睛还是看着他,始终对着他微笑。

　　纪言走过来,非常兴奋地附在我的耳边,轻声说:

　　"宛宛,这个小杰子真有办法。他来了之后,小沐就吃东西,也会笑,也说话了。"

　　我定定地看着纪言,他脸上的喜悦那么真切。我也看到小杰子悄悄地给了我一个得意的眼神。

　　我再次看见段小沐的脸像温润的桃花一般一层一层地绽放开,她的眼瞳吸附了这夏日黄昏的所有余晖,如此明亮。

　　纪言拉着我的手走出病房,他抱住我,抚抚我的头,说:

　　"小沐真会好起来的,你哭什么呢,傻瓜,应该高兴才对啊!"

　　我把头紧紧地埋在纪言的怀里,不停地点头,是的,应该高兴。此刻我是如此贪恋他的怀抱。

32．隐情

段小沐的病情渐渐好转,现在的她,也许是世界上最快乐的病人。小杰子每天都在这里,从早到晚,陪在她的床边,喂她吃饭,哄她睡觉。他甚至还和她讲起他从前和几个兄弟"打拼"的事迹。他一直都在,直到晚上哄小沐睡着才离去,第二个早上又照例坐在她的床边。她的床边已经放上早餐和沾满露水的百合花。

饭和鲜花都是管道工带来的。管道工终于懂得他再也不能强求什么。一切都已经来不及了。他和小沐的相逢就已经发生得太迟了。一切都太迟了。他没有充足的时间来让她了解自己,亲近自己并爱上自己了。

可是他仍旧怀着感恩的心,感谢上帝把这仙女般善良的女孩带到他的生命里。于是他不惜一切地挽留她的生命。他给她买最好的补药,每日清晨就开始给她炖鲜美的汤,跑去花市买最新鲜的百合花。然后他默默地走到病房门口。他低着头,悄悄地用哀伤的眼睛看着他的女孩,——她依偎在别人的怀抱里,世界仿佛只有她和她的爱人,她绝不会把眼睛从小杰子那里移开,也更不会,看他一眼。他把花和饭菜套盒递给杜宛宛。杜宛宛再递给小杰子。小杰子小心翼翼地把饭盒打开,拿起调羹,一勺一勺地喂进段小沐的嘴里。段小沐像柔顺的小猫一般,喂饭间,她的额头和他的下巴轻轻地摩挲着。管道工站在穿堂风过来过去的病房门口,身后是黑漆漆的走廊和运过来运过去的担架病床,点滴盐水瓶。他忽然觉得段小沐和小杰子很相配,是的,此刻,他们都被蒙在明媚的日光里,他们像童话末尾的男女主人公,一切无可挑剔,他们多么相配呵。管道工看着看着,热泪盈眶。

纪言也觉得这是非常让人欣慰的一幕。他这样一路看着段小沐走来,他深知这样的幸福对于她是多么可贵。他相信一切都在好起来,直到他发现了那件不可思议的事。

那天他回落城去取些衣服,原本和杜宛宛说好,他会坐次日清早的火车回来,可是他取完衣服,心里十分想念杜宛宛,于是就坐当日傍晚的火车回到了郦城。他没有打电话给杜宛宛,只是径直来到医院。天已经黑了,他推开病房门,发现里面只有已经入睡的段小沐一个人。于是他从病房退出来,穿过门口那条树影斑驳的走道。左侧有个通向医院后花园的门,他在经过它的时候,忽然想走到花园里透口气。于是他转了个弯,到了花园。

花园的门正对的就是一个小池塘。他闻到了荷花的清香觉得心情愉快极了。他向着荷花池继续走过去,忽然他听到右边不远处传来了杜宛宛的声音。天是漆黑的,他不能看到她,可是他知道那是她的声音。

"请你不要这样。你应该回去好好看护着小沐。她随时都有可能醒过来,看到你不在她会很不安的。"

随后纪言就听到了小杰子的声音。这让他感到内心重重地震了一下。他有种不祥的预感。

小杰子说:"我不能二十四小时守着她。我已经守着她那么久了。现在应该是我们两个独处的时间。"他奸险的笑声让人一阵不安。他们两个的独处。钻心的疼啃噬着纪言的心。他们究竟是什么关系呢?

"快去照顾小沐,别的事情以后再说好吗?"纪言听见杜宛宛的声音近乎一种哀求。他不曾听到过杜宛宛这样和别人讲话。她总是个抱着自己的矜持傲慢不肯放的姑娘。然而此刻她用这样一种低声下气的声音和小杰子讲话,这让纪言感到心如刀绞。他半转过身体,面向着传来他们声音的方向。他不能透过夜幕看清他们,但是他可以感觉得到,他们站得很近。

"可是要等到什么时候?"小杰子焦躁地低吼了一声。

"求你了,你现在快跟我回病房去。小沐可能已经醒过来了,她看不到我们会急疯的!"杜宛宛再次哀求,她在他的面前显得毫无自尊。

纪言感到他们走动起来,脚步声越来越远,终于恢复了静寂。他们应该是回了病房。

纪言没有立刻跟随他们回病房。他从池塘边坐了下来。她的话犹在耳边。她对小杰子说:别的事情以后再说好吗?

什么是她所谓的别的事情呢?她和他还有些怎样的别的事情呢?纪言手里拿着一根纤细的木枝在地上轻轻浅浅地写着杜宛宛的名字,心里不断地想着她说的"别的事情"。

他那天没有回病房去。他在很晚的时候独自离开了,打算明早再来，没有人会知道他改变了行程，早回来了半日。纪言感到自己像在光滑冰冷的井底一般地无可攀缘寻究。他内心不断地涌出各种各样好的坏的猜测，他不能决定究竟哪一个是真相。但是他可以肯定，有些事情杜宛宛隐瞒了他。

他次日早晨来到病房的时候，杜宛宛、小杰子都在。小杰子照旧怀里抱着段小沐，给她喂热乎乎的玉米粥。杜宛宛照旧站在床边，安静地看着——可是此刻纪言竟然有些怀疑，杜宛宛的目光究竟看的是谁呢？究竟是段小沐，还是小杰子呢？他竟然会有这样的想法，这让他自己也感到吃惊。管道工照旧站在没有人会察觉的门边，大部分身体被隐没在走廊的黑暗里。一切都和每个早晨一样。是这样平静而安宁的早晨。这是第一次，纪言站在门口，认真地环视着每个人，他第一次认真地思考，他们每一个人心里都在想些什么呢？他们各自都在思考一些什么，又真的盼望着渴求着什么呢？他把目光定格在杜宛宛的身上。她也和从前的每个早晨一样，表情沉静地站在那里，带着关切和期待注视着小杰子给段小沐喂饭。可是纪言此刻忽然怀疑她的诚意。他从来没有这样仔细地看过她，一眨不眨，他希望可以看穿她，看进她的内心去。他知道猜忌对于相爱的情人来说简直是最浓烈的一剂毒药，可是他不能阻止自己那样去想。他甚至想现在马上就跳起来，冲过去，抓住她的肩膀，问她，问她究竟有什么事情隐瞒着他。

他和杜宛宛后来一道走到花园。他们相对站着。他想了一下，终于还是问：

"昨天我不在的时候，一切都还好吧？没有什么事情发生吧？"他用试探的语气问她，希望她能主动地说起昨天的事情。他希望可以听到一个合理的解释，让他终于可以把这个死死扣住他的心结解开。

"嗯，一切都好。"她几乎连想也没有想，很快地回答道，微笑着。

"那么，好吧。"他深深地吸了口气，不再说什么。

转眼段小沐住院已经有二十天了。她的心脏病好转了很多。现在已经可以自己架着拐杖走路了。她喜欢去花园看荷花，喜欢小杰子就站在她的身后，那时候她就会想，这是她能够想到的最幸福的生活了。她默默地感谢神，让她在许多年后，终于得到了她一直渴求的这份爱情。

医生再次检查了她的身体。她显得一点也不紧张，她对自己的生命充满了信心，她知道她会慢慢好起来，她也会努力让自己尽快好起来，有很多事情等着她做，她要和小杰子一起去旅行，她没有很宏伟的目标，她唯一的愿望就是去落城的游乐园。她曾多次听纪言和杜宛宛提起，那里的过山车像个大风火轮一般风驰电掣地转着，所有的人都叫着，笑着，像一场天空中的盛宴。她知道，心脏病人是不能够坐过山车的。所以她希望自己快快好起来，和小杰子一道去坐过山车。紧紧抓着他的胳膊，偎在他的怀里，一起笑和叫。还有摩天轮，她知道无数美丽的童话都发生在摩天轮上。男主角把女主角带去夜晚的游乐园。在摩天轮上俯视缤纷的城市。然后男主角终于鼓起勇气向女主角求爱。那是多么美妙的时刻，段小沐常常想着想着就能开心地笑出来。那是她愿意用生命去换的一个时刻。她为了等待那个时刻要好好地活下去。

那个检查完身体的下午,杜宛宛、小杰子、纪言还有管道工都聚在医生办公室里,听医生对段小沐的病情进行分析。医生说,一切忽然变得好极了。出人意料。病人的病非但没有恶化,而且渐渐好转。

"那么是不是意味着她不会死掉了?"杜宛宛非常开心,连忙问。

"可以这么说,她的病情现在看来很稳定。而且还在渐渐好转。"

"那么是不是可以动手术了呢?"管道工也显得兴奋极了,他立刻问及手术的问题。

"目前还不行。要再观察一段时间看看病人的情况。如果继续好转,过些日子就可以动手术了。"

医生这样说,大家都松了一口气。纪言注意到小杰子的表情有些异样,当医生说病情好转的时候,他很快地和杜宛宛交换了一个眼神。纪言隐隐约约感觉到,小杰子似乎并不希望段小沐康复。

他们重新回到病房。段小沐已经入睡了。纪言猜想这是一个小杰子想要和杜宛宛说话的时刻。他想把这个时刻留给他们,他想知道他们究竟在谋划什么。于是他对他们说自己有些头痛,想回他一直暂住的管道工家休息一下。杜宛宛心疼地看着他,关切地问他:

"你没事吧,纪言?"

"没有,我只是觉得有点头痛,休息一下就好了。"

"嗯。那好,你自己当心身体。我晚些去看你。"她柔声说。可是现在在纪言看来,这只是说说而已的话,一点诚意也没有。说来也真是可怕,自从那日他听到她和小杰子的谈话之后,他就开始对她失去了信任。

于是纪言和管道工离开了病房。他们穿过过道的时候,纪言忽然说,他忘记了和杜宛宛说一件事情,让管道工先走,他随后去他家找他。他支开了管道工,自己又折身回来。

这次他径直去了花园。他有强烈的直觉,他们一定会在那里说话。果然,他走到花园门口的时候,就看到了他们还站在上次的地方。他悄悄地绕道走到他们身后的冬青树丛边,在这里,他可以比较清晰地听到他们说话而不被他们发现。他忽然觉得自己很好笑,像小说里常常出现的整日担心妻子给自己戴绿帽子的丈夫一般,悄悄地跟踪妻子。可是他太想知道真相了,他顾不得自己像贼一样去偷听。

"不行,我不要再忍耐下去了!什么时候到头呢?你听到医生说了吗?她没有事了,她的病全好了!"小杰子正在大嚷大叫,看起来情绪非常激动。

"你现在不能放弃她,她刚刚好起来。你不能这样做。"杜宛宛仍旧是乞求的语气。

"够了!我受够了。每天让我像个丫头一样伺候一个瘫子!我不想再演戏了。我现在就去告诉她,我一点都不喜欢她。我喜欢你!宛宛,我们不是说好的吗?你要和我一起走的,我们现在就走吧!"小杰子声调更高了,周围几个经过的人都回头看了他一眼。他的话让纪言猛然一惊。

是的,这就是他想知道的真相了。在纪言的无数种猜测中,当然也有这一种。这是最坏的一种,杜宛宛和小杰子他们是相爱的。他们在背着所有的人密谋远走高飞。多么不幸的事情,最坏的一种猜测竟然是真的。他的女孩要和别人远走高飞了,他却毫不知情。他的脑子乱极了,已经不能好好思考究竟她和小杰子的爱情是什么时候开始的,他又被隐瞒了多久。

"现在不是说这个的时候。等她再好些,动了手术,我们再说这个好吗?"杜宛宛的回答并没有否定她和小杰子要离开这一回事,这让纪言对她彻底失望了。他和段小沐都是傻瓜,这么多天里他们都被这两个人欺骗了。

纪言不能再听下去。全身的血液都往头上涌,他担心自己会大吼一声,从冬青树丛里冲出来。他猛然举起紧紧攥着的拳头狠狠地砸在自己的腿上,迅速转身离开。武力和非理性都不能挽回什么了。事实上,无论怎么做,都不能挽回什么了。已经背离他的心,是再也不可唤回的。

纪言走进一家酒吧。震耳欲聋的音乐和喧闹撞击着他的神经,酒精开始渗入血液,抚慰他的心灵。他本来一直是个理性的人,向来不喜欢借酒消愁。可是自从他的生命里,杜宛宛再度出现之后,他就总是为她牵肠挂肚,为她喝醉。他规劝她回到段小沐的身边,回到郦城,为此他做了各种努力。她不辞而别,他跑遍了落城的各个角落找寻她。在那些日子里,几乎每个夜晚他都要去酒吧。他喝完酒就念着她的名字睡过去。次日醒来继续去寻找她。终于在郦城,他们重逢了,两颗心再次贴近,更加贴紧,他感到重生般的快乐。他以为他们之间所有的波折终于过去,他以为再也没有什么可以把他们分开。

然而现在看来他一直最宝贝的爱情却只是一场幻觉。他自说自话的幻觉。

如果早知道是这样,他何必非要把她带回段小沐的身边呢？如果不回到段小沐身边,那么她永远都不会碰到小杰子。

可是这本就是一场纠结不清的宿命。本就是和幸福毫不相关的一场劫数。太早太早就已经开始了。早在他还只有六岁的时候,仓皇失措地站在幼儿园的秋千旁边,看见那个凶狠的小女孩狠命地摇晃着荡绳,把另外一个小女孩推下来。早在那个时候,她就进入了他的生命。他记住了她冷漠而充满控制欲的表情。他觉得她其实是一阵无孔不入的风。早在那个时候,就钻透了他,进入了他的身体里。他再也不能摆脱她。他变得软弱,午夜梦徊常常想起那一场秋千上发生的血腥事件。他觉得内心有很大片阳光照不亮温暖化不开的阴影和寒冰。后来段小沐的右腿跛了,他觉得自己是不可原谅的罪人,可是追根究底,一切的根源还是她。他觉得那个凶残的小女孩毁掉了他本应该纯洁无邪的童年,夺去了他缤纷的快乐。她要补偿他。

直到他再次见到她,她变得更加冷漠,像坚硬的大冰块一般不断向周围散发着寒气。起初他看到她的时候,他想要感化她,这就像一场负气的赌。他有很强烈的欲望想要征服这个像小野马一样刚烈的姑娘。于是他怀着要驯服她的目的走近她。可是,在这个驯服小野马的过程中,蹩脚的猎人爱上了小野马。万劫不复,万劫不复。

他最后被她征服了。这就是一场无法抗争的宿命。没有人安排它是通向幸福的,只有他自己一直傻傻地坚信。他是个傻瓜。小野马现在跑走了,去征服更加威猛的猎人。

他又一次喝醉。酒吧打烊了,他坐在门口的台阶上,感到了无生趣。他从口袋里掏出手机,用颤抖的手指找到内置的电话簿,翻看上面的号码,想随便找个人诉说。他浏览着那些号码,忽然就看到了唐晓的名字。他的心轻微地动了一下。他有多久没有见过唐晓了?一个月,也许还要久,从他不辞而别,离开了落城来郦城找杜宛宛,他再也没有和她联络过。而她几次拨了他的电话,他看到是她的号码,就任凭电话响着,不去接。渐渐地她不再打电话。只是发来短信:告诉我,纪言,你在哪里。

这一个月里,她几乎天天给他发来短信。只有那么一句话:

告诉我,纪言,你在哪里。

他在这一刻看着她的名字,几乎没有犹豫地按键,拨了她的电话。

午夜时分,她应该已经睡了。电话响了三声。他想如果再响一声没有人听他就挂掉,断了打电话诉说的念头。可是就在这时,电话那边,她轻轻地说:

"喂?"

他听到她的声音惊了一下。沉默。

她听到这边是沉默并没有再问是谁。她仿佛已经意识到是他了。她也沉默了。他们都能听见彼此的鼻息,此起彼伏。

仅仅一个月过去,可是却有那么多事情发生,时过境迁。

终于,他打破沉默,说:

"是我。"

然后他听到那边缓缓地传过来那个无比柔和的声音:
"告诉我,纪言,你在哪里?"

次日清晨他接到她的短信。她说昨晚她挂掉他的电话就坐上了来郦城的火车。现在她已经到达郦城火车站了,你来接我吧,纪言。

纪言没有想到他酒醉之后的一个电话,竟然让唐晓立刻赶了来。他去火车站接她。一个多月没见,她瘦了那么多,太瘦了,他担心她是得了病。可是她的精神看起来却很好,穿了黑色的吊带紧身上衣,久未接触阳光的臂膀露在晨光里显得格外动人。

他不知道应该对她说什么,带她到哪里去。于是他领她漫无目的地乱逛,直到不知不觉带着她走到了小时候的幼儿园。他从幼儿园门前经过却不动声色,也不对她提起。他们过了路口,走到了那家杜宛宛喜欢的冷饮店门口。他终于停下来,对她说:

"我们进去坐一会儿吧。"

纪言和唐晓坐在冷饮店透明的小桌子两端。他给唐晓要了一份杜宛宛喜欢吃的三色冰淇淋。前些日子他在郦城找到杜宛宛,和她言归于好,他们的确有一段甜蜜的日子。她常常拉着他来这个冷饮店,只要这种三色冰淇淋。她喜欢上面的樱桃,她把樱桃放在小勺子里面,轻轻地摇晃,迟迟不肯把它吃下去。

"我总觉得樱桃是非常奇妙的东西。"杜宛宛仔细地盯着小勺子中滚圆通红的樱桃,这样对纪言说。

"为什么?"纪言当时问她。

"我也不知道啊,我只是看到它就这样觉得了。"杜宛宛咯咯地笑了。张开嘴,把小勺子送到嘴边,把樱桃吞了下去。

可是现在坐在他对面的不是她,而是唐晓。唐晓非常小心翼翼地吃着冰淇淋,她显然对这种不够新鲜的樱桃丝毫没有兴趣。她把三颗樱桃都拨到了小碟子的一边,不再去碰它们。——纪言忽然想起,他曾经也是这样处理碟子里的樱桃的,然后被杜宛宛看到,大叫一声:

"你不吃不要浪费啊,快给我吃。我喜欢的。"

以后再来吃冰淇淋的时候,纪言就会把冰淇淋上面的樱桃先给杜宛宛,让她吃掉。于是每次,杜宛宛都可以吃到六颗樱桃,她为此感到幸福和甜蜜。

可是现在在他对面坐着的不是她,而是唐晓。他发现自己还是在一刻不停地想着她。

唐晓看着他轻轻说:

"和表姐吵架了吧?"这并不难猜出,他那么难过和潦落,一定是为了她。

他低头吃自己的冰淇淋,今天没有人和他抢上面的樱桃了。他把樱桃缓缓送进嘴里,不甜也不酸,只有浸泡后软软的感觉。果肉里的汁水在牙齿间流过,慢慢地由远及近地经过。冰凉凉的,应该是血液一般的红色。他想着,忽然想起杜宛宛说樱桃是充满奥妙的东西,觉得确实如此。

唐晓看他没有回答自己的问题,也不再多问,只是关切地看着他,把话题转向别处:

"乐队其他人都很想你。乐队没有你不成的。"

"他们还好吗?"他问。其实平心而论,这些日子以来,他竟很少想起他曾那么热爱的乐队。他几乎也忘记了自己的理想,做个出众的鼓手,站在最顶尖的舞台上演奏,眼睛紧闭,身体震颤不已,把自己完全融入激动人心的音乐里,下面是喝彩不断的人群。他们是这样喜欢他。

这些日子以来,他竟全然忘记了自己曾经的梦想。

"不大好。你走了之后大家就很少再排练。已经错过了七月那场学校组织的义演。"唐晓忧愁地摇着头,看起来乐队确实糟透了。

"杨兵不能代替我吗?你们怎么能错过那么重要的演出呢!"他忍不住责备她。他确实感到了心疼,乐队还是揪起了他的心,他仍旧那么在乎。

"不行的。谁,也无法代替你。"唐晓看着纪言的眼睛,一字一顿地说。

33．劫不复的伤

　　当我后来又想起这段重新回到郦城的日子时，我常常觉得那种相聚的欢愉是多么的短暂，无论是和纪言，还是和小沐。很快我就像踏上在大水中将沉的木筏，每时每刻都是这样的不安。我常常做很短很短的梦，比一朵昙花的时间还要短：梦里小沐紧闭双眼，她激烈地挣扎，像是被人压住了胸口。她像一只搁浅的小鱼一般地翻腾摇摆。我觉得她就要死掉了，就要死掉了。

　　我不知道为什么自己会做这样的梦，明明知道小沐的病情好转了。当我从医生那里知道小沐不会有生命危险，正在渐渐康复的时候，我是多么开心。我幻想着她可以以现在的速度康复起来，那么不久就可以动手术，她可以变成一个正常人。可恶的心脏病再也不会困扰她和我。然而小杰子始终是我的隐忧。他一次一次地发脾气，跟我说他再也不演下去了，他要带着我离开这里。他不能接受小沐病情好转的现实，这无疑意味着他还要留下继续照顾小沐，这是他不能忍受的。他恨不得小沐马上死掉，他便彻底解放了，他以为那样他就能带着我走了。

　　我是多么的厌恶他，多少次，在他冲着我发火发牢骚的时候，我都想结束我的忍耐和妥协，对着他大喊出来，告诉他，我一点都不喜欢他,我喜欢的是纪言,我讨厌他!可是那样他一定会丢开小沐再也不管。小沐刚刚好转的病情肯定会恶化,那么我的噩梦就会变成现实。所以我不能掉头就走。所以我唯有忍耐着小杰子,几乎已经到了对他百依百顺的地步。这样的日子对于我,是完全看不到尽头的,像是一根越绷越紧的弦,每时每刻都有一种要离弓飞去的感觉。纪言是迟早会发现的,我难以想象当他发现的时候的表情。他会不会听我解释,他会不会相信我,相信一切只是我不得已的一场戏。他会不会原谅我,带我离开。

太多的困惑围绕着我,我想我就要不能坚持了。

然而就在纪言从落城取衣服回来的第三天,他照旧在清早来看小沐,站在门口,和管道工轻轻地说话。可是这一次我看到,他的身后跟着一个女孩——唐晓。我久违了的表妹唐晓。她紧紧地跟在纪言的身后,像离了他不能生存的寄生动物。她瘦了很多,穿黑色的吊带衫和一条绣满藤蔓的牛仔裤,看上去清新极了,不再是从前那副泄愤似的妖艳。她手里抱着大束的紫色勿忘我,有点怯怯地看着我。我不见她的这一段时日,她又成长了,现在更加妩媚动人了。我不禁感慨上帝的偏心,给我的青春是这样的短,仿佛此刻我早已跨入了冬天一般漫长无边的中年。我在迅速地老去,在迅速地失去水分和热情。可是唐晓却仍在一种给人欣慰的上升过程中,坦白说,看到她还是使我有些感动的,因为她使我知道了这个世界并没有因为小沐的病,因为这一段纠缠不清的假扮与矫饰而黑下去,世界还在别的地方放晴着,阳光还是照旧射在唐晓的额头和肩膀,只是我已经感觉不到。

我已经很久很久没有好好地睡一觉、吃一餐了。甚至没有好好地抚摸自己的肌肤,好好地看看镜子。

当然,再看到唐晓,我仍然不由自主地想起了那日她和纪言站在我们的房间中央亲吻。房屋里新鲜的夏日青草味道,抖动着的,被情欲撩起的窗帘轻轻扬起。他们站在那里,没有一丝一毫在阴暗下面,一切一切都在光天化日万里无云之下。那一刻我感到他们是本应在一起的,而我是多余的,我是应该动身离开的。于是我决定离开纪言。那也是后来为什么我来了郦城,再后来和小沐团聚。

不知道是否应该对唐晓心存感激,如果不是她对他的一吻,我也许根本不会回到郦城,根本不会回到小沐身边。如果我没有回到小沐身边,一直到小沐病情恶化,离开人世,我们都不能再相聚。那一定是我终生的遗憾。

可是也许我也应该记怨唐晓,如果不是她的一吻,我不会来郦城,那么我永远都不会和小杰子相遇。那么我永远都不会跌进现在这个无边的泥沼里。

"唐晓。"我唤着她的名字,一步一步地走近她。爱恨交加。我相信血缘可以是比其他任何一种感情都更加的无须道理无关理智。夏日的和风吹起了她额前的碎发,我想我是不是应该感激上苍,赐给我一个如此可爱动人的表妹。

她走到我面前,很快地解释道:

"纪言给我打了电话,我忍不住就来了。"

一句话令所有人都瞠目。我转脸深深地看了一眼纪言,他仓皇的表情像一只没有来得及躲进地洞的鼹鼠,恰好被我捕捉。我感到一阵心酸——这些日子我整日都守在病房里照顾小沐的起居，几乎没有一个时刻可以和他好好地独处，他寂寞了吗？于是他打了电话给她，他对她诉说他的苦闷。她怜惜了心疼了她赶来了。是这样的吗？她其实一直都隐没在他的生活深处，等待着一个重新突透出来的时刻。

现在这个时刻来到了吗？我是不是，是不是应该退场了呢？

我知道情人之间不应该有这样的猜忌，多么伤人。可是我无法自控，我一旦想起这些，绝望、悲哀、猜忌就像连绵不断的云霞，一点一点晕染开，覆盖了我的整个天空。

我对着唐晓点点头，不再说什么，从她的手里接过那捧浓艳而拥挤的紫色花朵，转身去换摆在小沐床头的大束开始枯萎的百合。我左手拿着花瓶，右手拿着这束勿忘我，从唐晓和纪言的身边擦过，走到外面的走廊去——我发现唐晓那只背在身后的手，是微微曲着的，纤长的食指向后伸直，轻轻地钩住纪言的衣襟。我别过头去不再看他们。径直走到走廊尽头的水槽边，旧的百合还没有完全枯萎，微微泛黄的边缘卷曲起来，像是想要保护好自己。我把它们从浸着的水中拎出来，犹豫了一下，就把它们扔进了水槽旁边的垃圾篓。新的花朵趾高气扬地入住八角的长颈玻璃花瓶。花朵如人，只见新人笑，不闻旧人哭。

唐晓没有离开郦城。她一直都跟在纪言的身后，纪言在每个早晨来的时候身后总是跟着她，下午纪言离开的时候她也跟着他走出去。我不知道他们去了哪里，纪言没有跟我解释，他几乎不对我说任何话，偶尔的寥寥几句大约也是关于小沐的病情。这是多么可悲又残酷的事实,两个曾那么相爱的人却已经到了无话可说的地步。

　　每次我站到他的面前,可以和他说上几句话的时候,我都想说,纪言,我们不能再这样了。不能再这样僵持下去,你离我越来越远了,我不能感到你了。我只能感到你要被唐晓带走了。可是我没有机会这样说了。他的身后永远站着温驯的寄生小动物,而小杰子也在不远处洞悉着我的一举一动。

　　之后发生的事情,使我再也不能向纪言诉说了。我失去了原本一直握在手里的底牌,失去了我一直心心念念的退路。

　　那天有暴雨。傍晚时分我撑了伞去医院对面的超级市场给小沐买新鲜水果。翠绿的梨子和黄艳艳的杏,沉甸甸地拿在手里。这让一整天守在病房里的我心情忽然好了许多。我走出超市门的时候才感到天气已经渐渐凉了,夏天走到了尾声。炎热僵持的一季应该告终了,新的一季清清爽爽地来到了每个人身边。我又撑起伞,正要走入雨中,后面有个人扶住了我的肩。那是一只非常有分量的手,我心中一惊。

　　果然,是小杰子。

　　他显得烦躁不安,情绪并没有因为这场久旱之后的暴雨有所好转。他用一只手盖住了我握着伞把的手,说：

　　"陪我出去一趟吧。"

　　"怎么?"我一看到他就心慌。

　　"我们去商店逛逛吧,我想买件新衣服。"

"唔,我买了水果给小沐,得赶回病房。"我连忙说,举起水果让他看见。

"很快就回来。你瞧,我这段时间一直守在这里,整天都穿这一件破衣服,你不心疼我,段小沐还心疼我呢。"小杰子拽拽他的衣角,露出一副可怜的样子。

"啊,小沐说了什么?"我问。

"她责怪我怎么也不换衣服。说要陪我去选衣服呢。"小杰子看着我的表情说。

我脑子里很乱,已经不能辨别他说了实话还是谎话。我点点头:"我这里还有些钱,你拿去买吧。"

"不行,"小杰子板着脸,"要你代替段小沐陪我去挑才对啊。"

我和小杰子坐上出租车去了郫城市中心的百货公司。他试了几件好看的T恤,还有像打了一层盐霜一样旧的牛仔裤。看起来他都很喜欢,我就买下来送给他。我们走出百货公司的时候雨下得更大了,好几个小时已经过去了,现在是夜晚。我们等了一会儿终于上了一辆出租车。他坐在前面。我在后座发了一会儿愣,车子就停了。他喊我下车。我以为到了医院,于是就下了车。暴雨中,我撑起伞,车子已经开走了,我才发现,我们并没有回到医院,而是到了一条狭窄的小胡同。小胡同里是高高低低的石板路,两旁开着很多间小的发廊和旅店,红红绿绿的招牌被雨水冲刷得格外明亮,在黑夜里像一双双不安的眼睛。而我们现在就站在一间门面很小的叫作"亚美"的旅店门口。

这么多年的离开,我不记得郦城有这样一条小胡同。旅店或者发廊门口倚着疲倦而脂粉满脸的女子,她们用漠然的眼神注视着这场泄愤一般的大雨,间或擦着一根火柴点燃一根劣质香烟。

"这是哪里?我们来这里做什么?"我感到恐慌,想马上离开这里,四面望去却没有任何经过的车辆。

"我要拣一件新衣服送给一个哥们儿,他住在这里。"小杰子说,他已经拖着我进到了"亚美"的门里面。门里面就是一个小的吧台,一个烫着大卷穿红色紧绷绷的连身裙的女子在那里听广播节目。此刻她正跟着广播里的音乐唱着:

"甜蜜蜜,甜蜜蜜,你的笑容那么熟悉,好像花儿开在春风里……"

吧台的旁边就是狭长的楼梯,那么陡峭,看不到尽头。

我说:"好吧,你去送衣服吧,我在这里等着你。"

他摇摇头:"这里哪有落脚的地方啊?你跟我一道上去吧。这么大的雨,我们喝杯热茶再走。"

我环视了一下四周,这里的确太狭窄了,卷发姑娘凶狠地看看我,我想她很不高兴我站在这里听她唱歌。可是我看到那道楼梯,它延伸到未知的黑暗里,像一道凛冽的伤疤,触目惊心。于是我还是摇摇头:

"不了,我站在门外好了,你快去快回。我们已经出来太久了,小沐看不到你会很担心的。"

"知道了,知道了。"他不再勉强我,很不耐烦地应了我两声就上楼去了。

我犹豫了一下,决定还是站到这旅店的外面去。我又撑起了伞,去雨中等待。

透过玻璃窗我看到卷发姑娘拿起一支血艳艳的口红为自己补妆,身体还在轻轻地随音乐晃动。

我等了很久,小杰子都没有下来,小巷子里也没有任何出租车经过。我感到很不安,这巷子两端都看不到头,只是无尽的红绿招牌和打着呵欠迎候在门口的慵懒女子。我想立刻离开,这样的环境让我感到压抑,几近窒息。可是我甚至不知道向什么方向跑去。何况我必须把小杰子带回去,小沐在等着他。

我只好继续等待,雨越下越大,我的裙摆完全湿透了,冰冷的裙子贴在我的腿上。我的头发也淋湿了,小水珠一串一串地沿着我的发梢跌下来,碎了。手里提着的装满水果的袋子被灌进了很多雨水,越来越沉重。

又过了大约一个小时。已经到了深夜。他还是没有下来。卷发姑娘已经唱得疲倦了,她伏在桌子上打起了盹,新擦的口红抿在了赤裸的手臂上,像扣上了一个邮戳。我终于无法继续等下去,推门又进了"亚美"旅店。我轻轻地叩着那张卷发姑娘趴着的木桌,把她唤醒了:

"对不起,你知道刚才那个人去了哪个房间吗?"

她睡眼惺忪,不耐烦地说:

"你自己上去找找啊!"

于是我只好走上楼梯。木板的楼梯,走上去会发出咯吱咯吱的响声,摇摇欲坠。终于走到了楼梯的尽头,二楼是一个长廊,闪烁着暧昧的暗红色灯光。我只好一间一间地走过,看小杰子是不是在。当经过左边第三间的时候,我看到门是开着的,里面有一张床,床上放着几件衣服,正是我刚才陪小杰子选的衣服。可是房间里看不到人。我在门口叫了几声他的名字,没有人应我。

我犹豫了一下,觉得他应该在里面,还是决定进去找他。我必须带他回去。

我轻轻走进了那个房间,房间是狭长的,里面还套着一间,我缓缓走到了房间的中央,床的旁边,除了那些衣服,没有别的东西,也没有人住在这里的痕迹。

这个时候我听到身后有门合上的声音,非常轻。我猛然一回头——不知道什么时候起,小杰子已经站在我的身后,门的旁边,是他轻轻地把门合上了。

门合上了,猩红色的地板上飞舞起很多尘埃。我和他站在这间散发着情欲气息的房间里。在那一刻,在他出现在我身后、门被合上的一刻,脑中忽然闪过一种可怕的预感,我的心头一阵紧缩。

小杰子一步一步走近我。我开始哀求他:

"你不要再过来!你放掉我吧。"

他不理睬我,一步一步地向我逼过来。他赤裸着上身,穿着一条肥大的短裤,身上像涂满了油一般地光亮,如一个打手一般强壮。

"你走开!我要喊人了!你走开!"我向后退,嘴上发狠地叫着。可是事实上我已经感到绝望了。我掉进了他设下的陷阱,我逃不掉了。

"嘿嘿,你叫吧,"他得意地笑,"这里的女人都喜欢叫,人们都懒得理会你。叫吧叫吧。"

我退到墙根,靠着沾满污秽的窗帘。我摸到了窗户就想把窗户推开,向外面喊,可是窗户怎么推也推不动。我用手中的伞向着他靠过来的方向胡乱地挥去。他用他的大手一把抓住了伞,狠命地一扭,伞把弯了。我拼命抓着伞,不让他靠近。他再一用力,就把伞夺过去了,狠狠地把伞摔在地上。我又抡起另一只手中提着的水果袋子向他砸去。他灵活闪过,突然蹲下,从床下面拿出了一根铁棒,还有长而粗壮的麻绳。他用铁棒向着我手中的袋子抽了一下,袋子碎了,水果滚落了一地。

他早已预备好制服我的武器。

"我对你说过,我一定要得到你!你最好听话些,不然我就只能对你动粗了。"

我被逼到了墙角,看着他,这个凶狠如野兽的男人。他赤裸的上身在昏暗的灯光下闪着情欲和暴力的寒光。我想起我第一次见到他的时候,心中所感到的隐隐的不安。那是一种女人特有的预感吗?他是我无法逃过的劫数。我的脸上滑过两行冰冷的眼泪,我在心里对小沐说:

"小沐,这就是令你爱得那么痴的男人吗?"

对小沐的痛惜已经压倒了我自己的恐惧。极度的愤怒使我的全身快要炸开了,我疯狂地抡起拳头,抬脚猛踢。他向旁边闪身躲过,扔开手中的铁棒和麻绳,飞快地抓住我手臂,用力一甩,我就被重重地摔在床上。壮硕的身子覆盖住了我的整个身体。手指像吐着芯子的毒蛇似的缠住了我。什么时候停止了挣扎,什么时候坠入漆黑的海底,我全然不记得了。我只清楚地记得,在被波浪吞没的一刻,我用尽全身的力气闭上了眼睛。

34. 绝念，新希望

从那天之后，以前那种急于向纪言诉说实情消释误会的念头渐渐淡去。就像一个人坐车穿过长长的隧道，隧道太长了，隧道太黑暗了，长得让他忘却了阳光的模样，丧失了对阳光的渴望，黑暗使他习惯了麻木的前行。

我猜想也许纪言已经察觉了我和小杰子私下有往来。他仍在一步一步地远离着我，可是我却不能再做什么了。

漫长而多事的暑假就要结束了。我想也许很快很快，纪言就会走过来对我说，他和唐晓打算回学校去上课了。他知道我是不可能抛下小沐回去上课的，我不能。所以如果是那样，我只好看着他和唐晓双双离开，那会不会是我们之间最顺其自然的终结？从此断了这好不容易牵在一起的线？

小杰子仍旧来"照顾"小沐，在我和小沐面前装得什么也没有发生。每当小沐睡去，他就会立刻换了一副谄相，用眼神命令我随他到病房外面去，如果我不从，他就会强拽。他的动作越来越粗暴，他会一把搂住我的腰或者用手抚过我的脸。他仍旧发着牢骚，仍旧要求我和他一起离开。这样无望的生活让我一直踩在崩溃的边缘，唯有小沐灿烂的笑容和越来越红润的脸颊能带给我些许欣慰。

终于在长久的苦闷和绝望之后,上帝又播撒下一点新的希望——医生说小沐病情已经得到完全控制,可以动手术了。手术的成功率是非常高的,之后小沐就可以彻底摆脱心脏病对她长达二十一年的折磨。

那一刻我想,也许这就是生命吧,在一个人经历了太多不幸,最终陷入彻底的绝望的时候,上帝总是有办法给他一丝希望,让他牢牢地抓住,坚持着把生命延续下去。就是在我已经不再对生活抱有任何幻想的时候,小沐居然能动手术了。这让我重新对上帝怀着感恩的心。

我们大家都很高兴,因为医生已经决定,三天之后就给小沐动手术。只有小杰子用一种凶狠的眼神看着我。等到小沐午睡的时候,小杰子竟然不顾纪言和唐晓都在病房里,冲过来,粗暴地一把抓住我的手,拉着我就大步向外面走去。我挣脱,想甩开他的手,可是他的力气太大了,我用尽全力还是无法挣脱。

我和小杰子又站在了后花园。有莲花池子和美丽金鱼的后花园在这段时日里已经成了一个令我十分恐慌的地方。

"我再也不忍受了!现在她已经好了,你可以跟我走了吧?"小杰子冲着我大吼。

"现在还不行,手术还没有动,正是最紧要的时候。这个时候你千万不能走。"对他说话的时候,我总是侧着头,不看那一张令我心悸的脸。

"你现在就跟我走!"他命令我,用他那大钳子一般的手掌紧紧扣住我的手臂。

他的专横粗暴使我怒火中烧,我一阵冲动,真想狠命挣脱他的手,大声吼出我对他的全部厌恶和仇恨。但是,小沐,小沐,她还有三天就要动手术了。我必须忍耐,只能忍耐。

"你来照顾小沐,让她好起来,是救了她的命,求你把好事做到底,让她顺利做完手术吧,到那时我们再……"

他立刻打断我:

"你不要再骗我了!你在拖延时间是不是?等到段小沐完全好了我就毫无价值了是不是!到了那个时候你还会跟我走吗?"

我不回答他。

我预备好了他会暴怒,对着我大发雷霆。可是事实上他表现得非常平静。他不再说话,充血的眼睛里两道冷峻的寒光,穿透了我。太过冰冷的僵局是这样难挨,我情愿他对着我大发脾气。

过了一会,他的眼神忽然暗淡下来,声音也变得异样,是一种他从来没有过的空洞虚弱的声音:"你一直都在骗我,你的心里从来没有我。"

我忽然懂得他对我是动了情。先前我曾以为他是个太过贪玩而气盛的孩子,我于他,不过是一个想要得到的玩具,越是得不到越是变得可贵起来。所以他一直都想要征服我,让我像小沐对他那样温顺。也许到了那一刻,我便没有价值,便可以像一件旧袄一样地被丢弃。他对我只有欲,没有情。可是在这一刻我忽然发现,我对他的判断过于简单了,眼前的他分明是一个被爱击垮了的软弱男孩,被喜欢的人一骗再骗。我的鼻子陡然一酸,每个人都有拘囿自己的桎梏,都

279

有无法释然的纠结,连我一直那么厌恶的小杰子也不例外。

沉默又持续了一会,他怯怯地说:"你不能离开我,你是我的人了,我不能没有你。"

这一句话彻底激怒了我,心中从未愈合的伤口被撕扯开了,压抑多日的羞辱和愤恨一下子爆发出来:"混蛋,恶魔,你对我和小沐都是魔鬼!我是一直在骗你,从未想过要和你一起走,我永远不会跟你走!你见鬼去吧!"

看到一张痛苦中扭曲的脸,我忽然得到了一种快感。一种终于可以折磨他的快感。

他定定地站立了几秒钟,忽然像是如梦初醒一般,迅速转身,走出几步,又转过脸来,对着我说:

"你会后悔的。"他的语气凶狠而哀怨。我吸了一口清凉的空气,挺直了身子,看着眼前这一片开始凋残的荷花。它们是不是也在备受摧残之后绝断了所有的心念呢?

我独自在后花园站了很久,忽然想起小沐。小杰子会做什么?想到这个我就立刻变得无比恐慌。我飞快地向病房跑去。

病房里小沐坐在床上,身前放着一只乳白色椭圆形的长柄篮子,里面装满了鲜红欲滴的大樱桃。挨挨挤挤的,像是节日里飘浮在城市上空的一团红气球。我想那一定是管道工买来的,已经过了樱桃成熟的季节,它们看起来格外珍贵。纪言和唐晓站在窗子旁边说话,我看了他们一眼,径直走到小沐的床边。

我蹲下来,把手放在小沐的手旁边。小沐拣了最红艳的一颗樱桃递给我。那是一种浓得化不开的一团红色,很容易让人沉迷。我把它放在嘴里,酸酸甜甜的汁液让我苦涩干燥的口腔异常爽快。小沐看着我把樱桃吃下,就兴高采烈地说:

"宛宛,我想起在郦城的东面,从前我自己坐车去看小杰子的那次,曾看到过茂密的樱桃树。可是我和你一道去的时候,却不见了。你说那里到底有没有樱桃林呢?"

"有的吧。"我因为一心想着小杰子的行踪,显得有些心不在焉。

"嗯,我也觉得是有的,因为我常常梦到那里。"她坚定地点点头。

"是吗?"我柔声问,心里仍是想着,小杰子到哪里去了。好在小沐并没有察觉,她完全沉浸在对那一片樱桃林的向往中:

"初夏的时候,那里长满了大片大片的红色果实。像红色的云彩一样好看。等我的病好了,明年我们去那里摘樱桃好吗?真想睡在樱桃树下,一定能做个很美的梦。一直睡,直到被掉下来的果实砸醒。那该是多么愉快啊。"她充满憧憬的目光仿佛已经看见了未来,看见了我们一起在樱桃林的那一时刻。那是一张任谁都会动容的充满幸福容光的脸,把我也带到了那片樱桃林。恍惚中真有大团的红色祥云在我的头顶绽放,果实的芬芳在我的周围流淌。所谓幸福,大概就是这样。

我把手叠在她的手上,轻轻地点头:

"好,当然好。等你康复了,我们去摘好多樱桃。吃很多天都吃不完。"

她听了我的话感到非常满足,不再说话,枯瘦的手指放在篮子里,慢慢地抚摩着那些果实。

我仍旧六神无主,终于还是忍不住问出来:

"呃,小杰子刚才来过吗?他去哪里了?"话一出口,我就感到了纪言投过来的目光,一种忍无可忍的目光。他还是在乎着我的吗?

"来过的。他说他这两天得陪他朋友去一趟落城运一批木材。他们现在合伙做木材生意,好像一直都在赚钱呢。"小沐天真又得意地说。天下对于小沐来说,最令她开心的事情,莫过于小杰子安安分分地做点事情。

我终于放下心来,还好,他没有对她讲实话。我说:

"那么小沐,你就好好地等着做手术吧。手术好了我们就可以去樱桃林了。"我盼望手术快些结束,我想带着小沐离开郦城,我想让她去落城,住到我们家去,我们便可以永远摆脱小杰子。

我还站在那里,忽然间感到纪言已经站在我的身后。他露出久违了的诚恳的表情:

"我们单独谈谈好吗,宛宛。"

我点点头。我们同时转头去看了一眼唐晓。唐晓很窘迫,立刻说:

"我去超级市场再买些水果来。"

于是我们三个都走出病房,管道工也去给小沐做晚饭了。

"小沐,你休息一会儿吧。医生说,你需要多休息。"我给小沐关门的时候说。

"知道啦。"小沐回应我,她脸上如春水般波光潋滟的微笑渐渐被合在了门里。

我们三个默默地低头走路,一直走到长廊的尽头。然后我和纪言向左走去,而唐晓径直穿过路口,向前走去。我知道她一刻也不想和纪言分开。

我和纪言一起走了一段路,都是沉默无话。一直走到这条马路的尽头,我们都停了下来。纪言忽然开口对我说:

"学校要开学了。等小沐动完手术,我们就得回去了。"

我抬起头看着他。我不知道他所说的"我们"指的是谁。是不是还包括着我?

可是我仍是点点头,表示理解:

"你和唐晓先回去吧。我留下来等到小沐出院。"其实我早就知道事情终究会是这样,他和唐晓一起离开。那是我不能挽留的事情。然而我还是想逃避它。我已经麻木的心里还是隐约地念着:

纪言,纪言,不要离开我。不要丢下我。我现在有多么恐惧,你知道吗?

他张开嘴还要说什么,我却抢先说:

"纪言,我想去幼儿园看看,听说那里要拆掉了。"我不想让他再说什么,只是希望好好地珍惜这和他还能相聚的片刻。

纪言的眉毛轻微地动了一下,表示同意。

于是我们坐上一辆出租车,去了幼儿园。事实上在郦城,我和纪言并没有太多可以凭吊往事的地方,我最先能想到的,就是幼儿园。

幼儿园,这个荒废了的小型游乐场,出现在我们眼前的时候还是让我们非常吃惊。满眼都是高得令人窒息的草,纤细而坚硬,横七竖八地生着,把眼前的幼儿园分割得支离破碎。我已经找不到跷跷板了,它也许隐没在高草里面,也许早已被丢弃了。滑梯还在,却已经缺失了爬上去的梯子,尴尬地杵在那里,像个一无是处的废人。唯有秋千,不论草有多高,远远看去还是老样子。我向它走过去,跨过高草。高草隐没了我的小腿,和我的裙子轻轻摩擦着,一片沙沙沙的声音。身后的纪言没有动,可是我感到他在看着我。我走到秋千前边,慢慢坐了上去,却发现因为周围的草太高而茂密,把秋千紧紧地包围起来,秋千根本无法荡起来。我坐在上面,秋千却只能前后轻微地晃动。

这是十四年后,我和纪言再次站在幼儿园的两端,面对着面。我记得儿时的他站在这里看着小沐流血,看见我的凶残,掉下了眼泪。现在他长大了,他用一种居高临下的表情和我对视,我想他可能再也不会为我掉下眼泪来了。

周围的空气在凝固,远处隐隐约约传来一种莫名其妙的声音,像音乐,又像祈祷,能有一种穿越时空的声音吗?我真想向他跑过去,穿过这重重高草和漫漫十四年光阴,能不能,能不能打通他那已经听不到爱的耳朵?能不能打动他坚硬的心?

35．杀

小杰子是在天黑下来的时候悄悄又回到医院的。他并没有走远,他是要回来的。

他从窗台看到里面没有灯光,猜测段小沐应该在睡觉,没有其他的人。于是他轻轻地潜进段小沐的病房。他打开灯。

段小沐没有睡熟,感到了耀眼的灯光,就睁开了眼睛。

"小杰子,你怎么这么快就回来了?"她看到他就微笑着,支撑着坐了起来。

小杰子一步一步走向她,他的表情像森然的白骨,带着彻绝的寒冷。他一步步走向她,终于有几个字从他的牙齿中间蹦出来:

"你为什么还不死?"

段小沐仰脸看着他,看着他的头发,看着他的眉眼,不应他。她被吓坏了,她一时间失去了所有的言语和思维。

"你早就该死了。你活着只会拖累人。我从来都不喜欢你——我怎么会喜欢你呢,你看看你自己的样子,大头针!你是个瘸子啊。我来照顾你只是因为我和杜宛宛说定只要我来照顾你,她就跟我好。等你死了,她就跟我走!现在你懂了吧,你一直都被蒙在鼓里,杜宛宛其实早和我在一起了。"

她一动不动。

"你听懂了没有？你傻了吗？你被骗了,我从来都不喜欢你,杜宛宛早就和我在一起了。她已经和我上了床!"他看见她迟缓的表情,于是他又说了一遍,声音又提高了。

段小沐听到这句话,一行清冽的眼泪流淌下来。她痛苦地闭上眼睛,满眼却都是放弃了挣扎的段小沐,平躺在那里,紧闭着眼睛,像一只扭曲的口袋似的打开着,独自吞下所有的苦痛。不,不,不要。段小沐拼命地摇着头：

"是你逼她的对吗？以此作为交换,所以你才会来照顾我,对吗?"

"我没有逼她,她很自愿。"

"为什么？小杰子,为什么要这样对她,为什么要这样对我？那么多年的努力,为什么我换不到你的一点真心?"肝肠寸断的疼痛,那么多年的付出可以结束了,无果而终。眼前的男子是铜的是铁的,她试图温暖他,用了十几年,可是他身体里流淌的血液还是冰冷的,冰冷,就像她将要去的地方一样。

段小沐不再说话,只是看着他,用一种凄绝的眼神。这是多少年以来,一种一直跟随着段小沐的表情,在她每次面临灾难,在她每次置身绝境的时候。

三岁的段小沐,在母亲死于意外事故之后,出现在电视台的屏幕上,一双茫然的大眼睛,那个时候她显露的是这个表情。

六岁的段小沐,坐在火箭般抛向天空的秋千上,忍受着心中波翻浪涌的疼痛和杜宛宛对她的欺骗,脸上显露的是这个表情。

十四岁的段小沐,向李婆婆做最后的道别,风吹动了李婆婆身上盖的那片白布,她看到她已经没有血液流动的干硬的手臂,脸上显露的是这个表情。

终于又走到了绝境。段小沐感到这一次当她再次来到绝境面前的时候,已经千疮百孔。童年和少年时候的坚忍已经全都耗尽了。没有更多的可以支付。

多么短暂的幸福,多么残酷的真相呵。

她感到终于走到了尽头。一个不能再越过的绝境。那些已经渐渐远离她的疼痛在这一刻全都回来了。所有的疼痛,像越聚越多的蜜蜂,一起涌过来,一圈一圈地缠住她,仿佛结茧似的把她困在了狭促而无法呼吸的壳子里。或者不是蜜蜂。是蝙蝠。很多只,黑色的,衔住她,张开翅膀,把她带上了天空,飞去一个没有尽头的隧道。她和她曾经所有的念念不忘,都被洋洋洒洒地抛上了天空。在这曾生活的城市,终于不再有她的痕迹。一切都被抛向天空,就像那年她被李婆婆的儿子赶出了李婆婆的那间小屋子,她的衣服、水杯和所有所有属于她的东西,都被扔了出来。她被隔绝在了那间她赖以生存的小屋之外。而这一次,这一次她被隔绝在了这个城市之外,人间之外。

宛宛,此刻你在哪里?是否也感到了疼痛?我知道,是这样的疼,像是被揉碎了,像是被紧紧地捏在没有缝隙的大手里,渐渐失去了所有承载的水分,变成一把风干的粉末。对不起宛宛,我又把疼痛带给了你,但是我想,这将是最后一次。再也没有疼痛,我们就像两颗连体的樱桃,我是溃烂的我是破损的。对于你而言我是溢满疼痛的发源地。现在上帝把我剥离了,我们彻底分开,没了我的你也可以和所有的疼痛绝缘。何尝不是值得庆祝的事情呢?

小杰子看到她躺在白色床单上,做着最后的挣扎,他要置她于死地,他仍旧在说:

"没有人爱你,没有人希望你活着,你怎么还不死?"

没有人爱你,没有人希望你活着,你怎么还不死?她抽搐了几下嘴角,头像被炸开了一般的,这句话一直在她的耳边如一架直升机一般地起起落落。眼前的事物变得越来越模糊,焦黑色,全都像长出了毒蘑菇。喉咙却像是被封得严严实实的洞口,没有一点声音可以逃逸出去。

渐渐地,飞机毒蘑菇都去了。一切都平息了。她不再有丝毫的挣扎,完全舒展地躺在这张承接和目睹过多次死亡的医院病床上,白色的床单如硕大的叶片一般托着她,这迅速消亡的花朵。她所有记忆中的东西正在急速地流失。渐渐不再知道自己曾爱过谁,和谁有过不分开的承诺。她渐渐都忘却了,嘴唇边挂着一个夕阳西下的微笑,平静地谢幕,天鹅躺在再也没有疼痛的水面,像一朵睡莲一般优雅地入梦了。

何尝不是一件好事?再也没有人会嘲笑她是个孤儿,是个跛子,再也不用为了心脏病的事情忧心——多少年来,段小沐几乎每天都会想到,自己将死于心绞痛,像条虫子一样蜷缩成一团,脸变成苍紫色,抽搐着抽搐着就死过去了。她今天终于可以安心了,原来只需要这样短的时间,就可以穿过这一切,再也不用受苦。她的离去,也意味着杜宛宛得到了释放。她那可怜的小姐妹,日日夜夜都守在她的病榻边,还为了能带给她最后的欢愉,把自己送给了不爱的人。这个小姐妹身心备受的煎熬,此刻都可以结束了。让她回到她的爱人纪言的身边吧,让以后漫长的岁月填平所有凹陷下去的伤疤,让所有的,都呼啸而过吧。

让她好好地去见亲爱的妈妈,去见慈祥的李婆婆吧,——她们拿着最暖和的毛衣和最华丽的旗袍在天国等着她,还有还有她无所不能的在天上的父。也许见到他们会先好好地哭泣一场。因为她太久太久都没有好好地哭泣一次了,她一直宽容地接纳着这个世界给予她的一切,纵使她不爱的,纵使她想要抗拒的,她都接纳下来,并感恩,相信这样的安排肯定有着它的道理。可是现在她真的要卸下来这一切好好地休息了。

已经没有丝毫疼痛了,再也没有疼痛。她看到天使们已经来到病房的窗户外面。他们来接她了,绯色的脸颊比所有黄昏的彩霞还要好看,眼睛比玻璃弹珠还要浑圆剔透。此刻他们正把脸贴在窗户的大玻璃上,一丝不苟地观察着里面的情况。他们大约是在选择一个适当的时刻把她带走。多么奇妙,她现在是闭着眼睛的,平躺,可是她能够感到窗外的精灵在迎候着她。她甚至没有移动分毫,可是她知道她在渐渐把手伸向他们。

就要去了吧,我们的小沐,就要被接上去了吧。她敞开身体,等待着被带走的一瞬。她以为自己已经心无杂念,专注地等待着那一瞬。可是忽然,她的身体抽搐了一下。空旷的脑海里飞进了一只鸟,它低低地盘旋,飞进飞出。哀伤的鸟,凄厉地鸣叫着,嘴里衔着一缕未消尽的记忆。这仅剩的一点无法被揩尽的记忆是有关小杰子的。他仍旧出现,仍旧不断地涌上来,哪怕是在她弥留的时刻。她用尽最后的所有的力气,缓缓地睁开眼睛,最后一次看看他。

　　小杰子正要走,背离段小沐而去,不顾她的死活。她用最后的力气看着她的爱人走了,她爱恨了一辈子的那个人,大步走了,他不会对她有任何怜悯任何不舍。他不会记得十岁的时候他们玩"捉媳妇"的游戏,他轻浮地把手伸进她的衣服里,她恐慌地看着他,她从此幻想以后做他的"媳妇"。他不会记得,他在每次激烈的"奋战"之后去找段小沐,段小沐给他细心地包好伤口,心疼的表情比自己受伤难过许多倍。他不会记得,赌博输掉了所有的钱,段小沐架着双拐歪歪扭扭地站在乌烟瘴气的屋子门口,怯怯地和债主说话,最后带走他。他也不会知道,是因为他拿走了她所有的钱致使她被赶出了她唯一可以落脚的小屋,变得无家可归。他更永远也无法体会,她对他的爱是多么深沉。纵使是走到了这一刻,他要她死,她就要死去了,她也无法对他怀恨。她把最后的一丝力气用来再看一眼他。她的目光落在他的右手上,此刻他正甩开他的右手背向她走去。她想抓住那只手,她是玩偶,那是一生都牵着玩偶的挂线的手。千丝万缕的线终于都断了,他的背影,像隐没进无边的茂密森林里的树,消失在涨满整个森林的浓烟和暮霭之下,没有给她留下一片叶子。

　　她用了最后的一丝力气来看他一眼,所以她再也没有力气把自己的眼睛合上。她不得不跟上天使的脚步上路去了。回身去看冰冷的手术台上自己的躯体,——她已经轻轻地收敛了呼吸。

段小沐那个茫然若失睁着眼睛的表情,被永远地留了下来,挂在她的脸上,像一扇半掩的窗户,呼啸的风可以从这里经过,从这里到那里,从这个世界到那个世界。

36．说再见，我的亲爱

　　我知道那不是一场完全意外的猝死。我知道的,小杰子去见过小沐,他一定告诉了她所有的事。

　　那一时刻我正和纪言站在幼儿园的蒿草里。我们面对着面,我的脚是踮起来的,也许下一刻就向他奔了过去。秋千已经被这蓬勃的草包围了,它再也不能飞上天空了。所有的这些都老了,都不能再回去了。也正如我也许可以跑到纪言的面前,但是我们却跑不回从前的光阴里。

　　时间最好可以在此刻停止。我和纪言就站在这里,我们不远不近,不用道别不用回首。

　　可是我忽然感到一阵钻心的疼痛,竟然连站立也不能。我跌倒在草地上。比从前任何一次心绞痛都更加严重,像是有什么无比锋利的东西在我的心上打洞,一排一排一串一串地打洞。绿色的蒿草和我的纪言都在眼前消失了。我像是被提了起来,飞向漩涡般的黑暗隧道。仿佛每一次心跳里,那些冲进心室的血都变成了黑色,浓烈的沥青般的黑色,它们是如此黏稠。已经不能再流动。渐渐地,它们在我一起一伏的呼吸中降温,板结,铺展在血管壁上。

　　草丛里响起急促的脚步声——纪言在向我奔跑过来。我已经不能开口对他说话,我的声音被那些疼痛紧紧地拘住了,无法得到释放。我是想说,一定是小沐出事了。我可以看到,她此刻正在疼痛里挣扎,她的内心很痛苦。那一定不是一种简单的生理上的痛苦,因为我隐约听到她说:

不,不,不……

她一定出事了,纪言。我们要去救她,纪言。她要死了,纪言!我在心里大叫,可是什么也说不出来,我真想把自己的身体打碎,把那些声音放出来。于是我开始捶打自己,我的嘴大张着,眼睛看着纪言。可是我只能看到一大片黑色的沥青凝结住了,我仍旧无法发出声音。

纪言那一刻一定感到震惊。这女孩在高草里翻来覆去地滚动,表情是这样痛苦,大张着嘴,却一个字也说不出来。她像是中了邪,像是被恶魔缠上了身。我隐约感到他抱住了我,他问我:

"你怎么了?是心脏又在疼了吗?是小沐的心脏病复发了吗?"他是明白的,他明白我们的息息相通。于是他抱起了我,飞快地在蒿草中奔跑,带我离开,带我去挽救小沐。

时光没有在我们面对着面,把过去和未来掂在左右两只手上的时候停止。时间却仿佛在这一刻停止了——纪言抱着我在夏天末尾茂密的草丛中奔跑。而我感到一切慢了下来,心绞痛,小沐的叫声,一种和我息息相关的东西正在我的身体里流失,逃逸出去,永远离开了我。

终于停息了。再也没有了小沐的声音,一切回复宁静,而和我息息相关的声音,呼吸,心脏病,还有那个生命,都被收走了。从此我是我了,我是我自己了。我是孤独的我了。

不不不,小沐,不不不,小沐,你等等我,纪言正带着我赶去看你,你等着我。

纪言仍旧抱着我奔跑,他一边拦道路中间的车,一边向前跑。他还不时低头看看怀里的我。

在拦下车的那一瞬,他低头看到,我已经不再挣扎,不再疼痛,不再张大嘴巴企图告诉他什么。我的眼角淌下了一行眼泪。

是的,在那一刻我看到了小沐的眼神,她睁大的眼睛像不断有星星落下来的天空,越来越黑暗,越来越无光。终于再也没有一颗星辰,世界被她轻轻地从手中放走了。她太累了,甚至没有力气再把自己的眼皮合上,让自己死得安详一点。

我知道她走了。

这是一次漫长的睡眠。其间甚至没有任何成型的梦。可是我醒来的时候觉得耳朵被很大很大的雨淋湿了,它们在早已漫过的洪水中搁浅,像沉在海底的轮船一般,被裹在一片死寂的水流中。

再也没有了小沐含混的呼吸,沙哑的声音在耳边。没有了另外一个心脏的跳动。没有了那根这么多年来一直扯住我拉紧我的绳索。现在我是单独的、自由的,可是却松松垮垮,像个把骨架抽走了的无骨人儿。我终于知道,过去的时间中小沐在我的生命中存在的意义:她是我的支撑——我不知道别人心里是不是也需要一个支撑,可是我的心里有那么一个支架,它使我感到心不会无度地沉下去,坠入寂寂无声的山谷,它让我的心总是能在平坦的高处。纵然再多的不幸降临,我从未像此刻这样绝望。因为我的心没有了依持,她走了。

我醒过来,可是我不愿意睁开眼睛。因为我知道她已经走了,天又亮了。我如果此刻睁开眼睛,我便不能再像个小孩一样躲在缅怀里,不能再好好地和她待会儿。我多想再和她待会儿,我知道她现在还没有走远。在附近,在周围,在我这里。

小沐,我想到一些从前的事情。我想到初见你的样子。你有着苍紫色脸颊和杏核一般的大眼睛,穿一件像面口袋那样大而松懈的连身裙。你站在我们幼儿园活动室的门口,靠着门,规矩得一动不动。……你只是喜欢看着我,你后来和我说,你是多么喜欢看着我呵。我不懂得你的来意——我是说,我并不知道为什么你要来到我的生活里,我并不知道你总是在的,从前就在,一直都在。我不知道幼年耳朵里面海和贝壳的声音是你传达给我的,我不知道喃喃的说话声音和殷殷的祈祷是你传达给我的,我不知道心脏的疼痛是你身上去不掉的顽症……

我不知道,我们是双生的花朵,如果我可以早些知道,早些相信,多么好,那么我早已坐上回程的火车,我早已回到这里。我将一直陪着你。我会和你去你喜欢的樱桃林。我们要摘很多很多的樱桃,把自己像个公主一样地围簇在中央。我们要在樱桃树下睡觉,做天鹅绒一般光滑没有皱褶的好梦。不醒,一直不醒,直到被树上掉下来的果实砸到……

可是为什么我还要醒来。为什么我还要睁开眼睛再去看人间,那些于我已经都失去了意义。

带我一起离开吧。我知道天使正衔起你,你像晨雾里的云雀,我仿佛听到你最清亮的歌声了。那是唯一的声音,我除此再也听不到什么声音了。求你,带我走吧。

事实就是,在这个夏天的末了,我永远地失去了小沐。她没有带走我。九月开始了,大雨不停。

小沐死去的时候眼睛是睁着的,脸色青灰,表情非常痛苦,正如我在纪言的怀里看到的那样。我轻轻地帮她合上了眼皮,在她的耳边轻轻地唱歌。那是从前在教堂做礼拜的时候常常唱起的歌。给人希望和力量。尽管我唱得十分无力,尽管我完全看不到任何力量任何希望,可是我还是很卖力地唱,希望小沐走得安宁快乐一点。

出殡的时候,大家不停地往她的脸上涂胭脂和粉,还是遮不住藏青的底色,后来管道工抱起小沐偷偷跑到一个小屋子里去哭,他拿了一只小号的水粉排笔一遍又一遍地往小沐的脸上刷着粉嫩嫩的颜色,涂完了再涂口红、指甲,他把最后的小沐画得像个歌剧院的女歌唱家。是的,小沐穿着一件蓬蓬的大百褶裙,上面还有她生前自己绣过的堇色花朵,裙子是收腰的,腰间和领口袖口都有藕荷色的缎带。鞋子也是一双玫瑰色的舞鞋——这一切都是管道工精心置办的,他知道那个一直站在两根拐杖中间的女孩多么渴望跳一回舞。这样,让她穿成这样走去天堂,她就可以立刻跳上琉璃的舞池完成一个优美的舞蹈,毫无困难,令众人羡慕。不过我觉得也许小沐更喜欢穿着李婆婆给她做的旗袍走。所以我把旗袍给她穿在了大裙子的里面,贴着她的身体。她被我们这么一层一层包裹起来，一定不会再感到寒冷。让她穿着所有人的爱走。

出殡那天只有寥寥数人，没有几个花圈，没有人群和车辆，孤零零的担架上躺着一个穿着奢华的大裙子、缎带舞鞋的瘦小女孩，她脸上化着浓妆，仿佛要赶赴一个热闹的舞会。

管道工的情绪一直无法平复，他固执地闯进了焚化间，他说他要站在那里守着她，送她离去。他恳求焚化工人，他说他一定保持冷静，他只是想最后看着她离去。最终他还是获得了许可，站在焚化炉的旁边。然而他却没有依照他的承诺去做，他在看到女孩子美丽的舞鞋最后消失在焚化炉前的时候，就开始号啕大哭。他叫着她的名字，无法停止地大声恸哭。他想奋力挣脱几个人的阻拦，冲向前去。此刻他身上爆发出的蛮力如此之大，以致那几个男人差一点儿被他拽倒。最后，他在两种力的作用下跌倒了。他的脸紧贴在冰冷的水泥地上，手臂直直地伸向前方，好像是要全力抓住那个他始终没能贴近的灵魂。

小沐和一本掉了封皮、经年累月的《圣经》一同烧掉了。

这整个过程我都很平静，站在很远的地方看着她。我只能看到她的舞鞋，想象着她的面容。小杰子也来了，站在我的旁边，他的表情很平淡，让人无法洞悉他内心的情感。我的身体一直在发冷，我的眼睛的余光一直在他的身上游移。因为这几日里，一直有一种可怕的直觉左右着我。小沐出现在我的梦里。她在我的梦里和小杰子搏杀。他掏出明晃晃的刀子对着她。救我救我！宛宛，救我！小沐冲着我大喊。我总是在这个时候惊醒。坐在能看到一角夜空的床上，我觉得小沐就在天上,她在和我对视,她在用梦告诉我一些什么。

　　也许是我的直感,也许就是小沐在冥冥中的呼喊,向我昭示着一个不容置疑的事实。小沐的死亡一定和小杰子有关。小杰子一定去见了小沐,把那些可怕的事情都告诉了小沐。在小沐弥留的时刻,她的绝望和伤心我都深切地感觉到了。我的耳朵里,也仍旧在重复着她的那句"不,不,不"。小沐最后的死不瞑目,含恨而终……我肯定,这一切是小杰子造成的。他逼死了小沐!

　　可是我又能怎么做呢?谁会相信我的话?当我去对别人说,我能感到小沐的内心,我能听到她说话的声音,我知道小杰子是逼死她的凶手,别人会不会觉得我是疯了?他现在就若无其事地站在我的旁边,他如此镇定,他以为永远也不会有人知道他曾潜进小沐的病房,对小沐说过那些话。他以为那些都随着小沐的死归入尘土,成为永远不能掘出的秘密。然而他错了。我知道这些,并且我绝对不会放过他,是他害死了小沐。

　　他毁了我,害死了小沐。我不会放过他,我发誓。

　　可是我要怎么办?谁会相信我的话呢?

　　除了管道工以外的我们四个人,都站在火葬场的一块淋着大雨的空地上。小杰子和我站在一边,纪言和唐晓站在一边。小杰子笑嘻嘻地把他那张令我厌恶的脸凑过来,大声说:

　　"现在我们走吧。"我知道他是故意说得那么大声,好让纪言听到。我恨不得伸出双手掐死他。

　　我要怎么办呢,我究竟应该怎么办呢?我不断地问自己,忽然慌乱的目光和纪言的目光相撞。纪言从那天抱着我回到医院之后,没有再和我说什么。小沐死后我们又疏远了许多。好像我们这十几年的爱一直是围绕着小沐展开的,现在她死去了,我们中间那些牵牵绕绕的线全都被剪断了。

可是当我看到了纪言的一刻,还是感到了些许的温暖。一小撮的希望仿佛被点燃了。纪言,是的,纪言是知道我和小沐的息息相通的。我要说给他这个真相,他一定可以明白。也许我应该把所有的事情都告诉他,他是我最后的依托。我还是这样相信他,我还是无法把一分一毫的爱从他的身上移开。我想这个时候我是多么迫切地想要诉说。我希望我能完整地告诉他,我仍是多么的爱他,我的远离、我的"背叛"仅仅是因为我想换得小沐最后时刻的幸福。可是我失败了,我太傻了。小沐的最后时刻一点也不幸福,她死都不能瞑目。所以我所付出的一切代价都是毫无意义的。我是个彻头彻尾的失败者。我希望我能完整地告诉他,是小杰子害死了小沐,小沐在最后时刻有多么痛苦,她一直在喊"不,不,不"。

我要把这些告诉纪言,我要问他,我们究竟应该怎么做,怎么对付这个混蛋。

于是我一步一步,非常慢非常专注地向纪言走过去。纪言用一种沉重而复杂的表情看着我。我全然不顾唐晓就在他的身边,对他说:

"纪言,我有话要对你说,你跟我走。"我抓住纪言的手臂。

纪言却还是以原来的姿势站着,一动不动。我抬起头,迷惑地看着他。

他又停了一会儿,才慢慢地,一字一句地说:

"你现在满意了吧?小沐死了,你可以毫无顾忌地和小杰子在一起了。你应该很开心吧。"

我盯着他的脸,无法相信这是纪言说的话。他不知道真相,他误会我,我都可以理解。可是他居然说,小沐死去我会开心。他以为我一直对小沐付出的感情都是虚假的吗?他否定了我一直以来的真心。他对我已经没有爱了,他把我想象成了一个如此居心叵测的女子。

此刻我终于懂得,再也,没有爱了。

两行泪唰地掉落下来。我点点头,不停地点头,脚已经站得不稳了。我开始笑,不停地笑。我笑着对纪言说:

"没想到我的计谋早就被你发现了。是的,现在我很开心。非常开心。"我转身就走,走到小杰子面前,我对他说:

"现在我们可以走了。"

小杰子很高兴,扶住我,把我搂在怀里,我们就这样离开了。

我在那个混蛋的怀里,背向着我的爱人,一步一步远走。再见,纪言。我一直在心里和你说再见,你能听到吗?今生今世我都会感到遗憾,我们相聚的时光是如此之短。如此让我沉迷让我无法忘怀。我一直都很珍惜你的爱,你带着我,穿过了我从前的莽撞和跋扈,把我带回了小沐身边。你使我重生,这种爱早已超越了平凡的情爱。我懂得它的可贵。纪言,我会永远把那些我们的回忆放在心口的位置,在每一个思念的时刻,可以立刻把它们拿出来,像抚摸最心爱的乐器一般地触碰它们,和它们说话。它们是不死的树木,会和我一起成长,长得枝繁叶茂,也会悄悄在我的心里开一片烂漫的花朵。花香足以温暖我的余生。纪言,我会一直看着它们守着它们。我会的,你会吗,你也会这样做吗?

唐晓,我的表妹,让我也向你道别。你总是那么美好,让人忍不住要祝福你。现在我就是要祝福你。我知道幸福总是会眷顾你的,但愿那幸福来自纪言。我是个糟糕的表姐,从前总喜欢跟你发脾气,后来又夺走了纪言。可是我从没有为此向你道歉。现在我把所有的抱歉都化作祝福,于是那会是非常丰富的一份祝福。我永远都爱你,亲爱的表妹。

说再见吧,我的爱人。说再见吧,这所有的。

37．她的声音

我告别了所有曾经恋恋不舍以为永远都不能离开的。我真的跟着小杰子走了。离开了郦城，也没有回落城。没有再和任何人联络，爸爸妈妈，纪言，唐晓，管道工。学校开学了，我也没有再回去上课。我就像一串纸花，在小沐的葬礼上被一并烧掉了，从此他们再也找不到我。

站在郦城的月台上。我想起曾经在想念纪言想得不行的时候，跑到这里来，痴痴地坐着。结果没想到最后真的把他等了来。那天他还给了我一枚至今我仍戴在手指上的戒指。可是那已经什么都不能代表。

已经是秋天了。月台旁边落满了梧桐树的叶子。秋风里哗啦哗啦地响，一片寥落。从前我总是很喜欢秋天。喜欢在秋天的时候去写生，也总是能看到一些感动我的东西，于是就努力地把它们留在我的画布上。然而这一年，我忽然长大了许多。竟然对秋天完全没了好感。其实又何止秋天呢。一切于我都毫无意义。我感到身体里所有流动的跳动的东西都在趋于缓慢，越来越慢，我知道它们最终将停止。像一架咯吱咯吱旋转的纺车，终于在一个黄昏里，在布满蜘蛛网的阁楼上，戛然而止。那一天应该很快就要来到了。

我们踏着落叶坐上了去一个陌生小城的火车,去过一种小杰子所谓的"崭新"的生活。

谷城的火车站很小。整个城市也很小。来来去去只有那么几条马路。可以说谷城是一座因为开采石油而新建的城市,这里的强壮男人大多在相隔不远的油田工作。小杰子对我说:

"在这里还怕活不下去吗?大不了我去做个采油工。"

但是我知道他不会那么做,他唯一可以适应的状态就是无所事事。我不是小沐,我从来不会相信他的信誓旦旦豪言壮语。最终我们还是用了我身上剩下的钱租了一间非常小的屋子。那是一座非常破旧而危险的楼房,只有三层,楼道口放满了煤块、啤酒瓶之类的杂物。我们对面住着一个非常肥胖的女人,她听见动静就从门里打开一条缝,不动声色地看着我们把一些买来的二手家具搬进那间屋子。

我还是把它弄得很像一个小家的样子。给旧沙发做了一套暗红色格子布的沙发套。同色的桌布和床罩。窗帘是星空蓝的,缀着几朵没有根茎的小花。玻璃茶几上还放了一台小小的黑白电视机,因为小巧反倒和这房子很相称。我把厨房也整理得很干净,开始在煤气炉上用慢火煲粥。

整理好这一切,已经是第三天了。小杰子对于谷城感到非常新鲜,这几日他每天都以出去找份工作为借口,到处闲逛。

这是第三天的黄昏。我很早就做好了一桌子饭菜。小杰子还没有回来。我一个人站在屋子的中央,环视着这间温馨的小屋。在我的一生里,这是我第一个也是唯一一个自己的小家。和所有平凡女子一样,在这些日渐长大的日子里,我也无数次幻想过我的小家。它要有半圆形的阳台,要有阳光充足的画室,三面墙的书架,摆满了昂贵而珍奇的画册。应该是上好的木头地板,赤脚走在上面,看被风吹得起起伏伏的窗帘,长颈的玻璃花瓶里放着一枝冰静的马蹄莲。那曾是我梦里家的模样,再也不会实现了。人生真是可笑。当我背着我的画板走在我的大学校园里,为了一些无关痛痒的小事忧愁的时候,我又怎么会想到,在未来的某一天里,我会和这个世界上我最痛恨的人一起丢下从前的一切私奔掉了。我怎么能想到我会在一个从前我不知道的石油城,租下一套二十多平方米的小房子,柴米油盐地做起了饭呢?

我靠在窗台旁边,看见夕阳西下。又是一天要过去了。这几天里,我常常梦到小沐。我感到她还在我的周围。活在我身边的每一寸空气里。当我进入睡眠的时候,就会有强烈的感觉,她并没有走远,而是在近处看着我。她不和我说话,只是微笑着看着我。那是多么心酸的笑容,她狭瘦的脸颊,她苍紫色的嘴唇。每一次梦醒,我都以泪洗面。白天的时候会想起纪言。想他和唐晓现在应该已经回到学校上课了。他们那支可爱的乐队应该又开始排演了吧。纪言还是那个最高贵的鼓手。唐晓会是最恬美的女主唱。他们一起站在台上会是多么美好。在这样完满的生活中,他还会偶尔想起那个曾经带给他很多痛苦的女孩吗?他会猜测她的去向,担心她的安危吗?

我靠在窗台,一直看着夕阳,看下面的行人。他们交错地走着,擦肩而过,永远是陌生的,谁也不会知道,也不会在意对面走过的人怀里揣着怎么样的故事。我想其实我和纪言也是这样,仅仅是我们这个擦肩而过的时间太长了。长达十几年的一场擦肩而过,我们撞到了彼此,伤到了彼此。然而我们最终还是会擦肩而过。纪言也永远都不会知道我怀揣了怎样的故事。

我终于看到小杰子从下面经过。他穿着那日我们买下的T恤和牛仔裤,手抄口袋,脖子上有粗黑的绳链,看起来是非常英姿飒爽的城市男孩。谁又会知道他那光彩熠熠的皮肉下面那颗不断溢出毒汁的心。那一定是一颗黑得溃烂的心。我闭上眼睛,不想再看他。

我们一起吃了晚饭。芹菜、鸡肉还有鲫鱼汤。我还给他买了一瓶白酒。他很高兴,把酒喝了个精光,然后打着饱嗝坐到沙发上看电视。我坐到了沙发的另外一端。也看着电视。我们不说话,电视里在播放《豆子先生》,小杰子频繁地发出笑声。渐渐地,他困了,斜躺在沙发上睡着了。

看他睡熟了,我才站起来,走到窗前,关上那扇窗。有几只鸽子就停在窗外,察觉到我来了,就抖动翅膀刷的一下都飞上了天空。我看着它们,洁白的它们带着自由的翅膀,消失在暗蓝的天空底线。我嗅到外面有海棠花的清香,还有谁家做饭的炊烟。于是我贪婪地多吸了几口这凡尘的味道,然后紧紧地合上了窗户,拉上了窗帘。我又走到镜子的面前,我看着自己。好好地再看看自己。镜中姑娘有黑黑的眼圈和一直深锁的眉头,头发凌乱。她忽然叹了口气,对镜中女孩说:

你看,你都老了。

她又拿起梳子,好好地给自己梳梳头。然后她尽量开心地安慰镜中姑娘说:

嘿,女孩,不要害怕,很快就会过去了。

然后我走到厨房,关上那里的窗户。最后,我扭开了煤气开关。随着一股刺鼻的煤气味道的涌来,我回到沙发旁边,安静地躺下……

不知道过了多久,我浑身瘫软,甚至没有了抬起手臂的力气。我的头仿佛是被从中间锯开一般地疼痛,仿佛有个翻江倒海的核在一边捣碎头脑里面的东西,一边扩张、膨胀。我的每一下呼吸都变得那么艰难,肺好像已经被什么绳索紧紧地捆绑住了,成为纤细的一条,连稀薄的气息也无法容纳了。身体的颜色开始变得越来越深,脸不断地肿胀、抽搐。我告诉自己,不要挣扎,很快这些都会过去,很快很快,一切就都过去了。

我看了一眼小杰子,他还在浑然不觉的睡眠中,看起来非常安详。他再也不能施与我们任何伤害了,小沐。他再也不能大声咆哮不能耀武扬威了。这是他必须付出的代价。浓黑的心脏可以结束跳动了,那些罪恶的血液可以不必继续沸腾了。

我平躺在那里。轻轻地合拢双眼,任凭整个身体仿佛被放在一个越来越狭小的气囊里一般地受着挤压。呼吸越来越细微。我在心里轻轻地给自己说话,让自己保持平静,我告诉自己,不要害怕,很快就过去了。

再次回到幼儿园。我看到女孩还是六七岁时候的模样。她穿着桃红色的小裙子,亮皮子的小皮鞋,扎着一头的花瓣子。她把大把的糖果放在小裙子的口袋里,太满了,要涨出来了。那么多的甜蜜。她的嘴角还留着没有擦干净的牛奶,她飞奔着就来到了幼儿园。她穿过大门口,看到了上面画着的害羞的刺猬,她就冲着小刺猬笑。她那时候在想,这只刺猬多么好看啊,我将来要当了不起的画家,在所有的大门上画画。让每户人家的门上都是杜宛宛的画。她想到这里就感到很满足。她径直跑到秋千旁边。又见秋千。再次看到碧蓝色的秋千像一根插入云朵的簪子一般,是天空里最无瑕的饰物。男孩纪言安静地站在一旁看着她快乐地在天空飞舞。那时候他还是那么小,瘦小的身体顶着一个不太相称的大脑袋。他为她唱了一首歌。他那时候想,他将来要成为最好的音乐家,在有八角玻璃灯的大剧场演出,世界上所有的人都是他的观众。

然后我看到小沐走过来。她的脚还是好好的,走路稳健。她也向秋千走过来。她走过来了,即便我不睁开眼睛也可以感觉得到。她活在我的心里,远远近近,喜喜悲悲,这些我都能感觉得到。她站在那里,我总能感到有格外明媚的光自她的身后发出,她是神看顾的小孩。所以她永远都有一种让人愉悦的恬淡。她对我说:

"我现在还不能飞,但是迟早有一天,我会飞上天空的。"

我和纪言都使劲地点头,我们都相信,她是个纯洁的小天使,迟早,飞上天空。

……我躺在充满毒气的房间地板上,身体已经渐渐僵硬。再一次,我热泪盈眶。她终于飞上了天空,这一次她不会再摔下来,不会再被折磨,再受苦难。他们都会紧紧地抓住她,给她在人间没有享有的幸福。

那是春天的幼儿园,小草还是嫩芽,丁香花的浓郁香气到处洋溢。我们都在。我们之间没有任何的嫌怨,没有任何的伤痕和断裂。

我对于最后还能回到我童年的幼儿园,还能和他们一起,感到很满足。我想我要走了。我不知道小沐会不会来接我去天堂,她会不会携起我的手,带着我飞起来。

就是这一刻了吧,我要走了。

可是小沐忽然在我的耳边对我说话。她用那种一贯的最轻细柔和的声音唤着我:

"宛宛。"

我百感交集。我想她终于来带走我了。我说:

"你来带我走了吗?"

"不是。你不能死。你要活下去。"她坚定地说。我看不到她,她仿佛是我脑子里的另外一个意识,和我如此清晰地对话。

"我已经失去了活下去的力气和勇气。让我和你一起去吧,不要丢下我。"我恳求她。

"你不能死。你要为了我活下去。你要代替我活下去。我们是心灵相通的姐妹,我们是两生花。我虽然死去了,可是我却不会因此和世间隔绝。因为你活在人间,你和我息息相通,我仍旧可以感到人间的事情。"她对我说。

"你是说你没有离开吗?"我有些迷惘地问。

"没有离开,不会离开,一直活在你的身体里,你的头脑里。在你失意的时候给你打气,在你欢乐的时候和你一起开心。我一直都在。"她无限温柔地说。

我一时什么话也说不出,只是不断地流泪。

她又说:

"宛宛,我恳求你,不要死。你和小杰子是这人世间我最爱的两个人。我常常感到我就是为你们而活着。纵然小杰子做了很多错事坏事,我仍旧无法恨他。就像小时候我们也曾分开很久,也曾有那么深的误会,可是我却无法停止爱你一样。你们不能死去,你们要延续死者的心愿,尽生者的义务——我唯一的心愿就是看你们好好地活着,不断地去寻找新的希望。"

"活下去好吗,宛宛?活下去,宛宛,你是最坚强勇敢的女孩子。"

"活下去好吗,宛宛?我保证你绝对不会是孤单无助的。我不会留你一个人在人间,我会一直守着你。"

"活下去,宛宛。"

"活下去。"

……

……

我不知道为什么自己忽然有了一股很大的力气。我不知道为什么自己还可以移动。我甚至怀疑是不是意识里的小沐在帮助我移动、爬行。总之,在那一刻,我一点一点地移向门口。一寸一寸,一尺一尺,我用星火般簇拥的信念拖着我沉重的身体前进。我甚至看不到方向,也无法确切知道门口的位置。但是我只是知道,我不能放弃,我要继续向前移动,一直移动,我必须这样。

"活下去。"

"活下去。"

我听见小沐还在说。当我触摸到门的时候,已经不能动了。可是我必须把自己提起来,必须站立。我软软地搭在门上,一点一点把身体托起来。

小沐的声音渐渐被巨大的潮汐覆盖,我在窒息之前终于触碰到了门的把手,拉开了那房子的门。在呼吸到第一口新鲜空气的同时,我重重地倒下了。

38. 虚空，捕风

后来我查看我所经营的一切事，和我劳碌所成的功。谁知都是虚空，都是捕风，在日光之下毫无益处。

——《圣经·传道书》

十月的时候，我住在落城南面山坡上的疗养院里。我的生活很固定。上午七点钟会准时吃早餐，然后会读书写字，午饭之后小睡一会儿。下午跟着疗养院的教练跳健身操，跳到全身是汗就去洗热水澡。晚上爸爸妈妈会来看我，我们一起吃饭。我喜欢吃虹鳟鱼和蘑菇，蛋花汤一定会喝两碗。我有一个小小的图画本，我喜欢在上面画些简单的小画。这个秋天疗养院里最好看的是火红的枫叶。那么鲜艳的红，看多了人都能掉下眼泪来。

虽然平淡，但是新的生活对于我来说仍旧有些难度。因为我在一场煤气中毒事故中失去了听力和记忆。世界对于我来说，成了一个只能观赏的平面，仿佛我永远无法再进入它，参与它。我常常看到人们亲切交谈，可是他们的声音都像光滑玻璃，我怎么也无法抓住。

对于从前的事情我完全都不记得了。我记不得为什么自己会受伤，会住进疗养院。我也不知道我从前究竟生活在什么城市，认识过一些怎样的人。我的一切都需要别人来告诉我了。我的名字是杜宛宛,我在纸上写了很多遍,觉得这真是个好看的名字。我二十岁不到,十一月是我的生日,我妈妈说要带我去拍照。

来疗养院看我的只有我的爸爸妈妈——他们可真是天下最好的父母。对我那么细心地照顾,每日都来看我,带各种我喜欢的东西让我开心,仿佛我只是个幼儿园的小孩子。他们说,我从前很孝顺,很听话。除了爸爸妈妈之外,有一次还来过一对和我年龄相仿的恋人。他们在一个静悄悄的傍晚带着大捧的马蹄莲来到我的房间。他们都是长得很好看的人,女孩纤瘦白皙,穿着橘色的大毛衣和细格子短裙,歪戴一顶白色毛线帽子,像个漫画里集万千宠爱于一身的公主。男孩子话不多,只是默默地看着我。他的眼睛格外好看,里面非常明亮,像是吸聚的整个天幕下的光辉一般地耀眼。他们对我非常好,陪我聊天,邀请我去看他们的演出,据说男孩子是相当出色的鼓手而女孩子是嗓音动人的女主音。我当然也没有忘记赞美他们可真是天生的一对。

冬天结束的时候我终于离开了疗养院,回了家。而我家已经搬回了小时候居住过的郦城。爸爸辞去了原来的工作,他说在这很长的一段时间里都会陪着我。

我学了手语,也很努力地回忆往事,可是仍旧常常感到自己是个无心的小人儿。没有能力去爱,被隔绝在了整个热闹的世界之外。直到后来那天,我自己跑去如意剧院看了电影。那是叫作《薇若妮卡的双重生命》的电影。电影给了我奇怪的震撼,让我骤然之间想起了从前的所有的事情。而且我耳朵里的声音又回来了。我能听到哭泣,能听到海浪,我的耳朵又被修好了。

爸爸妈妈对于我奇迹般的康复都感到惊喜。没有人再提起那场煤气中毒事件,所有人都以为那是一场意外。

这年夏天的时候我独自去了西更道街尽头的小杰子家。感谢上帝,感谢小沐,那场煤气中毒事件并没有让小杰子死去。他还好好地活着。只是他的情况看起来似乎比我还要糟——他的脑子坏了,医生说他只有六七岁小孩子的智力了。

我来到西更道街,还没有走到他家,就看到他和一群十来岁的小孩子们一起玩耍。他们正在围成圈子踢毽子。每个人踢一下,就踢给下一个人,下一个人要接住,踢一下,再传下去。到了小杰子,他的动作非常不协调,没有踢到毽子,自己反而绊了一跤,差点摔倒。站在他对面的一个小男孩大声地吼他:

"又是你!你怎么那么笨呢!你再这样我们不带你玩了!"

我看着小杰子,他委屈地低着头,眼睛里居然有泪水在打转。

后来到了晚饭时间,小孩子们一哄而散。只有小杰子仍旧站在小街的中央,从口袋里掏出一个几乎掉得没了羽毛的毽子,独自练习。

掉了,他捡起来,继续踢,又没有踢到,再捡起来。他一脸诚恳的表情,不断地有汗水从耳边额头上流下来。

我走过去,走到他的面前。我说:

"你真是刻苦。"

他很喜欢听这句夸赞,抬起头冲着我笑笑,又继续练习。眼前的小杰子完全是个天真无邪的孩子,已经全然没有了从前的邪恶和粗暴。他一心一意,只是想踢好毽子。这便是他生命里的大事。

于是我说:

"我教你好吗?教给你应该怎么踢。"

"好啊好啊。"他非常开心,把毽子递给我,乖乖地退后一步,看着我踢。

我掂起那只毽子,缓慢地踢了几个示范给他看。他看得很入神,然后又从我的手里夺去毽子,迫不及待地练习。

"这个毽子太破了,我下次来看你给你买个新的,好吗?"我看着他练习,对他说。

"真的吗?你不骗我?"他的喜悦溢于言表。

"我不骗你。"我说。

"太好了!你可要说话算数,不能像他们一样总是骗我!"小杰子一想到总是被欺骗的事情,脸上又闪过了一丝伤感。可是他很快又开心起来,沉浸在将要有个新毽子的喜悦中。

真的是生命的叵测和荒诞呵。那个曾在谷城的小房子里万念俱灰的我,又怎么能想到,有一天我居然和我在世间最痛恨的人一起玩毽子,而他已然变得如此天真无邪。

后来一个老婆婆出现在巷子的一头,对着小杰子唤着:

"小杰子!回家吃饭啦,都几点了,还不回家吃饭,在这里疯!"

那老人已经非常非常苍老,走路摇摇摆摆,很小的风就能把她吹走似的。

小杰子听到叫声,连忙把毽子收在口袋里,小声对我说:

"我奶奶生气了,我得走了。你可要记住你说的话,我等着你来给我送新毽子啊!"

看见我点头他才放心地跑走。我看见他搀住他的奶奶,一步一颠地消失在夜色中。

我的梦中有一片樱桃林。自从我记起了从前的事,樱桃林就总是在我的梦里出现。那是个火红的天堂,住满仙人,有悠扬的乐曲和天鹅般的女孩在跳舞。我梦见我终于到达了那里。我和小沐,我们一起摘了很多很多的樱桃,把樱桃铺在地上,铺成一颗鲜红的心。然后我们累了,就睡在樱桃树下,天空飘着微微的小雨,我们在梦里咯咯地笑出声来。

我终于在一个清晨坐很久的车去了郦城的东面。按照小沐曾描述的,我大致能知道樱桃林所在的位置。于是我从半途跳下车来,走进连绵的山峦中,寻找那片樱桃林。我走了很远很远,找遍了所有的山谷,却也没有找到小沐所说的樱桃林。就在我几乎要放弃的时候,我猛然看到了它。它在我的前方,稍微高一点的半空中,红色的樱桃一串一串,像节日里的彩灯似的高挂起来。天使们席地而坐,抱着他们那珍稀的乐器,开始了演奏。白衣女孩轻巧地跳上湖面,开始跳舞。她像极了小沐。

我飞快地向前面跑去。我一直跑,我感到樱桃林就在前方了,马上就要到了,也许下一步就要跨进去了。可是我怎么也跑不到,樱桃林总是在我前方相同的位置,一点也没有接近。我不灰心地继续奔跑,像个失心的疯子,忘却了一切的事,只是向着前方奔跑。

直到下起了大雨。瓢泼大雨从天而降。前方什么也看不到了,那一片歌舞升平的樱桃林终于消失。我两手空空地站在那里,这是空旷的山涧,只有茂密的草木、野生的花朵以及有毒的蘑菇。我的樱桃林它已经完全消失不见,我站在一望无际的野草中,无处藏身。暮色开始降临。

女孩,披散着头发,两手空空地站在黑漆漆的天幕下。终于停了下来,她多年的一味的奔跑。终于消失不见,她多年的梦寐中的世外桃源。她仰脸向天,雨水溢满了她已经干涸的眼窝,使它们再次湿润起来……

我亲爱的傻瓜,那所有,都是虚空,都是捕风。

2003 年 10 月 14 日凌晨 3 点 12 分

于新加坡 Normanton Park 第 19 层公寓